中国近代小説の成立と写実

森岡優紀
MORIOKA Yuki

目次

序　中国における近代的世界観への転換と「写実」

一八九八年、梁啓超（1873―1929）は戊戌政変により日本へ亡命し、その船中で柴四朗の『佳人之奇遇』に触れて深く共鳴をする。康有為（1858―1927）と梁啓超などを中心とした官僚は若き光緒帝を補佐して近代的改革を行ったが、「百日維新」で失敗に終わり、西太后などの保守派による反動によって亡命を余儀なくされた。『佳人之奇遇』には腐敗した政治体制を一新して西欧列強に立ち向かおうとする愛国の志士が革命失敗後に亡命して異国で暮らす心情が綴られており、それはまさに日本へ亡命しようとする梁啓超自身の姿でもあった。

梁啓超が日本到着後に着手したのは、雑誌を発刊して、西洋の学術や芸術などを日本の文献を通して翻訳紹介する啓蒙運動であった。このとき、日本の政治小説『佳人之奇遇』や『経国美談』も翻訳された。興味深いのは、この二編の政治小説は十二、三年前の作品であり、当時の日本ではすでに時代遅れの作品とみなされていたことである。日本の近代文学は坪内逍遥の『小説神髄』発表以後に小説を美術（芸術）としてみなす潮流が主流となっており、政治小説は前近代的とみなされていた。しかし、梁啓超はあえて政治小説を選んだ。それは梁啓超が『佳人之奇遇』こそが激動する近代的情勢を弱小国の立場からみた世界像を示している作品であり、中国の国民意識を形成するために必要な小説だとみなしたからである。

一九〇二年、梁啓超は「小説界革命」で「一国之民を新にせんと欲するならば、先ず一国之小説を新にしなければばならない。故に道徳を新たにせんと欲するならば、必ず小説を新たにし、宗教を新たにせんと欲するならば、必ず小説を新たにし、政治を新たにせんと欲するならば、必ず小説を新たにし、風俗を新たにせんと欲するならば、必ず小説を新たにし、学芸を新たにせんと欲するならば、必ず小説を新たにしなければならない。すなわち人心を新たにし、人格を新たにせんと欲するに至っては、必ず小説を新たにしなければならない」と提唱した。このように中国においては、文学の近代化は始発点から社会の近代的改革と連動しており、政治と密着に関係していた。

中国の近代的改革は第二次アヘン戦争敗北後の一八六〇年代から始まる。西洋の圧倒的な軍事力を思い知らされた中国は、西洋の科学技術の優位性を受け入れて、それをもって富国強兵を計ろうとした。しかし、軍事力の増強のみを目指す洋務運動は科学技術の導入に留まっており、政治や社会制度は旧体制を保ったままであり、国民の意識改革を伴わないものであった。洋務運動の期間においても、旧中国の官僚（士大夫）は今までどおりに科挙を受験し、経典を読み、漢詩を創作し続けていた。彼らは専門知識と事務能力ではなく、文化と道徳に対する優れた資質を要求された。そして彼らの文化と道徳の能力の有無を判定するのが経書の知識と詩文の作成能力を問う科挙であった。科挙の試験では格律に基づいた漢詩の作成はおろか、回答自体も字数、構成、韻律が定められた八股文と呼ばれる定型の文章形式で書かなければならず、四書五経と呼ばれる儒教の経書も一字一句暗証することができなければならなかった。そして、このようにして選ばれた士大夫は官僚であると同時に、経典の注釈と詩文の創作を行う文人でもあった。士大夫にとって、経典と漢詩は自らの思想や世界観を表現するための最高の媒体であり、彼らは互いにそれを共有すると同時に民衆を教化する責任を負っていた。そして、中国が西欧列強との戦争に負けても、士大夫たちは旧態依然として自らの能力を疑うこともなく、ただ野蛮な異民族が強大な軍事力をもっているにすぎないとみなしていたのである。

この洋務運動は三十年間行われたが、中国がその限界に目を向けるきっかけとなったのが日清戦争の敗北である。一九九四年、日清戦争に負けた中国は初めて日本が「文明開化」を掲げて全面的な近代的改革を行った事実に目を向けるようになる。中国は近代的改革に成功していち早く近代国家を立ち上げた日本に敗北したのであった。この事実に強い衝撃を受けた中国知識人は変法運動を展開した。日清戦争後に康有為、梁啓超が主導して進められた変法運動は洋務運動と決定的に異なり、社会システムの全般的変革であり、西洋の制度学術の導入にまで積極的に踏み込んだ改革であった。梁啓超たちの歴史、学術、経済などさまざまな分野における翻訳および論説や創作はこのような運動の一環として行われた。

梁啓超が主導した啓蒙運動とはまず激動する新しい世界に対する認識を広めることであった。新しい知識人は近代社会を正しく認識して、その新しい世界観や社会観を互いに共有した上で、それを民衆へ広めなくてはならなかった。旧中国社会の士大夫は儒教の膨大な経書を暗証し、経書に注釈を付けるという作業によってみずからの思想を表現し、世界を解釈し、民衆を教化してきた。経書には世界に関するあらゆる事項が書き込まれているはずであり、経書によってあらゆる社会の問題を解決することが可能であると考えていたからである。しかし、西欧列強が圧倒的な軍事力をもって世界を支配していく情勢変化のなかで、経書は厳しい現実に対処する力を失い、また世界の正しい意味を教えるものではなくなってしまっていた。中国の知識人は経書を捨てて西洋の学術書を紐解かねばならず、そこから現実の社会情勢を理解しなければならなくなった。言い換えれば、知識人は経書に注釈をつけて正しい解釈するかわりに、「社会」の正しい解釈をしなければならなくなったのである。

梁啓超が『佳人之奇遇』に見出したのも、列強に侵略されつつある弱小国の知識人がみた「世界」であった。そして梁啓超はこの新しい世界観を共有するための手段として、小説という形式を選んだ。小説は社会を反映することができる格好の形式であり、人々は小説を読んで「社会」の真の姿を認識できると考えたのである。ここで初めて社会を映すという「写実」という考え方が中国の近代的変革において重要な問題として浮上してきたのであった。「写実」という考えは、このようにして社会改革に小説を役立てるという発想から始まり、以後文学の領域を越えて中国の政治や近代化と深く関わり続けていく。

中国文化の全般的な近代化を目指した一九一〇年代の新文化運動はより鮮明にこの事を示している。一九一五年、日本留学から帰国した陳独秀（1879―1942）は雑誌『新青年』を創刊し、そこに自らの「文学革命論」と胡適（1891―1962）の「文学改良芻議」を掲載した。「文学革命論」の有名な一段に、「曰く彫琢阿諛の貴族文学を推倒し、平易抒情の国民文学を建設す。曰く陳腐鋪張の古典文学を推倒し、新鮮立誠の写実文学を建設す。曰く迂晦艱渋の山林文学を推倒し、明瞭通俗の社会文学を建設す」とある。ここで伝統文学の特徴として挙げている「貴族」「古典」「山林」とは、旧中国における士大夫（「貴族」）による漢文漢詩（「古典」）と、また陶淵明などに代表される士大夫層の審美観や価値観（「山林」）を指している。これに対し、新文学は「国民」「写実」「社会」の文学でなければならない。つまり近代国民国家における、高度な技巧を用いた古文ではない平易な口語で書かれた、一般社会を写実する文学のことである。陳独秀は古典の深い教養に基づく文学形式を否定することで士大夫の権威を否定し、近代的意識をもった新知識人が口語で一般民衆の「社会」を「写実」することを提唱したのである。そしてこれは自らが旧知識人である士大夫に代替して、新「知識階級」として社会を導く役割を果すことへの宣言でもあった。彼らはただ単に文学者であるだけではなく、同時に政治家、革命家、教育家などでもあり、さまざまな分野において中国の近代化をリードしていった。たとえば陳独秀は後に中国共産党の初代総書記になり、「文学改良芻議」を発表した胡適は、国民党政府の駐米大使などの役職に就いた。

そして言うまでもなく、この新「知識階級」における代表的な人物の一人に魯迅（1881―1936）がいる。魯迅は清末に中国浙江省紹興の名家に生まれた。魯迅の家は祖父が知県を勤めるなど科挙の及第者を出す地主家庭であった。魯迅は子供時代に科挙受験の教育を受けているが、祖父が科挙不正事件により入獄して、父が病気で死去すると、家庭は一気に没落した。裕福な家庭の苦労知らずのお坊ちゃんから質屋に通わなければならない貧窮の生活に陥る過程で、魯迅は中国の古い社会制度の矛盾を身をもって体験した。魯迅は士大夫と新知識階級との過渡期に生まれ、旧社会のなかで育ちながら青年期にそれを強く否定し、辛亥革命で中華民国誕生後は近代的意識をもつ知識人の代表として生涯を終えた人物である。

一九一八年に魯迅は中国の近代小説の幕開けにふさわしい傑作『狂人日記』を『新青年』に発表した。『狂人日記』以前にはこのように完成度の高い近代小説はなく、内容的にも形式的にも完全なかたちで突然登場した。この作品は儒教思想への強い否定を「喫人（人を食べる）」という主題を通して描いた「写実」的な作品であった。これ以後、中国小説では近代的な視線から旧社会を批判的に描き、知識青年と旧社会との葛藤、下層で暮らす一般大衆の生活などを主題とした写実的な小説が続々と登場していった。

このように新文化運動で提唱された「写実」という考えは、二十年代には西洋文芸理論の受容を経て深化していき、三十年代には社会主義リアリズム文芸理論の受容の基礎となり、四十年代には毛沢東が延安で行った「文芸講話」まで影響を及ぼし、解放後には文学に留まらず政治にまで大きな影響を与えた。たとえば、文芸評論家の胡風は魯迅の弟子であり、三十年代に社会主義リアリズムの文芸理論受容に大きな役割を果し、四十年代にも『リアリズムの道を論ず（論現実主義的路）』などを出版し、新文化運動の影響を受けた知識人の立場から文芸がいかに現実を反映するべきかという問題を論じてきた人物である。胡風は三十年代からすでに「リアリズム」の問題に関して共産党のイデオローグであった周揚と論争を繰り広げていた。それは誰の立場にたって「現実」を描くべきかという問題とめぐっての争いであり、また魯迅の影響を受けた近代的な知識人と共産党幹部との描かれるべき「現実」とめぐっての主導権争いでもあった。そして、中国共産党が政権を執った後には言うまでもなく、文芸はすべて共産党の立場から「現実」を反映しなければならなくなり、胡風も政治運動で反革命分子として粛清されるという運命を辿ることになった。

中国において「写実」という問題は「現実を描く」という問題だけではなく、必然的に歴史問題、つまり「過去の中国はどうであったか」という問題とそれでは「これからどのように中国を変えていくべきなのか」という社会改革の方向性を含んできた。そのため、「写実」は極めて政治的な行為でもあった。中国近現代史の大きな転換点において、必然的に「写実」をめぐる論争、誰の立場からどのような「現実」をどのようにして描くべきかという問題が発生した。「写実」にはすでにその内容と形式において強い政治性が初めから含まれており、清末から現在に至るまで中国文学における「写実」の問題は中国近代化の過程と連動してきた。この意味で本書の小説と「写実」の形成過程に関する考察は中国の近代化過程における知識人の役割と中国近代化の特質に対する考察でもある。

第一部　写実をめぐる言説の形成と変遷

中国において、社会の全般的な近代的改革の試みが始まるのは日清戦争の敗北以後である。中国知識人は日本に敗北する事によって、西洋の社会政治制度や学術から国民意識に至るまで近代的改革の必要性を切実に感じた。梁啓超はこのような時代背景のもとで小説の改革が国民の意識改革に繋がると考えて「小説界革命」を唱え、社会を変革するための小説を作り上げることを提唱した。ここで初めて小説は社会と密接な関係をもってとらえられるようになり、また小説は社会を写実するべきだという考え方が生まれた。新文化運動の時期になって、この考え方は西洋文芸理論の概念を受容に伴って深められ、それを基礎として三十年代には社会主義リアリズムと反映論に関する文芸理論が受容された。その後、反映論は中国文学の基礎的な理論となり、政治力をもって中国のあらゆる芸術を束縛していった。文化大革命終了後の八十年代になると、開放改革政策により大量の西洋文芸理論が一気に中国へ入り、その触発を受けて反映論などの社会主義文芸理論への批判が噴出した。ポストモダニズム理論の影響を受けた文芸評論もその流れの一つであるが、小説形式の角度から初めてリアリズムに対して理論的な批判を展開した。このように、中国文学の近代化は社会の近代化と連動しており、「写実」という問題は常に中国近代の中心的問題であった。

そこで、第一部では中国の知識人たちが日本や西洋の近代的な文芸論を受容して、どのように現実を描くための理論を構築していったか、またその理論はどのように変遷していったのかについて考察する。

第一章　伝統的小説観の転換と日本政治小説の翻訳

一　伝統的文学観の転換

近代的な小説観が知識人の間に徐々に浸透しはじめ、小説をただ単に民衆の教化にとどまらず、社会変革の道具として用いようという考えをもつに至るのは清末からである。それ以前、社会の支配層である士大夫はまったく別の小説観をもっていた。士大夫が有していた伝統的な小説観について、前野直彬氏は「明清の小説論における二つの極点」において、清初に編纂された乾隆帝勅撰「四庫提要」子部小説家類の言説を取り上げて、これを士大夫階級の正統的な小説論の代表であるとみなすことが可能であると述べている[1]。現代の感覚からいうと、「四庫提要」子部に分類された小説とは零砕な短文を集めたもので、小説というジャンルに入るものではない。そして逆に小説に一番近いと思われる『三国演義』『水滸伝』のような通俗白話小説はそこには入れられていない。また同時に白話通俗小説ばかりではなく、文言で書かれた『聊斎志異』などの作品も採られていない。では巷に存在して後世に伝えられてきた膨大な書物の中から、どのような採択基準で子部小説家類を編纂したのであろうか。これについて「四庫提要」には読者に与える三つの効用、つまり「勧戒を寓し、見聞を広め、考証に資する」を基準にしたと書かれている。「勧戒を寓し」とは民衆が過去に起った事例から行動の指針を得ることであり、「見聞を広める」とは世間で起こるさまざまな出来事を知るためであり、「考証に資する」とは歴史の欠を補うことを意味している。これら三つの効用が有効に働くためにはある一つの前提を基にしている。それは小説に描かれた物語が事実に基づいているという前提である。民衆が過去の事例を自己の行動指針とするためにはその物語が出鱈目に作られたものであってはならず、また見聞を広めるための材料となる物語も事実無根であってはならない。歴史の考証に関しては言うまでもない。そのため、この前提からすると明らかに事実から逸脱をしていると思われる白話小説などは論外として採択の範囲には入れられていないのである。これは「其の雅順に近き者」を選び、「猥鄙荒誕（わいひこうたん）」で「徒らに耳目を乱す者」は収めないとする採択基準に基づいたものである。

　では、なぜ「其の雅順に近き者」を尊び、「猥鄙荒誕」「徒らに耳目を乱す者」を退けるのか。それは「其の雅順に近き者」とは支配階級が認める価値観に合致している者であり、「猥鄙荒誕」なる者とは秩序を乱す者だからである。小説が価値を有するためには空想によって作られた秩序を乱す出鱈目の物語ではあってはならず、むしろ体制を補強していく役割を担うことによってその効用を果たすことが可能となる物語でなければならない。つまり、士大夫の伝統的な小説観は主に体制秩序の維持と補強を目的とする価値観から発していたのであった。

　しかし、清末の知識人たちは小説を社会変革の手段として考えた。彼らが小説に着目した理由は自らの価値観を表現するためではなく、小説の形式の通俗性に着目したからであった。

　康有為の「日本書目志識語」には次のようにある。[2]

四曰幼学小説。吾問上海点石者曰。「何書宜售也」曰。「書、経不如八股、八股不如小説。」宋開此体、通於俚俗、故天下読小説者最多也。啓童蒙知識、引之以正道、俾其歓欣楽読、莫小説若也。

（四に曰く幼学小説。吾上海点石なる者に問いて曰く。「何の書を宜しく售るべきか」曰く「書、経は八股（はっこ）に如かず、八股は小説に如かず。」と。宋に此の体を開き、俚俗に通じ、故に天下に小説を読む者最も多きなり。童蒙の知識を啓き、之をみちびくに正道を以てし、其れを歓欣して楽読させるは、小説に若かざるなり。）

同年に書かれた「本館附印説部縁起」においても次のように述べている。(3)

古代の人々が文字を使用し始めるとまず書、経、子、集の四つが生まれたが、これらはすべて理を説いた文章であり、事を記述した文章ではない。人と事について書かれたものは「史」という。この史のうちで事実に基づいていないものを稗史という。この史と稗史の二者は事を記載したものであるが、同じく事を記述した本でも流布しやすいものと流布しにくいものがある。

その原因は具体的に五つある。一つ目は文字である。通常に使われる文字で書かれていると流布しやすい。二つ目は言葉である。言葉がわかりやすい口語で書かれていると伝わりやすい。三つ目は叙述の方法。洗練された簡潔な言い回しよりも紆余曲折に富む語り口は、目の前に見るような身近さがあり、読者はより親しみを感じる。四つ目は日常的に慣れた物事、経験した物事は民の心をとらえやすい傾向にある。五つ目は人生とは思いに任せないものであるので、現実をそのまま書いても人の心をとらえるとは限らない。むしろ現実よりも虚構における勧善懲悪のような単純な道理がかえって人々の欲望をとらえるのである。この五つの条件から流布しにくいのは国史であり、流布しやすいものは稗史小説であると述べている。このように、ここでは小説のもつ感化力の多くはその形式に由来していることが述べられている。

清末における小説を「啓蒙」の道具とする文学効用論は、近代小説の芸術的な観点からはいまだ伝統的な価値意識を抜け出していないと論じられることが一般的に多かった。しかし、この小説効用論は史の補強でしかなかった小説を文学における周縁たる位置から中心へと一気に押し上げる役割において重要な意味を有しているだけでなく、この効用こそが小説を清末の知識人に意識させるきっかけとなったのである。そのため、中国における小説に対する意識化は政治性と密接しており、また小説における近代化もその政治性とは切り離せない(4)。

ただ、現実には小説の啓蒙力について説いた清末の知識人たちが触れていたのは四書五経であり、長い伝統をもつ文言で書かれた漢詩であった。たとえ彼らが白話小説をこっそりと読んでいたとしても自らの思いを小説に託すなどという芸当はいまだかつて経験したことのないことであった。そのため、梁啓超をはじめとする清末の知識人が実際に自らの政治思想をどのように小説に託すという問題に直面すると、それは前例のない困難な道程となった。そして彼らの試行錯誤、悪戦苦闘は創作からではなく、日本政治小説の受容と翻訳から始まったのである。

第一章では一八九八年『清議報』に翻訳掲載された二編の日本政治小説『佳人奇遇』と『経国美談』の翻訳を取り上げる。日本を含む外国小説が中国知識人の注意を惹くのは西洋文明の優越性に目を向けるようになる日清戦争の敗北にあった(5)。梁啓超は日清戦争の敗北後に締結された下関条約に対して講和拒否運動を繰り広げていたが、戊戌政変により日本に亡命した。日本亡命後、梁啓超は『清議報』などの多くの雑誌を発刊して啓蒙運動を盛んに進めた。そして、この二編の小説は一八九八年に梁啓超、梁啓超と非常に親しい間柄にあった羅普によって翻訳されて『清議報』に掲載された。この二編が訳される以前の中国において、近代小説で体裁が整っているものはほとんど皆無に等しかった。スイフト『ガリバー旅行記』(中国訳『談瀛小録』『申報』一八七二年四月十五日から十八日)、ワシントン・アーヴィング『リップ・ヴァン・ウィンクル』(中国訳『一睡七十年』『申報』一八七二年四月二十二日)の断片が新聞雑誌に掲載されてはいたが、これらの小説が人々の注意を惹くことはほとんどなかった。その意味において、『佳人奇遇』と『経国美談』の翻訳は新たな小説の可能性を開く試みへと向けた第一歩であった。

梁啓超を含めた中国の知識人たちはこの日本の政治小説の翻訳を通して自らの小説に対する認識を深めたのであり、この二編の翻訳は中国の近代小説が発達していく上で非常に重要な礎を築いたのであった。そしてそれは内容だけではなく、小説の形式においても同様のことがいえる。

ただ、この時期の小説に関する言説は断片的であるだけではなく、小説の啓蒙的意義を説いたものが大半であり、具体的に小説の内容、形式自体について系統的に言及した文献はほとんど見当たらない。清末研究で著名な陳平原氏は清末の文芸評論について「これは一塊の金塊ではなく、一山の砂金である。砂の中から金をとりだすことはできるが、それには多大な労力がいる」と述べている(6)。とくに小説形式についての言及は先に挙げた「本館附印説部縁起」の範囲を出るものはほとんどない。しかし、それは清末の知識人たちが小説の内容や形式に関して決して無関心であったということではない。彼らの実際の翻訳からはその時代に合った小説、および小説形式を模索して、新たな可能性を開こうとする試みの跡が見られる。ただ、彼らは自らの実践を断片的に書き綴るに留まり、文芸評論として系統的に理論化する力がまだ未熟なだけなのであった。そのため、彼らの小説に対する認識を探るには文芸評論だけではなく、実際の試みに目を向けなくてはならない。

そこで、第一章においてはまず翻訳がどのように訳されているのかに着目する。中国語翻訳の『佳人奇遇』と『経国美談』は日本語の原書と比較するとどのようなかたちで翻訳されているのだろうか。これについて、直訳であるか意訳か、文言か白話か、文体の特徴、改変箇所ところ、小説形式の特徴、日本語原書との異同はあるかなど具体的に分析を進める。これらの翻訳の特徴はまさに清末知識人の試行錯誤の跡であり、そこから彼らが小説の担うべき啓蒙的役割をどのように実作に反映したかを見ることができる。

二　『佳人之奇遇』

柴四朗こと東海散士によって執筆された『佳人之奇遇』は明治十八年から明治三十年の十二年間にわたり初編から八編十六冊まで刊行された[7]。柴四朗は嘉永五年（一八五二年）に代々会津藩士である家系の四男として生まれた。慶応三年に十六歳で大政奉還を迎え、鳥羽伏見の役に出陣し、合津征伐に遭う。かの白虎隊で有名な合津征伐は悲惨を極め、まだ年若い柴四朗はこの事件から深い影響を受けた。『佳人之奇遇』においても、亡国の佳人である紅蓮が東海散士に向かって日本は亡国ではなく新興国ではないかと言うと、散士は合津征伐に関わる自らの経歴について次のように語っている。

> 其年八月廿二日勝軍山ノ敗報到リ士民呼テ曰ク、敵軍飛来城下ニ迫ルト。時ニ散士三兄一弟アリ。慈母小弟ヲ一僕ニ託シ涙ヲ揮（ふるひ）テ遠ク去ラシム。蓋（けだ）シ深意ノ存スル有リ。大兄ハ軍ヲ監シテ越之後州ニ戦ヒ、転戦シテ城下ニ傷キ、仲兄ハ野州ニ戦没シ、小兄ハ兵ヲ督（とく）シテ境上ニ拒（ふせ）グ。（東海散士『佳人之奇遇』第二巻）

東海散士には三人の兄と一人の弟がいたが、三人の兄は出陣し、真ん中の兄は戦没した。一人の弟は家系を絶やさないという母の配慮によって遠くに預けられた。

> 散士時ニ尚ホ幼ナリ、猶ホ一矢ヲ敵ニ放（はなち）テ死セント欲シ、跪（ひざまずき）テ家人ニ訣別シ、覚ヘズ顔色凄愴タリ。慈母叱（しつ）シテ曰ク、汝幼ナリト雖モ武門ノ子ナリ、能ク一敵将ヲ斬リテ潔ク尸（し）ヲ戦場ニ暴（さら）シ家声ヲ損スコト勿（なか）レト。散士奮（ふるひ）テ蹶（けっ）起（き）ス。（東海散士『佳人之奇遇』第二巻）

散士はこの時まだ十六才であり、ちょうどこの日は病に臥せっていた。気丈な母は病に伏せる散士を武家の子ならば家名を汚すことは許されないと戦場と送り込んだのであった。

家人神前ニ聚リ、香ヲ焼キ祖先ノ霊ニ告ゲテ曰ク、事已ニ此ニ至ル亦言フベキナシ、苟モ余生ヲ乱離ノ間ニ偸テ悔ヒンヨリ、寧ロ潔ク国家ニ殉ジ、死シテ父兄ヲシテ顧慮ノ累ヲ絶タシメ、以テ三百年来養生セシ士風ヲ表明スル真ニ此時ニ存ス。只ダ恨ムラクハ我公多年ノ孤忠空ク水泡ニ属シ反賊ノ臭名ヲ負フヲ。是レ終天ノ憾ミ海枯レ山翻ルモ消シ難シト。妹時ニ五歳ナリ。慈母謂テ曰ク、敵兵已ニ我家ニ迫ル、今汝ト泉下ニ趣キ以テ父兄ヲ待タントス、聞ク地下途暗シト、今我一族皆ナ亡ブ、人ノ又香火ヲ供スルナシ、汝相抱持シテ其途ニ迷離スル勿レト。（東海散士『佳人之奇遇』第二巻）

一家の男たちが戦場にて心残りを残さぬようにと、母は五歳の妹を道連れに自害した、結局、柴四朗は病のために生き延びて捕虜となり、明治元年末まで拘禁された。柴四朗は各地の私塾を点々として英語などの学問を苦学して修め、上京をして書生などをしながら生計を立てた。明治十年二月に西南の役が起こると、柴四朗はこれに参加。この時、先輩の山川将軍の懇意である谷干城将軍の知遇を得る。富川良平などの知遇も得て、明治十二年にアメリカ留学が実現する。アメリカではハーバード大学などで政治経済学を専攻して、ペンシルバニア大学でも経済学を専攻し、財政の学士号を得る。明治十八年に帰国し、病を得て熱海で

図1　東海散士『佳人之奇遇』の表紙

静養する期間に閑を得て、『佳人之奇遇』の執筆を始める。

『佳人之奇遇』第一編は、主人公である東海散士がアメリカのフラデルフィアの独立閣を訪れる場面から始まる。柴四朗はアメリカ滞在中からすでに政治小説を執筆しようという心算があり、明治十二年から明治十八年までのアメリカ滞在中に小説の初めの部分に関する腹案を練っていたらしい。そのため、『佳人之奇遇』は柴四朗がアメリカ滞在時期の明治十五年から始まっている。小説の主人公東海散士は作者の柴四朗の分身といってよい存在である。フィクションでありながら、かなりの部分に自らの経歴を入れて創作されており、主人公の形象は自己の政治思想や価値観を投影した自己像となっている(8)。

東海散士は本当は病に伏せて戦場に出られなかったのであるが、『佳人之奇遇』においては戦闘に出たことになっており、凄惨を極めた合津藩降伏後に自害をせずに生き延びた。この経緯について、主将に「空シク死シテ名ヲ滅センヨリハ、恥ヲ忍ビ生ヲ全フシテ一旦外患アルノ日誓テ神州ノ為メニ生命ヲ鋒鏑ニ委シ、而シテ是非正邪ヲ死後ニ定メンニハ若カズト。(『佳人之奇遇』第二巻)」と諭されたからだと書いている。つまり、ここで犬死するよりも生き延びて国家のために尽くし、その是非を死後に問うように、主将に説得されたとある。その後に会津藩は下北半島の極北の地に移封される。

> 幽囚数歳俗吏ニ罵ラレ獄卒ニ辱メラレ、後又極北ノ荒野ニ放謫セラレ、悲風蕭殺牧馬夜嘶キ、飢テ山下ニ蕨薇ヲ堀リ窮シテ海浜ニ海藻ヲ拾ヒ、以テ余生ヲ保チ迍邅竄斥猶ホ悔ヒザル所以ノモノハ、他日我帝国ノ為メニ鞠躬命ヲ致シ、往年ノ志ヲ天下後世ニ伸ベ、死者ニ泉下ニ謝セント欲スルノミ。(東海散士『佳人之奇遇』第二巻)

合津藩討伐後に、柴一家が嘗めた苦労は人並みのものではなかったらしい。「後又極北ノ荒野ニ放謫セラレ、悲風蕭殺牧馬夜嘶キ、飢テ山下ニ蕨薇ヲ堀リ窮シテ海浜ニ海藻ヲ拾ヒ」という記述は、小説特有の華麗なレトリックとも受け取られそうであるが、柴一家は実際に下北半島に移封されたときに海藻や蕨で飢えを凌ぐ極貧生活をおくっている[9]。東海散士は恥を忍んでこのような困窮生活に耐えて生き延びたのは、ひとえに国に報いるためであると述べている。そして国のために報いることとは具体的に何を意味するのか、先の部分に続けて次のようにある。

今ヤ外人禍心ヲ包蔵シ神州ヲ蔑視シ、清ハ猥ニ自ラ尊大我ヲ軽ジテ隣交ニ信ナク、俄独ハ勢威ヲ頼テ驕傲シ、英佛ハ狡智ニ老ケテ蕩逸シ、我ニ飲マシムルニ美酒ヲ以テシ我ニ贈ルニ翠羽ヲ以テス。其酒其羽往往鴆毒ノ製スル所、我士民之ヲ受ケテ而シテ未ダ疑ハズ。所謂此レ毒薬ヲ甘餐シ猛獣ノ爪牙ニ戯ルモオナリ。只ダ恐ル邦ノ為メニ侮ヲ取ランコトヲ。且ツ彼口ニ仁義ヲ誦シテ而シテ桀虜ノ行アリ。表ニ天道ヲ説テ裏ニ豺狼ノ欲ヲ懐ク。亜細亜北部ハ疆俄ノ為メニ并セラレ、南方印度ハ英王ノ臣妾トナリ、安南ハ佛国ニ隷属シ、土耳其清国モ亦萎微既ニ已ニ亡滅ノ運ニ傾ケリ。（東海散士『佳人之奇遇』第二巻）

外国人は日本国を蔑視しており、清も尊大で日本を軽んじ、ロシアとドイツも勢いに任せて奢り高ぶり、イギリスとフランスは狡猾であり、アヘンをもって民を惑わせて、陥れようとしている。

この小説が始まる明治十五年はまさに西欧列強が弱小国を侵略し、植民地化へと乗り出した年でもあった。前田愛は「明治歴史文学の原像」において「『佳人之奇遇』は、非ヨーロッパ的世界の視点から記述されたもう一つの世界史の可能性を開示したのである。」と述べている[10]。明治初年において、急速に普及した歴史観はヨーロッパの啓蒙主義から生み出された進歩史観であり、非欧米諸国がヨーロッパの文明を目標として追いつくことが文明進歩への道であるという文明史観であった。これらの思想を体現した書物にはギゾーの『ヨーロッパ文明史』の翻訳『西洋開化史』から始まり、福沢諭吉の『世界国尽』や内田正雄の『輿地理略』などがある。しかし、明治十年代に西欧列強の植民地主義があらわになると、西欧を文明国とみなしその他の地域を非文明とみなす論理は、弱小国を侵略していくための強者の論理にすぎないことが露呈し始め、このヨーロッパ優位主義からなる文明観に綻びが見え始める。そのため、明治十年前後からヨーロッパ文明への逆説的な認識が浸透し始める。(11)東海散士の『佳人之奇遇』は、「福沢諭吉から加藤弘之にいたる啓蒙思想家たちの心をとらえていた文明史観、進歩史観にたいするもっともスケールの大きい告発の書」となったのである。(12)

主人公の東海散士がフィラデルフィアの独立閣で奇遇した二人の佳人も、西欧列強の侵略に喘ぐ弱小国の女丈夫である。紅蓮はアイルランド独立運動の志士であり、幽蘭はスペインのドン・カルロス党員である。紅蓮はアイルランドの富豪の娘であり、父はイギリスのアイルランド圧迫に抵抗する独立運動に参加して獄死している。彼女は父の遺志を引き継いでアイルランド独立運動の領袖であるパーネル女史と通じ、アイルランドの独立運動を支援している。幽蘭の父もスペインのドン・カルロス党領袖であり、ドン・カルロス党が起こした第二次カルリスタ戦争が失敗に終わった後に、幽蘭は亡命を余儀なくされた。(13)二人は亡国の徒であり、また列強から侵略を受けた弱小国の辛酸を嘗め尽くしていた。東海散士も戊辰戦争を経験しており、心情としては合津藩亡国の遺臣である。これに明朝の名将瞿氏の部下を先祖にもつ中国人の范卿が加わり、四人は西欧列強の侵略の危機にさらされる弱小国の遺臣として親交を結ぶ。

このような歴史の変革期において、『佳人之奇遇』には日本のみならず弱小国が世界史のなかで置かれている位置をダイナミックにとらえる視線が貫かれており、それは同じく西欧列強侵略の危機にさらされていた中国知識人にとっても共感すべき歴史観であった。梁啓超が戊戌政変後に日本亡命の船中で本書を目にして大いに感じるところがあったのも偶然ではない。この小説には彼自身がまさに日頃身に迫って感じている危機が書かれていたのである。

中国訳『佳人奇遇』は一八九八年に『清議報』創刊号から九号と二十三号を除いた三十五号まで毎号連載された。ただ、実際に梁啓超自身がこの本を翻訳したかどうかについてはいまだに疑問が残る[14]。確かなことは梁啓超がこの小説に深く感銘を受け、それを中国語に翻訳したいと考えた事であり、また当時の梁啓超の日本語レベルがどの程度であったか定かではないが、かりに彼自身が一人ですべて翻訳したのではなかったとしてもこの翻訳に深く関わった事である[15]。

明治初期における日本人知識人の漢文の教養は高く、日本語原書の『佳人之奇遇』は紫四朗の深い漢文の教養に支えられた漢文訓読調文体で書かれている。ナショナリズムの思想を盛り込んだリズム感のある漢文調の文章は多くの日本青年の心を揺すぶり、この『佳人之奇遇』に引用されている漢詩などは日本人学生の間で朗誦されていたという。中国人にとってもこのような漢文訓読体文章は当時一般的であった戯作調和文より理解しやすかったと思われる。中国語訳においてこの漢文体の文章が原文の語順を入れ替えだけでそのままのかたちで訳されており、見事な名訳となっている。

時ニ金烏既ニ西岳ニ沈ミ、新月樹ニ在リ、夜色朦朧タリ。少焉アリテ皓彩庭ヲ照シ、清光戸ニ入ル。幽蘭静ニ起チ窓ヲ開テ曰ク、光景画クガ如ク、郎君光臨ス。欄外風清ク花香人ヲ襲フ。良夜空ク度リ難ク、盛会再ビ期ス可カラズ。徒ニ相対泣スル亦何ノ益アランヤ。気ヲ鼓シ勇ヲ奮ヒ歌舞吟詠自ラ寛ニスベシト。（東海散士『佳人之奇遇』第二巻）

図２　『佳人之奇遇』の挿絵「散士佳人ト蹄水ニ邂逅ノ圖」。東海散士はフィラデルフィアの独立閣にて出会ったアイルランドの紅蓮、スペインの幽蘭と再会する場面。

【中国訳】時金烏既沈。新月在樹。夜色朦朧。少焉有皓彩照庭。清光入戸。幽蘭静起開窓曰。光景如画。郎君幸臨。欄外風清。花香襲人。良夜難以空度。盛会不可再期。徒相対而泣。亦何益之有哉。今宜鼓気奮勇。歌舞吟詠。以為自寛之時也。（『清議報』第六冊）

（時に金烏既に沈み、新月樹に在り、夜色朦朧たり。少焉ありて皓彩庭を照し、清光戸に入る。幽蘭静に起ち窓を開て曰く、光景画くが如く、郎君幸臨す。欄外風清く花香人を襲ふ。良夜空く度り難く、盛会再び期す可からず。徒に相対泣する亦何の益あらんや。今宜しく気を鼓し勇を奮ひ、歌舞吟詠、以為へらく自ら寛にする時にすべしと。）

第三節の『経国美談』の意訳と比較してみると一目瞭然であるが、この訳は基本的に原作者の意図を正確に掴んだ直訳を目指しているのがよくわかる。日本の『佳人之奇遇』に挿入された漢詩なども一部を省略する以外はほとんどそのまま掲載されている。明治十年代の日本知識人は漢文の素養が深く、梁啓超などの清末知識人は違和感がなくそれを受け入れたのであろう。

このように梁啓超の翻訳は基本的には原著の風格を残した文言による直訳であるが、一部に意識的に改変削除した箇所が存在している。改刪箇所はについて許常安氏は「『清議報』登載の『佳人奇遇』について——特にその改刪」で一覧表を作成して詳細に分析している。[16] それによると、大きく「文学的技巧に依る改刪」と「政治思想的理由に依る改刪」の二つに分けている。一つ目の「文学的技巧に依る改刪」は量的にも多くなく、この改刪には大きな意味はない。たとえば割注の処理、煩雑である部分の省略、補足などであり、現在の翻訳からするとこのような訳し方は厳密ではないといえるが、当時の翻訳水準からするとほとんど注意を惹かないようなものだったと考えられる。これに対し、「政治思想的理由に依る改刪」は梁啓超がかなり意図的に行ったものである。先述の論文によると、「政治思想的理由に依る改刪」を「(1) 反清復明の志士范卿に対する改刪」、「(2) 君主を戮すを忌む」、「(3) 中国を三分する興亜策に反対」、「(4) 日本の国土拡張策に反対」、「(5) その他」の五つに分けている。ここからわかるのは、翻訳する際に梁啓超が自分の政治思想とは異なる部分を改変削除している事である。

さらに、この改刪の箇所で「(1) 反清復明の志士范卿に対する改刪」についてはより興味深い指摘がある。[17] 反清復明の志士范卿は東海散士と佳人の会話に深い感銘を受け、会話に割り込み、自らも三人の境遇と同様に亡国の遺臣であることを語る。范卿は清朝を倒して明朝回復を図るが、事は失敗に終わり、今は亡命してアメリカの地を踏んでいるという。その話のなかで先祖である鼎璉が明末に清兵の攻められ窮地に陥し入れられたときの様子を次のように語っている。

璉猶ホ王ニ従ヒ、残兵ヲ集メテ遥ニ鄭成功ト声援ヲ通ジテ恢復ヲ謀ル。豈料ランヤ、呉三桂飜テ賊ニ降リ、偽朝ノ封爵ヲ受ケ、躬親ラ清兵ノ為メニ前駆ス。緬甸王恐レテ暦王及ビ従臣ヲ執ヘテ清兵ニ送ル。（略）此時ニ當テ満清薙髪ノ令ヲ下シ、中華ノ文物衣冠尽ク変ジテ夷狄ノ俗ト為リ、満人乗勝ノ勢ヲ以テ老幼ヲ殺シ婦女ヲ辱シメ処士ヲ坑ニシ書生ヲ謫シ、可虐暴戻獰虎ヨリモ猛ク、間々忠義ノ士アリト雖モ姦臣ノ為メニ脅サレテ力ヲ展ブル所ナク、徒ニ言ヲ為シテ曰ク、暫ク恨ヲ飲ミ恥ヲ忍テ時機ノ到ルヲ待ベキナリト。（東海散士『佳人之奇遇』第二巻）

【中国訳】璉猶従皇招集残兵。遥通声援於鄭成功以謀恢復。豈料呉三桂叛犯受偽朝之封爵。甘為満賊以前駆。進撃緬甸。緬王大恐。執暦皇及従臣以送於清軍。（略）当此時満賊蹂躙中原。民不聊生。各思休息。乃奉薙髪之令。而中華之衣冠文物。尽変為夷狄之俗。満賊以乗勝之余。殺老幼。辱婦女。坑処士。謫書生。殺戮残苛。其罪不可勝数。雖間有忠義之士。悉為漢奸賊臣之所脅。無所展力。徒為之言曰。暫為飲恨忍恥。以待時機可也。（『清議報』第四冊）

（璉猶ほ皇に従ひ残兵を招集し、遥に鄭成功と声援を通じて恢復を謀る。豈料らんや、呉三桂叛を犯して偽朝の封爵を受け、甘んじて満賊のために前駆す。緬甸を進撃するや、緬甸王大いに恐れて、暦皇及び従臣を執へて以って清軍に送る。（略）此時に當て満賊中原を蹂躙し、民生を聊せず。各休息と思い、乃ち薙髪の令を奉ず。中華の衣冠文物尽く変じて夷狄の俗と為り、満賊乗勝の余を以て老幼を殺し婦女を辱しめ処士を坑にし書生を謫し、殺戮残苛にして、其罪数うに勝うるべからず。間々忠義の士ありと雖も悉く漢奸賊臣の為めに脅されて力を展ぶる所なく、徒に言を為して曰く、暫く恨を飲み恥を忍て以て時機を待べきなりと。）

先祖の鼎璉は最後の最後まで清兵に抵抗したが、味方の裏切りに遭って、虚しく倒れる。満州族は中華の衣冠をすべて自らの習俗に変え、老若男女を殺戮し、思うままにふるまったが、如何ともしがたく時機を待つしかなかった。

この部分は『清議報』第四冊からの引用である。『清議報』第五冊の訳文では、この反清復明の志士である范卿の語り全体が削除されてしまっている。第四冊で翻訳された部分がすべて翻訳されなかったこととみなされ、第三冊の終わりが第五冊の始めに続くというかたちに変えられている。この翻訳から消されてしまった部分は、范卿が自らの経歴と政治思想について語っている部分である。そこでは民族主義革命思想が語られており、表現にも当時有名であった鄒容の「革命軍」などの表現とも相通じるものが多々あると指摘されている。日本語で「豈料ランヤ、呉三桂黐テ賊ニ降リ、偽朝ノ封爵ヲ受ケ、躬親ラ清兵ノ為メニ前駆ス。」の部分の「清兵」を「満賊」と訳し、「此時ニ當テ満清薙髪ノ令ヲ下シ」の部分の「満清」も「満賊」と訳し、「満人乗勝ノ勢ヲ以テ老幼ヲ殺シ婦女ヲ辱シメ処士ヲ坑ニシ書生ヲ謫シ」の「満人」も「満賊」とし、「間々忠義ノ士アリト雖モ姦臣ノ為メニ脅サレテ力ヲ展ブル所ナク」の「姦臣」は「漢奸賊臣」と訳されている。このように民族主義思想の表現と通じ合う表現となっており、原著よりも「反清復明」の思想を過激にした翻訳となっている。梁啓超自身が原文を逸脱して自らの思想を盛り込んでいるものと思われる部分であり、当時梁啓超が民族主義の革命思想に共感していた現れであると指摘されている。

この場面の後、突然話が現代に移る。先ほどのシーンは明末における范卿の先祖の話であったが、ここから清末道光年間における范卿自身の父の話となる。

> 道光二十年鴉片ノ乱起リ英軍入寇ス。時ニ我父白雲山ニ退隠ス。警ヲ聞キ奮テ人ニ謂テ曰ク、清朝ハ我ガ仇ナリト雖モ今ヤ兄弟ノ墻ニ鬩グノ秋ニ非ズト。即チ勇丁ヲ募リ舟師ヲ督シ、大ニ舟山ニ戦テ之ニ死ス。清将尫弱ニシテ、戦闘児戯ニ斉シク、大臣権ヲ争ヒ命令一ナラズ、此国家存亡ノ秋ニ当リ衣ヲ解キ食ヲ推シテ士心ヲ得ルコトヲ務メズ、粮ヲ盗ミ金ヲ竊ミ以テ士卒ノ飢寒ヲ致ス。是ヲ以テ士怠リ卒怨ミ、一戦支ユル能ハズ。北京遂ニ陥リ卒ニ地ヲ割テ城下ノ盟ヲ為シ、汚辱千載ニ流レ、帝命軽クシテ遠キニ及バズ。（東海散士『佳人之奇遇』第二巻）

【中国語訳】時我父退隠於白雲山。聞警遂奮謂人曰。清朝吾仇也。誓不與共戴天。凡我同人。宜群起而攻之以救衆生。遂即募勇丁。督舟師。水陸並進。大戦於舟山。以衆寡不敵。力戦陣亡。憶我明。朝政積弱。大臣争権。際此内患外艱正国家存亡之秋。応如何上下同心。同仇敵愾。解衣推食。以得士心。而不此是務。以致兆民飢寒。士怠卒怨。一戦不能支。北京遂陥。坐失四百余州。汚辱流於千載。是可痛也。（『清議報』第四冊）

（時に我父白雲山に退隠す。警を聞き奮て人に謂て曰く、清朝は吾が仇なり。誓いて共に天を戴かず。凡そ我と同じくする人は、宜しく群起して之を攻め以て衆生を救うべしと。遂に即ち勇丁を募り舟師を督し、水陸並進し、大に舟山に戦えども衆寡を以て敵わず、力戦して陣に亡くなる。憶うに我明は、朝政積弱にして、大臣権を争ひ、此の内患外艱の正に国家存亡の秋に際し、応に如何にしても上下心を同じくし、同仇を敵愾し、衣を解き食を推して士心を得べきが、此に是れを務めず、以て兆民を飢寒に致し、士怠り卒怨み、一戦支ゆる能はず。北京遂に陥り座して四百余州を失い、汚辱千載に流れ、是れ痛むべきなり。）

この部分はまったくの意訳となっている。日本語原書では、アヘン戦争が勃発した際に范卿の父は外敵の中国侵略を防ぐためには民族間の争いをやめて一致団結で臨まないといけないと説くが、清の軍隊はすでに腐敗しきっており、士兵の士気が上がらず、イギリス軍に敗れて香港の割譲に至るとある。しかし中国の翻訳ではアヘン戦争の勃発が省略されている。そして范卿の父はイギリスではなく、清朝打倒のために立ち上がり敗れて死ぬことになっている。アヘン戦争における清軍対イギリス軍という構図を、中国語訳ではアヘン戦争を省略してしまい、清軍対清討伐軍というかたちで奇妙な置き換えを行っている。(18)

なぜこのような置き換えを行ったのだろうか。推測にすぎないが以下のことがいえるであろう。ここの部分、すなわち反清復明の志士范卿の身の上話は東海散士の身の上話と対応している。人物たちの経歴にはそれぞれ違いがあるが、基本的には東海散士の分身のような存在であり、ある決定的場面でとる行動パターンは同じである。先述のように、東海散士は合津藩討伐の際に自害よりも捕虜となり国に仕える道を選べと主将に説得され、生き延びる。東海散士をはじめとする亡国の遺臣たちはすべて国内の奸臣によって亡ぼされたという被害意識をもっているものの、国内の民族間、政党間の帰属意識よりも国家の帰属意識の方が強い。東海散士も藩への忠義よりも国家自体への忠義の方が優先されるべきだと主張する主将に説得されて生き延びている。そのため、国内政変によって迫害されているはずの東海散士の思想は決して革命へとは繋がらず、むしろ国家へ順応する愛国主義へと傾き、列強の迫害に喘ぐ世界弱小国との連携という考え方が導き出されていくのである。そして、反清復明の志士范卿の父もアヘン戦争に当たり、「清朝ハ我ガ仇ナリト雖モ今ヤ兄弟ノ墻ニ鬩グノ秋ニ非ズト。」、つまり清朝は敵ではあるが、イギリスに攻められているときには兄弟が争い合う時期ではないと仲間を諭すのである。

しかし、中国語訳では「清朝は吾が仇なり。誓いて共に天を戴かず。凡そ我と同人は、宜しく群起して之を攻めるを以て衆生を救うべしと。」と変えられており、アヘン戦争が削られ、范卿の父はあくまで清朝を敵にして反清復明を貫くのである。そして明軍の敗北原因は、軍幹部の腐敗のみならず、明朝自体の国家体制の腐敗に囚っているとしている。日清戦争で日本に敗北し、改革を志すが失敗して日本に亡命した梁啓超にとって、清が列強からの侵略に喘ぐのはただ単に軍幹部の腐敗という小さな問題にとどまらず、国家政府自体の腐敗が原因だと考えていたからであろう。それがこの部分の訳となって現れている。

ここには東海散士の国権主義的思想と、梁啓超の当時にもっていた思想との間に衝突が見られる。すでに国家体制を安定させて新興近代国家となりつつあった日本の東海散士の国家観と、まだ近代国家建設に向けて奮闘中であった梁啓超とでは思想に根本的な違いがあり、清朝政府が近代国家ではないという認識が示されているのであろう。

このように、小説における政治思想あるいはイデオロギーは、主人公および人物の科白を通して表明され、時には原作よりも自らの思想を優先させて翻訳するという姿勢がここからうかがえる。しかもその翻訳の表現が当時流行していた文章からきているのである。翻訳と創作の区別がはっきりしなかった時期において、梁啓超が序で述べた「往々にして其身の経歴する所、胸中に懐う所、政治之議論を以て、一に之を小説に託す」という思想はこのように直裁なかたちで翻訳に織り込まれている。

ただ、この部分は保皇派の立場をとる康有為の指示によって後に削除されてしまう。先述のように、削除の仕方も『清議報』第三冊の途中から第五冊に直接続け、この部分をまるごと削除してしまうという手法が取られている。原著の范卿の科白をすべて削除し、最後に「范卿者支那志士也。憤世嫉俗。遯跡江湖。与散士交最契。過従甚密。久耳幽蘭紅蓮之名。散士此行。早約其艤舟相待。至則范卿已久待河辺。一見各相行礼。（范卿なる者は支那志士なり。世を憤り俗を嫉み、江湖に遯跡す。散士と交うること最も契にして、過従すること甚だ密なり。久しく幽蘭紅蓮の名を耳にし、散士の此の行に、早とにそれと艤する舟にて相い待つことを約す。至りて則ち范卿は已に久しく河辺に待ち、一見して各相い礼を行う。）（『清議報』第五冊）」と一言付け加えている。原作の小説中において幽蘭と紅蓮に続く范卿の語りは欠かせない要素である。この三人の経歴が散士の経歴と重なり、それゆえに四人は離れ離れになりながらも連帯を保ち、相通じるのであり、弱小国家の視点からの世界観の再構成が行われている。しかし翻訳ではこのような削除を行っており、小説の構成に対する配慮が欠けている。

ただ、清末の翻訳において小説の構成に対する意識は極めて薄く、むしろ翻訳を改変して自らの思想を人物の科白に織り込むという手法が清末の翻訳手法の一つとして定着していくことになる。小説世界は独立した一つの世界を構成しておらず、常に現実と地続きであり、当時の世界や中国の置かれた状況の解釈を人々に教えるために存在していた。そのため、小説家は政治家と同じ役割を果たすべきであると考えられた。梁啓超は日本語の『佳人之奇遇』に毎号附されている序跋をすべて省略していたが、やはり目を通していたと思われる。たとえば『佳人之奇遇』第三編序に次のような一段が存在している。

歴史家ハ人間社会の事を誌す。然れども実事を実叙し偶ま文字を以て之を潤色するに過ぎざるなり。是故に古今の大家と雖も能く読者をして其昔時に遡り其実地に当るの思をなさしむるもの稀なり。小説家は之に異なり作者の意想に従ひ人物時勢を写し、其人物の心術動作悉く帋上に躍出し、筆其行かんと欲する所に行き墨止まらんと欲する所に止り、読者をして自ら其地に立ち其時に居り其勢に乗ずるの想あらしむるものなれば、固より歴史家とは大に其旨を異にす。又夫の一国の政権を握り民間の政務を以て自ら任ずる大臣名士の如きも、広く世態人情を看破し古今を通覧し万事を網羅して能く之を分析し又之を総括し、泰然動かず千年の大計を定むるの智量見識を具ふるにあらざれば其位の高きと其責の重きも必ず億兆の望を満足せしむること難し。而して小説を著す者能く毫端を以て天下を動かすを得べし。（東海散士『佳人之奇遇』第三編序）

政権を握り実務によって世界を動かすのではなく、筆によって世界を動かすのが小説家であり、小説家と政治家は相通じることが述べられている。翻訳において『佳人奇遇』の著者は「日本東海散士前農商部侍郎柴四朗撰」という肩書きが添えられていた。梁啓超も次のように述べている。

著書之人皆一時之大政論家。寄託書中之人物。以写自己之政見。固不得専以小説目之。而其浸潤於国民脳質。最有効力者。則経国美談。佳人奇遇両書為最云。（『清議報』第二十六冊）

（書を著する人皆一時の大政論家なり。書中の人物に寄託し、以て自己の政見を写す。固より専ら小説を以て之を目するを得ず。而して其の国民の脳質を浸潤し、最も効力を有する者は、則ち経国美談、佳人奇遇の両書を最と為す。）

『佳人之奇遇』はまさにこの役割を果たすべき最もふさわしい小説であると考えたのであろう。省略された東海散士自序のかわりに、梁啓超自身が書いた「訳印政治小説序」が附されているが、そこにも同様のことが述べられている。

在昔欧洲各国変革之始。其魁儒碩学。仁士志士。往往以其身之所経歴。及胸中所懐。政治之議論。一寄之於小説。於是彼中綴学之子。黌塾之暇。手之口之。下而兵丁。而市儈。而農氓。而工匠。而車夫馬卒。而婦女。而童孺。靡不手之口之。往往毎一書出。而全国之議論為之一変。（『清議報』第一冊）

（昔欧洲各国変革の始めに在りて、其の魁儒碩学（かいじゅせきがく）、仁士志士は、往往にして其身の経歴する所、及び胸中に懐（おも）う所、政治の議論を以て、一（いっ）に之を小説に寄す。是に於いて彼中の綴学（てつがく）の子は、黌塾（こうじゅく）の暇（いとま）に、之を手に之を口にし、下は兵丁、市儈、農氓、工匠、車夫馬卒、婦女、童孺までも、之を手に口にせざるはなし。往往にして一書の出づることに、全国の議論は之の為に一変す。）

そして、東海散士自身も政治的見解を述べた小説は、その形式においても以前の戯作とは異なるべきであると考えていた。

稗史家ハ則チ、之ヲ難ジテ曰ク、巻中痴話情愛ノ章少ク、遊里（ゆうり）歌舞妓ノ談ナク、徹頭徹尾凡テ是レ慷慨（こうがい）悲壮ノ談ノミ、故ニ一見倦厭（けんえん）ノ念生ジ易シト。（東海散士『佳人之奇遇』自序）

小説中に所々に織り込まれた漢詩、漢文調の格調高い文章。これらの表現方法は従来の小説表現とは相容れないものであり、東海散士自身の士族的なエートスの表出でもあった。梁啓超がこの作品に深い感銘を受けたのは内容ばかりではなく、その形式においても士大夫の価値意識を載せるべきふさわしい形式を備えていると考えたからであろう。そのため、翻訳は原著の風格をそのまま汲み取った名訳となっている。(19)

ただ、このような小説形式は通俗的とは言いがたく、農民や車夫や婦人の読む小説ではない。梁啓超は

「下は兵丁、市儈、農氓、工匠、車夫馬卒、婦女、童孺までも、之を手に口にせざるはなし」と述べ、政治小説が一般の娯楽小説と同次元で大衆に受け入れられると単純に想定しているが、これらの政治小説は民衆の読解レベル、読書趣味からはかけ離れていた。

陳平原氏は当時清末の状況について次のように語っている[20]。

> 小説で群治を改良するのは有益であると信じて、小説を政治革命の道具とするための最も実用的な小説のタイプは勿論「借りて以て其の懐抱する所の政治理想を吐露する」政治小説である。最も有効な手法は小説を論文として書き、大量の科学、法律、軍事、政治問題、専門用語を引用することである。最も効果的なのは思想啓蒙のための「教科書」となることである。これは自然に行き着く考えであり、『新小説』理論家はまさにこのようにしたのだった。しかし、このような理想的な「新小説」はすぐに読者の嗜好の厳しい挑戦に直面することになる。本屋は「口を開くと喉が見える」と売れないと言い、作家は「議論が多くて事実が少ないのは小説の体裁に合わない」と言う。読者に「経史を読む如く小説を読む」ように要求するのはその発想はよいが、ただ一般読者の読書趣味からひどく逸脱し、小説を危険な崖っぷちに立たせただけだった。

小説が論文とは異なって通俗性をもつ理由は形象性という小説の特徴にある。つまり、概念を用い論理によって書かれている論文とは違い、小説は人物などが動くことによって進行する具体的な物語の形をとっている。それゆえ、『佳人奇遇』のように、類型化した人物たちが自らの政治的主張をひたすら語り続ける形式は本来ならば読みづらい小説なのである。このことはやはり当時においてもある程度は認識されていたのであろう。それが『清議報』に『佳人奇遇』の後に『経国美談』を訳載することに繋がっているのではないかと思われる。

三　『経国美談』

矢野龍溪の『経国美談』は明治十六年に出版された。先の『佳人之奇遇』と同様に、明治初期には多くの政治小説が生み出されたが、その背景には日本の政治状況が密接に関係している。明治七年、自由民権運動は高まりをみせ、政府が明治十四年に国会開設の勅諭を発すると、さまざまな政党が結成された。政党に属する者は宣伝として自らの所属政党の政治思想を託した政治小説を続々と執筆発表し始める。『経国美談』も古代ギリシアのテーベを舞台としているが、実際は著者である矢野竜渓が自らの政治思想を盛り込んだ小説である。ただ検閲で直接に政治思想を語ることが許されなかったために、日本と離れた古代ギリシアという舞台設定を選んで検閲を逃れるという手段がとられた(21)。

著者の矢野竜渓は福沢諭吉の紹介で大隈重信のブレーンとして統計院幹事兼太政官大書記官の職に就いていたが、明治十四年に国会開設の勅諭が下されて大隈重信が免官されると、彼も下野した。その後、彼は自由民権運動の論客として活躍するようになり、明治二十三年の国会開設を目指して明治十五年三月に立憲改進党を組織する。この立憲改進党にはインテリが多く、矢野龍渓のほかにも藤田鳴鶴、尾崎学堂、坪内逍遥などの錚々たるメンバーが参加していた。ほかにもユーゴーの翻訳家として有名な森田思軒も改進党のイデオロギーを自らの思想としていた。

この時期の政党は立憲改進党のほかに、代表的な党として自由党、立憲帝政党がある。それぞれの政党の主張を比較すると、立憲帝政党は専制を目指すが、立憲改進党の主張は自由党と同様に民権である。自由党はフランス民政に範をとっており、主権在民、民権第一とし、自由平等をもって立憲思想の柱としている。自由党は革命による政権樹立にも肯定的であるが、立憲改進党はそれほど急進的ではない。立憲改進党はイギリスに範をとり、主権在官民であるが、政治の基本は議会にあるとする。自由平等は尊重するが、平和主義的で斬新的な民主化を要求している。このように、明治十五年頃から日本の政治小説は作家個人の思想よりも、むしろ政党の政治理念の方が主に小説に盛り込まれるようになっていった。矢野龍渓は改進党のイデオローグでもあるので、『経国美談』は基本的に改進党の政治理念に基づいて書かれている。

この『経国美談』が書かれることとなった直接的な動機について、矢野龍渓の自序によると、明治十五年初夏に病を得て熱海で静養し、無聊に耐えずしてギリシア史関係の本を読んだが、その本に古代ギリシアのテーベの勃興に関する事跡が書かれていた。興味をもった矢野龍渓はテーベの歴史的事跡に関する本を訳述しようと試みるが、テーベ勃興に関する歴史を詳記する本を見つけ出すことができなかった。そこで顚末の欠漏を補って小説体で書いてみようという発想が浮かび、『経国美談』として結実した。

しかし、矢野龍渓はこの歴史事実を小説化するに当たって次のような姿勢で臨んでいる。

> 然レトモ予ノ意、本ト正史ヲ記スルニ在ルカ故ニ尋常小説ノ如ク擅ニ実事ヲ変更シ正邪善悪ヲ顚倒スルカ如キコトヲ為サス。唯実事中ニ於テ少シク潤色ヲ施スノミ。（『経国美談』自序）

凡例でも同様に「著者カ此書ヲ編ムヤ本ト正史中ノ実事ノミヲ纂訳スルノ心組ナリシニ書中ノ事柄ハ遠キ古代ノ事ニシテ諸書ヲ捜索スルモ断続シテ詳ナラサル所アリ。因テ之ヲ補述シ人情滑稽ヲ加テ小説体ト為スニ至レリ。然レトモ本ト正史実事ヲ専ラ記載スルノ本意ナルカ故ニ豪モ正史ノ実事ニ悖ラサルヲ勉メタリ。（『経国美談』凡例）」とある。ここでは、この小説が正史に基づいており、ただ足りない処を補ったのみであり、正史から外れるものではないことが強調されている。これらの考え方はまさに先に述べた清末の知識人たちが正史が読めない一般大衆でも小説なら娯楽として受け入れ、啓蒙となると考えた効用論と一致している。

またそれだけではなく、凡例に「読者ヲシテ小説ヲ読ムノ愉快ヲ得ルト同時ニ正史ヲ読ムノ功能ヲ得セシメ且ツ是書ノ全ク正史ニ拠ルヲ知ラシメンカ為ニ正史中ノ実事ニハ一々符号ヲ付シテ之ヲ表示セリ。（『経国美談』凡例）」とある。「正史中ノ実事ニハ一々符号ヲ付シテ之ヲ表示セリ。」の通り、本文の横にイ～イ、ロ～ロのような小さな記号をつけ、その小説の記述が凡例後に挙げた引用書目の史書のどれに当るのかを示すという手の込んだ事までしている。

矢野龍渓が正史に拠っていることにここまでこだわった理由は、小説の意義が正史の欠を補い、考証に資するところにあるという伝統的な文学観からきていることは言うまでもない。「嗚呼一部ノ戯著予カ数旬ノ思ヲ費（ついや）ス閑文字ヲ作ルノ嘲リヲ志士ニ免レサルヲ知ルナリ。（『経国美談』自序）」とあるように、そのような伝統的な規範意識からすると、小説を書くことは他の知識人から馬鹿にされることでもあった。明治初期の日本知識人にとって、小説蔑視の観念は根強く、また一般的な発想であった。

自序でこのように述べる矢野龍渓は実際に小説の執筆に当たって江戸時代の遺風を受け継ぐ読本型の戯作風小説ではなく、知識人層の啓発を視野に入れて創作している。この小説には各回後に評が附されているのであるが、最後に附された藤田鳴鶴の跋はまさにこの点を指摘している。

本邦著稗史小説者。多不学無識。是以其所作概鄙俚浅陋。不過供婦女子観玩。余毎読之。深以為憾。抑泰西所行小説。多成於博識家手。是以立論精確。命意峻爽。記事叙情之際。片言標新。双語領異。以平易談話。論破政治得失。弁晰風俗美悪。故其書之行。必能廉頑立懦。極有補於世教人心矣。頃日龍渓矢野君。拠希臘古史。作一編斉武民政興廃記。詳記当時形勢。考索烈士報国之蹟。名曰経国美談。（略）蓋本邦人著泰西小説者。以君為嚆矢。而本邦小説関係政治風俗者。亦以此書為破天荒。（『経国美談』跋）

（【書き下し文】本邦の稗史小説を著する者は、多くは学ばずして識無し。これゆえに其の作る所は概して鄙俚浅陋にして、婦女子の観玩に供するに過ぎず。余は之を読むごとに、深く以て憾と為す。抑も泰西に行わるる所の小説は、多く博識家の手に成る。これゆえに立論精確、命意峻爽とす。事を記し情を叙ぶる際には、片言標新、双語領異にして、平易なる談話を以て、政治の得失を論破し、風俗の美悪を弁断す。故に其の書の行わるるは、必ず能く頑を廉くし懦を立たし、極めて世教人心に補う有り。頃日龍渓矢野君は、希臘古史に拠り、一編の斉武民政興廃記を作る。当時形勢を詳記し、烈士報国の蹟を考索す。名は経国美談と曰く。（略）蓋し本邦人の泰西小説なる者を著するは、君を以て嚆矢と為す。しかるに本邦小説の政治風俗に関係する者は、亦た此書を以て破天荒と為す。）

日本の小説はいまだに娯楽のために読まれているが、西洋小説は政治の得失を論ずるなど知識人のためのものになっている。『経国美談』はまさにそのような西洋小説に倣う嚆矢となるであろう、と述べている。先ほど序で「読者ヲシテ小説ヲ読ムノ愉快ヲ得ルト同時ニ正史ヲ読ムノ効能ヲ得セシメ」とあったが、その「読者」は決して「婦女子」ではなく、むしろ政治理念を共有する同志となり得べき人士を対象としていたことがここからわかる。当時の政治小説のレベルは一般的にあまり高いとはいえないが、『経国美談』は稀にみる完成度が高い作品であり、閑文学ではなく、士大夫文学に読まれることを期待して構成されている。

それでは小説の内容についてみてみよう。小国テーベは二大大国、共和制のアテネと寡人専制のスパルタとの間で常に不安定な位置を占めていた。テーベの正党はアテネと同じ共和制を採用し、スパルタを後ろ盾にして専制政治を狙う奸党と敵対していた。紀元前三百八十二年、テーベの奸党レオンティアディスはスパルタを後ろ盾にしたクーデターで政権を奪った。正党のペロピダスらはアテネへの亡命を余儀なくされるが、最後に正党人士はアテネの民主党名士の力を借りて、奸党を打ち破り、内政を安定させる。内政の安定後、テーベはギリシアの覇権を握ろうとするスパルタを牽制して独立を保ち、ギリシアの覇者となる。

小説において、テーベ正党の名士たちが目指す共和政治体制が、矢野龍渓の所属する改進党の政治的理想と重なるという仕組みになっている。改進党の政治理念は、過激な暴力による革命での政権交代は容認しないが、専制ではない立憲民主制の政治体制を目指すというものである。

第二回に次のような一節がある。

> 凡ソ人其ノ内部ニ疾病アルニ当テヤ其ノ心力ヲ充分身外ノ事ニ及ホス能ハス。邦国ノ状勢モ亦タ然ルノミ。其ノ人民実ニ内政ニ満足シテ国内安寧（あんねい）無事ナルニアラサレハ全国ノ人心甘ンジテ外事ニ向フコト能ハス。故ニ其ノ国勢ヲ張ラント欲スレハ必ス先ツ内政ヲ整頓ス。是レ自然ノ定法ナリ。（『経国美談』第二回）

ここでは国の政治を人の身体に喩えて、人間の内部に疾病があると十分に力を発揮できないように、国も内部が安定しないと外国への国政を張ることができないので、まず内政安定が優先すべきであると述べられている。これは同時に改進党の綱領第二章一「内治ノ改良ヲ主トシ国権ノ拡張ニ及ホス事」に拠っており、国権を張るにはまず内政を整えるのが先決という改進党の綱領が盛り込まれている。[22] 前編最終回に正党が政権を奪回したのち「斯ク諸般ノ事已ニ全ク終リケレハ人心安着シテ今ハ内政ニ一ノ不満ヲ訴フル者ナク一国ノ人心協同セル其ノ有様ハ恰（あたか）モ人体内部ノ病疾ヲ療シ得テ已ニ全ク強壮健全トナリ今ヤ身外ノ事ニ満身ノ力ヲ尽サンコトヲ思フモノノ如ク人民ハ只管（ひたすら）列国ニ対シテ国勢ヲ振拡スルノ機会ヲ望ムノ有様トナレリ。」という部分と呼応しており、テーベが国内をよく治めることができたためにスパルタに侵略されずギリシアの覇者となる可能性が開けたとある。

同時に、これは当時の日本政治状況とのアナロジーになっている。[23] つまり明治二十二年に発布される予定の帝国憲法に則って、立憲君主制を整えて民主的政治体制を確立し、ヨーロッパの強国から独立を保ちながら世界へと進出をし、アジアの覇者となるという構想を含んでいるのである。(24) そこで小説の前編は内治の改良をテーマとし、後編は国権の拡張について描いている。この章では紙面の制限もあり、前編のみを取り上げて分析する。

テーマについては以上の通りであるが、先述のように小説に描かれた出来事は小説中に記号を付けて典拠となる史書を示しているにもかかわらず、歴史的事実を改竄している箇所が多々見られる。たとえば、小説中でテーベは奸党によって政権を奪われる以前は一貫してアテネの共和制度に倣っていたと書かれているが、史実ではオイノピュライの戦いによってこの小説が始まる時期にはすでにテーベの共和制度は崩壊していた。(25) また、テーベはその後のペロポンネシヤの戦いでもスパルタの盟邦としてアテネ側を攻撃している。(26)

これらはテーマを明確にするための故意の改竄であり、作者が意図的にこれらの史実を隠蔽しているといえる。つまり、『経国美談』自序において小説の意義は史の考証に資するという伝統的な文学観が、あるテーマに沿って歴史事実を材料に一貫した構成をとるという近代的歴史小説の考え方と矛盾をきたしているのである。そのため『経国美談』は近代以前の要素と近代の二つの要素が衝突を起こしている過渡期的な産物となっている。(27)

このような過渡期的特徴はあらゆるところにみてとることができる。たとえば、人物形象。評者藤田鳴鶴が第二十回最後に「作者以智力。良心。発情。三者。組成是書。巴氏則是智力。威氏是良心。瑪留是発情。（作者は智力、良心、発情の三者を以て、是書を組成す。巴氏は則ち是れ智力なり。威氏は是れ良心なり。瑪留は是れ発情なり。）」と指摘するように、三人の主人公は知力、良心、情熱を体現する類型的人物形象として描かれている。(28) これらの類型的な人物形象は中国白話小説『水滸伝』などの影響を受けている。また、場面構成においても『西廂記』や江戸時代の『里見八犬伝』などの影響を受けている。(29) しかし、これらの主人公たちはまったく伝統的な小説の才子佳人の典型でもなければ、江湖の英雄でもなく、民主制という政治体制回復を目指す政治家である。[30]このように所々に伝統的な小説を超えた近代化した描写も見られるのである。

このような特徴は内容だけではなく、形式においても見られる。『経国美談』において使われた文体は時文であり、その実質は漢文、和文、欧文直訳、俗文の四体の兼用であった。矢野自身、序において前編では日本旧来の稗史体を用いようと努めたが不慣れでなかなかうまく書くことができなかったため、後編では欧文直訳と漢文が三分の二を占めたと述べている。[31]当時において、このような文体は戯作調を脱した非常に斬新な文体であり、文体革新の先駆となった。[32]ほかに回の切れ目についても、伝統的章回小説は読者の次回を読む意欲を注ぐために興味深いところで終わるという形式をとっているが、『経国美談』においてはその手法が用いられている箇所は多くなく、前置きなしの語り起こしの方法などに西洋小説風工夫が見られる。[33]

しかし、中国語訳では原書の『経国美談』に見られるこのような近代的要素がまったく除かれてしまうのである。『経国美談』は羅普によって翻訳されて『清議報』に連載されたが、その翻訳の意図は矢野龍渓の意図とはかなり異なるものであった。矢野龍渓は自序で自らの文学観を述べ、小説が正史に依拠していることを再三強調していたが、翻訳ではこの自序と凡例は省略されており、訳者である羅普は原作者の意図に対してまったく無関心であったようである。羅普はこの作品を自分なりの方法、もしくは彼を取り囲む同志たちの考えに基づいて翻訳していると思われる。

中国語訳の『経国美談』は章回小説風に変えられて、その他にも大きな改変が見られるが、それは翻訳姿勢の相違が起因となっている。矢野龍渓の『経国美談』は史実に改進党の政治綱領を入り込ませる手法を巧みに用いており、それがあまりにも巧みなために読者には本当の出来事のように感じさせていた。しかし、翻訳になるとそのような原著の工夫はほぼ無視されてしまい、読者は小説中に盛り込まれた改進党の政治理念に気づかずに小説を読むことになる。

たとえば、小説のクライマックスに次のようなシーンがある。正党のペロピダスはアルチアスら奸党を策略で捕らえた後にテーベ市民を人民会堂へと一堂に集めて事情を説明する。ペロビダスは自らが法に則らずに策略を用いて奸党を陥れた事について次のように述べる。

又会堂群集ノ中ニ於テ巴氏ハ此夜ノ顚末ヲ報告スルガ為メニ儀式ノ演説ヲナシ且ツ有志者等ガ国法ヲ犯シテ擅ニ諸人ヲ捕獲セル罪ヲ述ヘ回復ノ大事定マル上ハ人民ノ命従テ就刑スヘキ覚悟ナルコト(と)ヲ説キ出セシニ(『経国美談』第十九回)

このペロピダスの科白「国法ヲ犯シテ擅ニ諸人ヲ捕獲セル罪ヲ述ヘ回復ノ大事定マル上ハ人民ノ命従テ就刑スヘキ覚悟」は、暴力的革命によって政権簒奪しないという立憲改進党政治理念が込められている。

【中国語訳】巴比陀便対各人民。演説今晩斬除奸党的瑣末。及回復民政的意見。並自謝不請命人民。擅自捕殺奸党的罪過。(『清議報』第五十冊)

(ペロピダスがそれぞれの人民に対して、今晩の奸党を始末した顚末と民政を回復することについての意見を演説し、ならびに人民の命を請わずに奸党を独断で捕殺した罪を謝った。)

中国語訳ではペロピダズが奸党を自らの判断で殺した事について詫びているが、この事件が収拾すれば法の裁きを受けるという部分は省略されている。訳者には奸党を処罰して法の裁きを受けるというのは行き過ぎであると感じたためと思われる。そのためこの部分は簡潔に訳され、原著の意図が読者に届かない。

また正党によるクーデターが成功した後、紀元前三百七十八年一月一日、新たに選出された行政官と議員の着任日に民政回復の大祝祭が施行された場面において省略が見られる。新任した二人の総統官はこの大祝祭にて歓喜する人民を前にして演説をし、ペロピダスは亡くなった同志へ思いを馳せて感慨にふける。

斯(かく)テ此行列ノ本城ニ進ミ入リシ後、両人ノ新総統官ハ兼テ設ケタル誓盟ノ席ニ充満セル無数人民ノ面前ニ於テ誓盟席ニ進ミ人民及ヒ諸議員ニ向ヒ

国法ヲ奉シ民心ニ順ヒ謹(つつし)ンテ職務ヲ奉スヘシ。

トノ誓詞ヲ陳ヘケレハ此時人民ハ一斉ニ声ヲ放ツテ歓呼シタリ。夫ヨリ職位ノ順序ヲ以テ新議員及ヒ先輩長老與(とも)ニ皆其ノ誓盟ヲナシ此ニ回復祝祭ノ盛式ヲ畢(おわ)ツテ国事全ク定マリタリ。（『経国美談』第二十回）

新総統官の「国法ヲ奉シ民心ニ順ヒ謹ンテ職務ヲ奉スヘシ」の科白は、立憲改進党の理念である法に基づく合法的な政権樹立を強調している。ここはまさに小説のクライマックスであり、非常に重要な部分であるが、中国語訳ではこの大祝祭の場面全体が省略されている。このように中国語訳では改進党の理念は時には簡略化され、時には省略され、テーマとして翻訳に反映されていないところが少なからずある。

政権の正当性確認後に国の一大事に貢献した功労を賞して、遺族への年金支給と奸党の処分が決まる。人民は奸党を死刑に処することを望むが政府は奸党を流刑とする。テーベはここに民主制を回復するのだが、再びスパルタがテーベの独立に干渉し、スパルタ王クレオンプリュタス率いる軍隊はテーベへと進出した。これに対し、イバミノンダスの率いる軍隊がスパルタ軍を撃退する。

又斉武(テーベ)ハ未タ斯波多(スパルタ)ノ如ク強大ナラス且ツ同盟列国ノ援兵ナシト雖モ其国内已ニ全ク整頓シテ人心方ニ外事ニ向ヒ加フルニ為政ノ才略アル巴比陀(ペロピダス)用兵ノ武略(ぶりゃく)アル威波能(イベミノンダス)等ノ如キ人材有テ壮武ナル国人ヲ左右スレハ斯斉二国ノ勝敗優劣ハ未タ容易ニ之ヲ定ムヘカラス。（『経国美談』第二十回）

テーベは強国スパルタと互角に渡り合い侵略を許さずに独立を保った。その勝因は「其国内已ニ全ク整頓シテ人心方ニ外事ニ向ヒ」とあり、内政の安定に求めている。

【中国語訳】這時斯波多独覇希臘境内。素来最強的阿善。還不能敵他。何況斉武。所以人都替斉武着了一急。雖然。斉武是新興国。勢子正鋭。那里管甚麼覇国不覇国。人以兵来。我以兵性。断不肯降気的。並且有長於行政的巴比陀。善於用兵的威波能等人。国雖褊小。却不信便被人圧倒了。所以斯斉的競争。恰似強獅遇着猛虎。一時不能分出勝負出来。所以希臘境内。又起了大波瀾。（『清議報』第五十一冊）

（この時、スパルタは独りギリシア内で覇権を握っていた。元来最も強いアテネもやはりスパルタには敵わなかった。テーベは言うまでもない。そこで人々はみな、テーベのために焦ったが、テーベは新興国であり、その勢いはまさに激しく、覇国かどうかなどは気にもとめない様子であった。人が兵をもってやってくるなら、こちらは軍人の精神で断じて降参はしない。しかも行政に長けたペロピダスと兵を用いるのが上手いイバミノンダスなどがいる。国は小さいけれども、人に圧倒されるとは思わない。そこでスパルタとテーベの競争はまるで強い獅子が獰猛な虎に出会ったかのようであり、一時で勝敗を分けることができなかった。そこで、ギリシア内ではまた大波乱が起こった。）

中国語訳では「人以兵来。我以兵性。断不肯降気的。（人が兵をもってやってくるなら、こちらは軍人の精神で断じて降参はしない。）」と意訳されている。「斯斉二国ノ勝敗優劣ハ未タ容易ニ之ヲ定ムヘカラス」の訳は「所以斯斉的競争。恰似強獅遇着猛虎。（そこでスパルタとテーベの競争はまるで強い獅子が獰猛な虎に出会ったかのようであり）」と獅子と虎の喩えで説明している。内政の整頓と国権の拡張という主題が表面からは見えてこない。

矢野龍渓は自序で正史に悖らない事を強調し、そのため史実と異なる事実についても小説内では恰も史実であるような工夫を施す書き方をしていた。しかし中国語訳では小説内の出来事が事実であるか否かにはまるでこだわりがないようである。

たとえば民主制回復後に四百名公会と行政議官の改選を決定した場面では、「斯テ此月即チ十二月ノ末ニ至リケレハ日ヲ刻シテ其ノ当撰者ノ報告ヲナシケルカ其報告書ニ拠レハ巴比陀威波能（ペロピダスイバミノンダス）及ヒ加倫勢応本（カローンセヲポンプス）ノ四人ハ総統官当撰者ノ中ニテ投票最モ多数ナリケリ（『経国美談』第二十回）。」と記述している。史実によると当選者はペロピダス、メロン、カローンの三人であり、ここは史実と異なっているのだが、まるで史実がそうであるかのように具体名を挙げて記述している[34]。このような具体性は矢野の正史の叙述方法に対するこだわりであり、歴史事件の年月日を挿入し、歴史事件発生の順序を重視する手法にも繋がっている[35]。しかし、この部分の中国語訳では「十二月末」を省略して「這時挙巴比陀威波能為行政総統官的最多（この時、ペロピダスとイバミノンダスを行政総統官として挙げる者が最も多い。）（『清議報』第五十一冊）」と訳され、矢野龍渓のこのような工夫が翻訳上に活かされていない。

矢野劉渓は小説に手を染めた事を恥じる姿勢をとりながらも、江戸時代の人情本から逸脱した士大夫のための「上の文学」を目指す志向をもっていた。先述の描写上の工夫が正史の欠を補うという小説の意義に対応していることは言うまでもなく、柴四朗の『佳人之奇遇』とも共通する指向であった。しかし、中国語訳を比べてみると、『佳人奇遇』が著者柴四朗の意図を見事に汲み入れた名訳であるのに対し、『経国美談』の翻訳は反対に原著者の意図を解体する方向へと向かっているのである。

中国語訳の俗化表現は人物の科白においても見出すことができる。ペロピダスは最も多き票を得て当選するが、辞退していう科白に次のようにある。

政法ヲ改良シ政体ヲ改革シテ以テ己（おのれ）ヲ救ヒ人ヲ救ヒ自他ノ福利ヲ増進シ仰（あおぎ）テ天ニ愧チス俯シテ人ニ愧チス内ニ顧（かえりみ）テ其ノ良心ニ満足スルヲ以テ報酬ト為スハ是レ政治家ノ本意ナリ。（『経国美談』第二十回）

矢野龍渓自らがここに「首回、威波能ノ言、以テ政治家ノ令徳ヲ写出シ、予ジメ後来誅奸ノ功、万已ムヲ得ザルヲ見（あら）ハス。尾回、巴比陀（ペロピデス）ノ言、以テ政治家ノ本志ヲ写出シ、亦タ前面誅奸ノ功、万已ムヲ得ザルヲ見ハス。夫レ巴威ノ丕（おおきい）功、既ニ万已ムヲ得ザルニ造レバ、本篇ノ著、亦タ固ヨリ万已ムヲ得ザルニ成ル矣。蓋シ首尾両雄ノ映対スル処、乃チ作者精神ノ注匯スル処ニシテ、読者豈ニ兎渉（としょう）スベケン哉。（『経国美談』第二十回）」という注釈を施している。この部分は大義のために民主制回復の事業に参加したのであり、地位を得るためではないと固辞するペロビダスを東洋的観点から理想化した部分である。ペロビダスの科白である「仰テ天ニ愧チス附シテ人ニ愧チス内ニ顧テ良心ニ満足スル」には孟子の典故が使用されており、儒教道徳や士大夫意識と繋がっている。

【中国語訳】改革政体。整頓国政。凡政治家的本意。無非是救身救国。増進自己及他人的福利而已。却毫不可腌臢夾雑在内。起了甚麼想功名求富貴的念頭。（『清議報』第五十一冊）
（政体を改革し、国政を整頓する。凡そ政治家の本意は己を救い国を救い、自分と他人の福利を増進することに他ならない。しかしそのなかには汚いものが混ざったり、功名富貴を求める考えを少しも起こしてはいけない。）

中国語訳では奇妙な事に孟子の典故がわざと訳されておらず、「改革政体。整頓国政。凡政治家的本意。無非是救身救国。増進自己及他人的福利。（政体を改革し、国政を整頓する。凡そ政治家の本意は己を救い国を救い、自分と他人の福利を増進することに他ならない。）」となっている。これは訳者が文言的で修辞的な表現を排除して簡明な俗語的表現を用いようとしたからである。

ほかにもペロビダスと女性との恋愛の場面を次のように描写している。「正ニ是レ暖ヲ送ルノ軽雨花稍ク綻ヒ、渓ニ入ルノ春風鶯将サニ囀セントス。若シ双方ノ中ニテ孰レカ請求スル所アラハ其事ハ直チニ行ハル可キ有様ナリシニ（『経国美談』第九回）」という部分を、中国語訳では「那時両心蕩漾。両意纏綿。仮使両人之中。有一人有所請求。那一人自連声諾諾了（その時、二人の心は揺れて惹かれあった。仮に双方のいずれかが何かを求めれば、もう一人は直ちに同意しただろう。）（『清議報』第四十三冊）」と翻訳している。ここでも日本語原著にある文人的表現が翻訳には反映されていない。

同じく、この二人の別れのシーンを描写して「令南ハ昨夜ノ注意ニ因テ今日シモ親シク巴氏ト相語ルヲ喜フノ間モナク今又其ノ為メニ其人ト遠ク相別ルルノ悲ミヲ嘆チケル。彼ノ刺客ノ為メニ二人カ相思フテ相離ルルノ有様ハ恰モ是レ黒風浪ヲ翻シテ文鱗ヲ打散シ、赤焔林ニ騰テ采翮ヲ驚分ス。（『経国美談』第九回）」という水滸伝を踏まえた文学的な表現も省略されており、「数月同居。一朝離別。甚是恋恋難捨。那令南見巴氏忽要離別。更是凄涼無趣。便覚自己神魂。也随巴氏搬去別処了。（数ヶ月一緒に暮らし、今日にも別れるのは何とも名残惜しいものである。かのレオナはペロビダスと突然別れるのがわかると、さらに寂寥で心が塞がれる感じがし、自分の魂もペロビダスと共に他へと行ってしまうかのように感じた。）（『清議報』第四十三冊）」と翻訳している。このように漢文的素養を必要とする部分は俗的表現に変えられ、日本語原著にみられた細かい工夫も中国語訳においては故意に俗化されているのである。

以上に加えて、中国語訳『経国美談』の形式は旧白話小説の形式を故意に模倣した形跡が見られる。先述の通り、日本語原書においては回の終わり方が旧章回小説とは異なることについて述べたが、中国語訳では章回小説の通例に倣い、読者の読書意欲をそそるような興味深い箇所で切る終わり方をしている。そのほかにも、旧白話小説で通常よく見られる「語り手（説書人）」を用いている。以下、その例をみてみよう。

小説の始まりの場面に、正党ペロピダズがアテネへの亡命中に敵襲に遭い、河へ落ちて漁夫に助けられる場面がある。年老いた両親を気遣う息子に向かって、父はペロピダスを助けてアテネまで船で送り届けるように説得をする。その漁夫の科白の後に、日本語にはない「看官聴説。這斉武的郷民也知愛国也。暁得自己有為国的職分。所以興盛的縁故。即在這些上面。這却不表。（皆さま、テーベの民衆も愛国を知っているのです。自分も国のための職分があることをわかっているのです。繁栄しているのはまさにそのためです。これはここでは言いません。）（『清議報』第三十九冊）」という言葉が加わえている。これはまさに当時の知識人の心境そのものである。

注意すべきなのは、小説中に顔を出す語り手は旧白話小説の説話人の口調そのものであるが、内容は訳者も含めた知識人の心情の代弁となっている。次の部分はそれを如実に表している。亡命先のアテネの公堂にて、メロンはアテネ市民に向かいテーベへの援助を願い出て演説を行う場面がある。豪傑メロンは言葉に詰まって「テーベを救いたまえ」と連呼し、アテネ市民はメロンの滑稽な様子を見て、声を立てて笑い始める。その時、亡くなったはずのペロピデスが会場に突如現れる。

その登場場面を原著では「巴比陀（ペロピデス）ハ言葉短ク瑪留（メロン）ニ其ノ身ノ死セザリシヲ告ゲ尚ホ委細ハ安氏ヨリ聞ク可シトテ瑪留（メロン）ヲバ安氏ニ託シ今阿善（アゼン）人民ニ訴フ可キ此ノ好機会ヲ失フベカラズト思ヒケレバ疾ク進ンテ発言台ノ下ニ至リ会衆ニ向ツテ明亮ナル音声ヲ発シ発言ノ許シヲ請フテ曰ク（『経国美談』第五回）」とある。メロンは我が目を疑いながら、ペロピデスの名を呼びつつ近づいていくが、ペロピデスは詳細はアルティアスに聞けと言い残して演説台に登る。

中国語訳では「這瑪留到巴比陀面前。與巴比陀安度倶相見了。便在会堂上高声問道。你到底還没死麼。巴比陀方欲告訴他。倒是安度倶道。剛纔兄長在発言台上。把斉武出醜極了。我們若被他們看軽了。回復的事。

還有望麽。請快些上発言台。説個道理。求他援助。何必在這裏私講甚麽。巴比陀以為然。即対着会衆発言道。（メロンはペロピデスの目前に来て、ペロピデスとアルティアスと会い、会堂で大声で尋ねた。君はやはりまだ死んではいなかったのか。ペロピデスが彼に答えようとすると、アルティアスの方が言った。さっき発言台で兄貴がテーベの恥を大きく晒したところです。我がもし彼等に軽く見られたら、まだ回復の事を望めましょうか。早く発言台に上り、道理を説いて、彼等に援助を求めて下さい。ここでこそこそと何を話しているのです。ペロピデスはその通りだと思い、すぐに聴衆へ向かって発言しはじめた。）（『清議報』第四十冊）」とあり、アルティアスがメロンの恥を戒める言葉が挿入されており、ここに訳者の心情が思わず吐露されている。

このペロピダスの演説はアテネ市民の心を揺り動かしたのだが、結局アテネの奸党の妨害に遭って、執政官会議でテーベへの援助は否決されてしまう。テーベ亡命の志士たちは落胆をしながら次策を練る。

ここに中国語訳には日本語原書にはない次のような解釈が加えられている。「看官聴説。天下有許多没用的人。一経挫折或忍耐至再至三。即意冷心灰。不是醇酒婦人。便是斂手坐待。不是終日嘆息。便是満腹牢騒。到底仍是無成。挫折還是被人挫折了。看巴比陀他們。国内遇了対頭。跑到他国。又遇了晦気。此回之後。還遇了種種苦難。源源而来。層層相逼。他們仍是如常。豪不介意。所以苦尽甘来。終要成功。這不畏阻力。便是他們過人処所。便是他們定要成功的左券。（皆さま、天下には多くの役立たずがいます。一回挫折したり、二三回我慢しただけで、気持ちが冷めてしまうのです。酒と女でなければ、手を拱いて待つだけ。一日中溜息をつくのでなければ、不満愚痴だらけ。やがて何にもならない。挫折したことには変わりなく、人に挫折させられたのある。ペロピデスなどを見てみなさい。国内で敵にぶつかり、他国に逃げ、また不運に遇った。この回の後も種々の苦難に遇い、絶えずやってきてはますます追い詰められるが、彼等は依然としてそのままでまったく気に留めていません。そこで苦労が終わると幸せが来て、終に成功するのです。この障害を畏れないのは彼等が人より勝っているところで、彼等が必

十二ノ英雄宴席ニ突進ス
九圖

図3　矢野竜渓『経国美談』の挿絵「十二ノ英雄宴席ニ突進ス」。テーベの正党人士が婦人に変装して奸党アルチアスを宴席場で捕らえる場面。

ず成功する証なのです。）（『清議報』第四十一冊）」ここには、テーベからの亡命の志士たちが中国から逃れて日本の地で改革を目指す彼らの立場と同一化されており、語り手がそれを代弁している。

　さらに、アテネに亡命していたテーベの有志が政権を奪回するために用いた策略とは、正党人士が奸党アルチアスをフィルリダス邸の宴席に招き、婦人に変装して捕らえるというものであった。紀元前三百七十九年十二月十一日午後二時、ペロピダスら有志たちは到着予定が遅れている有志を待っていた。すると、一通の手紙が届いた。そこには、有志たちが待ち伏せのために潜んでいた館の主人カローンが奸党のポレマレスコス邸に至急訪れるよう書かれていた。有志らは自らの計画が露見したのではないかとひやりとしたがそうではなく、物事は無事に進み、宴も酣になった。奸党のアルチアスが安心しきって酔いもまわった頃に、一人の使者がやってきた。

然ルニ二更ノ頃ニ至リ俄(にわ)カニ上坐ナル奸党亜留知(アルチアス)ノ宅ヨリ至急ノ使者到来シ阿善ノ親族亜留智ヨリ大事ノ急書ヲ齎(もたら)シ来レハ是非トモ亜留知ニ面謁ヲ請ヒ度キ旨ヲ申シ入レタリ

亜留知ハ其ノ使者ヲ宴席ニ延テ対面セシニ使者ハ其書翰中ニ極メテ大切ノ事ヲ記シアル旨ノ伝言ヲ致シ之ヲ其手ニ授ケタリ。亜留知ハ其書翰ヲ受取リシガ酩酊ノ余リニヤ其使ニ向ヒ

大切ノ書状ハ明日ノ事ナリ

ト書翰ヲハ其儘(そのまま)己ノ懐中ニ収メテ之ヲ披キ見ズ直チニ使者ヲ帰シケリ。此書翰コレ是レ彼ノ阿善(あぜん)ノ行政官亜留智カ此ノ夜ノ密謀ヲ洩レ聞キテ之ヲ通知センカ為ニ急使ヲ飛ハシテ送リ来リシ者ナレ。若シ此席ニテ奸党カ此書翰ヲ披見セハ有志者ノ計策ハ忽チ此ニ露顕シテ事皆画餅ニ属スベキニ今奸党ガ書簡ヲ披見セスシテ直チニ之ヲ懐中セシコソ是レ天ノ未タ斉武(テーベ)人民ヲ遣テザルノ致ス所ナルヘケレ。(『経国美談』第十八回)

使者がアルチアスに渡したのはアテネの親類から手紙であり、そこには志士たちが今まさに実行しようとする策略が書かれていた。しかし酔いの回ったアルチアスは「大切ノ書状ハ明日ノ事ナリ」と懐にしまい込む。このアルチアスの科白は多くの史書に載せられており、それらを典故にしている。

【中国語訳】自阿善亜留智家遣発来的。要見亜留知呈上一封書信。並説道。我主人説是極緊要的書信。所以呼我連夜送来的。亜留知便自上座把書信接過来。看官你道這是甚麼書信呢。這個便是亜留智的密報。把各志士的計策。報與亜留知。救他死命的。這送信人恰好跑到他家裏。他早進了比留利家。所以直跑到這裏親遞給他。誰料他罪悪貫盈。応該敗事。接了這封書。不耐煩拆看。説道。甚麼緊急事情。明日再看不遲。便把来揣在懐裏。看也不看。(『清議報』第五十冊)

(アテネのアルチアス家から遣わされてきたのであった。アルチアスに直接手紙を差し上げたく、次のように言っ

た。私の主人は非常に緊急な手紙だと言っております。そこで私を呼んで夜のうちに手紙を送られたのです。アルチアスは上座から書簡を受け取った。さぁ、皆さんこれは何の手紙でしょうか。これはアルチアス家の密報でした。志士の方々の計略をアルチアスに知らせ、彼の命を救うためでした。この書簡を運んだ者は彼の家に行ったのですが、彼はとっくにフィルリダス邸へ上がっており、そこでそのまま此処まで来て直接彼に渡したのでした。まさに悪行の限りを尽くして失敗する運命とは誰が予測したでしょうか。この手紙を受け取ったが、封を開けて見るのが面倒であった。どんな急用でも明日見ても遅くはあるまいと言った。そこで持って直ぐに懐に仕舞い、見さえもしなかった。）

中国語訳では「甚麼緊急事情。明日再看不遲。（どんな急用でも明日見ても遅くはあるまい）」と口語化して訳し、原書の「天ノ未タ斉武人民ヲ遣テザルノ致ス所ナルヘケレ。」を「看官你道這是甚麼書信呢。（さあ、皆さんこれは何の手紙でしょうか）」と訳している。そしてアルチアスが手紙を見ずに懐にしまい込んだのを「誰料他罪悪貫盈。応該敗事。（まさに悪行の限りを尽くし失敗する運命とは誰が予測したでしょうか。）」と解説を入れている。ここは完全に白話小説の説書人の口調を故意に真似たのであり、アルチアスが手紙を見なかったのは自業自得であると解説を入れているのである。このような小説の記述部分に「説書人」の語り口を入れるのは全体に及んでいる。

『佳人之奇遇』において東海散士をはじめとする人物たちは、弱小国の知識人である自らの代弁者でもあった。弱小国である中国が西欧列強に侵されていくその視点は、日本の知識人ひいては世界弱小国の志士たちと共有されていた。しかし『経国美談』において登場人物である古代ギリシアの志士たちは自らと同一化されることはない。彼らはあくまでも小説世界のなかで一つの役割を演じる役者にすぎない。むしろ、訳者が自らの思想を述べるのは「語り」の部分である。訳者は小説の語りの部分を借りて、重要であると思われる時には顔を出して解説を加えて、自らの境遇と照らし合わせて感嘆する。『経国美談』において、訳者は『佳人之奇遇』のように「人物」を借りて主張をしようとはせず、むしろ「語り手」を借りて主張している。

これまで、『経国美談』のように、清末小説が旧章回小説体をとっていたのは、近代小説形式に対する認識がまだ未熟であったからだと解釈されることが多かった。しかしここから近代小説形式に対する認識不足というより、むしろ翻訳者が自らの価値をどのようなかたちで小説形式に反映したのかということと翻訳方法が密接に関係しているのがわかる。この『経国美談』の訳者は読者の対象として一般の民衆を念頭におき、彼らの読解能力を想定して翻訳方法を選択している。そこからは、矢野龍渓の正史へのこだわりを強く否定し、逆に小説形式の通俗性を利用して自らのイデオロギーをより効果的に民衆へ浸透される方法を打ち出そうとする姿勢が見られる。そのため、この『経国美談』の翻訳は旧章回小説の模倣というだけではなく、清末の知識人たちが小説形式の通俗性に着目して利用しようと試みた産物と考えることができるのである。

四　「理想派」と「写実派」――啓蒙の二つのかたち

一八九八年に梁啓超は「訳印政治小説序」において康有為の言葉を引用し、小説の形式の通俗性には啓蒙の効用があると述べている。しかし一九〇二年、梁啓超は「小説と群治の関係を論ず（論小説與群治之関係）」において当時一般的だった通俗性を利用した小説効用論に対して、民衆が小説を好む理由は通俗性、娯楽性のみで論じるのは不可能であるとしている。「小説と群治の関係を論ず」は『新小説』発刊の辞に掲載されたもので、『清議報』に訳載された『佳人奇遇』や『経国美談』の経験を土台にして、小説に対する考えをより一層深化させたものである。

「小説と群治の関係を論ず」において次のように述べている。小説が娯楽性や通俗性を超えて民衆を魅了するその原因はどこにあるのだろうか。その一つの原因は人間がもつ本質的な性質、「凡人之性、常非能以現境界而自満足者也。（凡そ人の性は、常に能く現境界を以て自ら満足する者にあらざるなり。）」にある。人間には現実世界を抜け出し、別次元の世界を求める欲望がある。その欲望を満たすために、現実世界を超えた別境地に心を遊ばせることのできる小説を読むのである。もう一つの原因は人間は自ら体験する世界の本質的な意味を知りたいという欲望をもっているために小説を読むのだと述べている。

梁啓超にとって小説とは変革のための小説であり、中国民衆の意識を近代化に導くためのものでなくてはならなかった。そして体制変革を欲する動機は民衆心理のなかにはすでに存在しており、それをうまく利用して導きさえすれば啓蒙は果たせるという考え方をしていたのである。

この論の立て方は非常に独特であり、小説の価値をただ単に通俗性、娯楽性のみからとらえる考え方と一線を画している。この民衆の潜在的にひそむ欲望を表現した小説をここでは「理想派小説」と「写実派小説」の二つに分類している。この「理想派」と「写実派」の分類法は清末から五四時期以前までの文芸評論に大きな影響力をもっていた。ここの「理想」とは「政治的理想」という意味を含みながらも、基本的には「写実」と対応する「空想」の意味で用いられている。[36] 梁啓超は当時の日本文芸理論の影響を受けながら、独自に実際の翻訳経験を通して考えを深めていったのではないかと思われる。

具体的には、「理想派小説」の効用は先述したように人が現実を超えて別境界に彷徨うことによって感化させる小説を指している。これは民衆感化の第一歩である。このような効能は、脚色つまり背景設定にイデオロギーを載せることで完成すると考えているのではないかと思われる。たとえば『経国美談』のような小説である。原著の『経国美談』の序にも「唯身自ラ遭ヒ易カラサルノ別天地ヲ作為シ巻ヲ開クノ人ヲシテ苦楽ノ夢境ニ遊ハシムルモノ是レ則チ稗史小説ノ本色ノミ。故ニ稗史小説ノ世ニ於ケルハ音楽画図ノ諸美術ト一般、尋常遊戯ノ具ニ過キサルノミ。」という言葉が見られる。ここから矢野龍渓は小説が娯楽にすぎないと論を展開していくが、梁啓超の論では小説の別天地に誘う力こそが小説の感化力の根源であるという風に変えられている。

清末の翻訳は基本的にこの『経国美談』の手法に倣っている作品が多い。たとえば、科学小説の翻訳などは典型的な例であり、魯迅も科学小説を翻訳するときに『佳人奇遇』ではなく、むしろ『経国美談』の手法を翻訳方法として採用している。小説世界に読者を引き込むためには、『佳人奇遇』のような議論ではなく、小説の特質である具象性、形象性を活かさなければならない。小説の民衆教化のための形式を提供するために、当時の知識人が参照としたのが伝統的な白話小説であったのは必然的結果であった。

これに対し、「写実派小説」とは次のように述べている。

無論為哀為楽。為怨為怒。為恋為駭。為憂為慚。常若知其然而不知其所以然。欲摹写其情状。而心不能自喩。口不能自宣。筆不能自伝。有人焉和盤託出。徹底而発露之。則拍案叫絶曰。善哉善哉。如是如是。（『新小説』第一号）

（哀をなし楽をなし、怨をなし怒をなし、恋をなし駭をなし、憂をなし慚をなすを論ぜずして、常にその然るを知りてその然る所以を知らざるが若し。其の情状を摹写せんと欲せども、心はよく自ら喩うるあたわず、口はよく自ら宣ぶるあたわず、筆はよく自ら伝う能わず。いずくんぞ有人和盤して託出し、徹底して之を発露する、則ち拍案叫絶して曰わん。善いかな善いかな。是の如し是の如し。）

人が現実世界において経験した出来事が大きな世界のなかでどのような意味をもっているのか、自分でもよく理解できない時がある。しかしその意味を的確に説明する者がいれば、「拍案叫絶（机を叩いて絶叫する）」して深く感銘を受ける。

ここで用いられている「拍案」という言葉は、梁啓超の書いた史伝やまた『佳人之奇遇』などのなかでもよく見られる言葉であり、『佳人之奇遇』では次のような場面で用いられている。散士がアラビー・パシャの挙兵檄文に見た反応が「散士朗読再三案ヲ拍テ曰ク、壮快ノ文ナリ（『佳人之奇遇』第六巻）」とある。[37] ここではただ単に感嘆するという意味ではなく、相手の政治的な意見に強い共感を表す言葉として用いられている。『佳人奇遇』の人物たちはある世界観の代弁者であり、読者は自らの体験の意味を小説中の人物たちの科白から読み取るのである。このように、『佳人之奇遇』は知識人自らの思想を小説に反映するための新しい形式を提供したのである。

梁啓超の「写実派小説」の考え方は言うまでもなく、啓蒙的小説観から出発している。[38]「写実派小説」とはただ単に現実世界を写実する小説という意味ではない。むしろ小説に含まれる認識（イデオロギー）が現実世界よりも先行し、民衆に現実の意味を教唆する小説を「写実派小説」と呼んでいるのである。

小説に織り込まれた思想は「種」として民衆の心のなかに根付いて、小説世界で身につけた考え方を逆に現実世界の解釈へと転化して啓蒙が完成する。梁啓超はその小説の力を四種類の力「薫」、「浸」、「刺」、「提」と呼んでいる。「薫」とは、人を知らず知らずのうちに感化する力のことをいう。この力が人に影響を与えると、考えの「種」のような核を形成する。その「種」は社会に遍く広がっていく。「浸」も同様に感化力であるが、時間的な影響力を指している。また、人がまるで取り付かれたように小説世界に入り込み感情移入をすることを「刺」といい、その時に読者が主人公に同一化する作用を「提」と呼んでいる。「薫」、「浸」は小説がどのようにして社会を変えるかという点から述べられており、「刺」、「提」は人がどのようにして小説世界へ感情移入するかについて論じている。人々は小説世界へ感情移入をしてどっぷり浸りこむと、小説世界を現実世界のように感じる。小説の描き出す世界をヴァーチャルリアリティのように感じることによって啓蒙は果たせるのであり、虚構が事実を書いた「史」とは異なる価値をもっていると梁啓超は続けている。

このように、梁啓超は事実と虚構の関係性に関して斬新な観点を提出した。以前の伝統的な小説観においいて空想の物語は「猥鄙荒誕」で「徒らに耳目を乱す者」として退けられたのであるが、梁啓超は「小説と群治の関係を論ず」において初めて事実と虚構の価値を転倒して論理的に論じたのである。小説の価値は事実に基づいていることにあるわけではない。小説が事実より勝るのは小説の内包するイデオロギーにあり、小説に含まれるイデオロギー（認識）が人々の現実認識に先行してこそ人々を啓蒙することができることにある。このような小説とイデオロギーに関する明確な自覚は、かつて中国にない認識であった。そして小説とイデオロギーとの関係に対する自覚こそが小説の近代性の自覚へと繋がっていった。

五四以降に西洋の文芸理論が受容され、現実をそのままに描写することを主義とする「リアリズム（現実主義）」が小説の主流を占めるようになる。しかしリアリズム小説の裏には、清末時期から受け継がれた啓蒙的文学感が脈々と息づいている。つまり、小説によって現実を描くことの本質的意義は事実をそのまま描くことにあるのではなく、小説に含まれた現実に対する意味を民衆に教えるためであるという考え方である。そして、このような考え方こそが五四以降のリアリズム小説を中国において主流たらしめた原因となったのである。

注

(1) 前野直彬「明清の小説論における二つの極点」『日本中国局学会報』第十集、一九五八年。

(2) 康有為「『日本書目志』識語」(『日本書目志』上海大同訳書、一八九七年)。陳平原、夏暁虹編『二十世紀中国小説理論資料(第一巻)』(北京大学出版社、一九九七年)から転引した。

(3) 厳復、夏曾佑「本館附印説部縁起」『国聞報』光諸二十三年(一八九七年)十月十六日~十一月十八日。前掲『二十世紀中国小説理論資料(第一巻)』より転引。

(4) 「小説」という言葉が今日と同様の意味で用いられるようになったのは、清末の知識人に端を発しており、日本の「小説」という言葉を中国に逆輸入するかたちで用い、しだいに定着していったと考えられる。日本においても「小説」という名称が一般的に用いられるようになるのもそれほど昔からではない。江戸時代でも一般的に用いられることは珍しく、明治以後しだいに定着していく。明治三年、西周は『百学連環』の第一編のなかでRomanceを稗史、Fableを小説と訳しており、明治十二年に至っても極めて稀に「欧州小説」という角書が見えるぐらいであった。『経国美談』序には「稗史」と「小説」が並列して見られ、『佳人之奇遇』序にも「稗史」という言葉が用いられている。われわれが現在用いている「小説」という言葉の概念が定着するのはやはり明治十八年に出版された坪内逍遥の『小説神髄』以降である。明治十八年は中国の光緒十二年に当たり、「本館附印説部縁起」が書かれたのは光緒二十三年であり、同じく康有為「日本書目志識語」も光緒二十三年である。すでに明治十八年から十年余り後であり、日本において小説という言葉はすでに一般化していた。清末においては「説部」、「稗史」などと並んで「小説」という言葉は一般的に用いられており、清末の識語や文論における「小説」という言葉はすでに巷の逸聞を集めた書物などを指す伝統的な意味ではなく、フィクションの訳語としての「小説」という意味で用いていた。中国の文芸評論においても、このように「小説」という名称と概念が現在の意味で定着するのは小説に対する近代的な意識が定着する過程と対応している。(「総説」『近代文学評論体系・第一巻・明治期I』角川書店、一九七一年十月、四六六頁参照)。

(5) 陳平原『中国小説叙事模式的転変』上海人民出版社、一九八八年三月。

(6) 陳平原「前言」(陳平原、夏暁虹編『二十世紀中国小説理論資料(第一巻)』四頁)。

（7）東海散士『佳人之奇遇』全八冊十六巻、博文堂、一八八六年～一八九八年。初編は明治十八年十月、弐編は明治十九年一月、参編は明治二十年二月、四編は明治二十一年三月、五編は明治二十四年十二月、六編は三十年七月、七編は三十年九月、八編は三十年十月に出版された。

（8）柴四朗の経歴については、柳田泉「『佳人之奇遇』と東海散士」（『政治小説研究（上）』春秋社、一九六七年八月）が詳しい。また『佳人之奇遇』の成立については、柳田泉「一『佳人之奇遇』の成立」（前掲『政治小説研究（上）』、三七二頁～三七三頁）を参照。

（9）前田愛「明治歴史文学の原像」（『展望』二一三号、一九七六年、一一九頁）に「会津人柴五郎の遺書」（石光真清編『或る明治人の記録』）が引用されている。柴四朗の弟である柴五郎の書であり、下北半島に放逐された時代の困窮の日々について語っている。

（10）前掲「明治歴史文学の原像」一一六頁。

（11）前掲「明治歴史文学の原像」一一三頁～一一六頁参照。

（12）前掲「明治歴史文学の原像」一一五頁。

（13）ドン・カルロス党が起こしたカルリスタの反乱とはフェルナンド七世の王位継承問題に端を発している。イザベル二世は夫であるフェルナンド七世の後を継いで王位に就いた。王弟のドン・カルロスはこの王位継承をめぐり、カルリスタ戦争を起こすが、失敗に終わる。その後、一八六八年失政のためにスペイン革命が起こり、イザベル二世は王位を追われて、退位後に共和党政権が樹立される。この時、王位継承の正統性を主張していたドン・カルロスの息子を王位に就かせて、立憲君主制を樹立しようとしたのが、幽蘭の父が率いる第二次カルリスタの革命である。

（14）中国語訳『佳人奇遇』の翻訳者については、梁啓超と羅普の二通りの説がある。翻訳者が誰であるかについては多くの論考があるが、李慶国「清末における政治小説の考察（一）」（『アジア文化学科年報』第一号、一九九八年）でまとめて紹介している。それによると、『飲氷室合集』第十九冊（上海中華書局、一九三二年）に「任公先生戊戌出亡、東渡日本舟中訳此自遣、不署名氏（任公先生は戊戌出亡し、日本に東渡する舟中に此れを訳して自遣す。名氏を署せず）」という注釈があり、また一九九〇年に梁啓超の『紀事二十四首』に「曩訳佳人奇遇成、毎生遊想渉空冥、従今不羨柴東海、枉被多情惹薄情」（『梁啓超詩詞全注』、広東高等教育出版社、一九九八年九月）があり、これが梁啓超翻訳説の根拠になっていると説明している。また、梁啓超が翻訳したという説を取っている論者は、まだ日本に来て間もない梁啓超に日本語を翻訳する能力があったか否かについて、漢文体であったために可能であったと主張している。これに対し、羅普翻訳説は「字孝高。嘗在清議報訳述日人柴四朗著佳人奇遇一書（字は孝高。嘗て清議報に日人柴四朗著佳人奇遇の一書を訳述する在り）」（馮自由「興中会時期之革命同志」『革命逸史』第三集、中華書局、一九八一年）、及び「此書叙述欧美各滅亡国家志士及中国遺民謀光復故土事。日人柴四朗著、由羅普分期訳載清議報、有単行本。惟関於中国志士反抗満虜一節、為康有為強刪去（此書は欧美の各れの滅亡した国家の志士及び中国遺民が故土を光復するを謀る事を叙述す。日人柴四朗が著し、羅普に由りて分期され清議報に訳載さる、単行本有り。惟た中国志士が満虜に反抗する一節に関しては、康有為の為めに強いて刪り去る）」（馮自由「開国前海内外革命書報一覧」『革命逸史』第三集、中華書局、一九八一年）に拠っている。また羅普説の論者はまったく日本語ができなかった梁啓超が翻訳する事は不可能であると考える。これらの文献を参照とすると、現在においてどちらが翻訳したのかについて、筆者は証拠となる決定的な文献がないと考える。そこで梁啓超が翻訳の際に羅普に大きな助けを借りて訳したか、梁啓超の影響を受けて羅普が翻訳したかを論考において明確に論ずることはできないが、作品の選択や翻訳方法などについては梁啓超が選択したものであろうと考える。

(15)『清議報』に訳載されたのは原著の第十二巻の頭までである。原著は全十六巻であるが、それ以後は訳されていない。なぜ途中までで訳を中断してしまったのかその理由は不明である。大村益夫「梁啓超および『佳人之奇遇』」（『人文論集』十一集、一九七四年）において、その理由について推測しており、当時梁啓超が多忙を極めていたことと一つの作品への興味が持続できなかったことを挙げている。

(16) 許常安「『清議報』登載の『佳人奇遇』について――特にその改刪」『大正大学研究紀要』五十七集、一九七二年。

(17) 許常安「清議報第四冊訳載の『佳人奇遇』について」『日本中国学会報』第二十四集、一九七二年。

(18) このような置き換えの理由について、前掲の許常安「清議報第四冊訳載の『佳人奇遇』について」では「原著『佳人之奇遇』には明末忠臣の清軍に対する抵抗と志士たちの清代における反清復明の武装蜂起を記してはいるが、何故あれだけの大国明があっけなくも異民族清に滅ぼされてしまったのかについてはひとつとも記していないからである。これは『佳人之奇遇』を滅清復明の民族主義革命闘争に役立たせるにしては、一つの落度であると訳者は考えたのだと思う」（二〇一頁）と解説している。

(19) 許常安「上海中国書局印行と清議報訳載の『佳人奇遇』を比較して—特にその名訳と誤植訂正—第二篇」（『斯文』第七八号、一九七五年）において、清議報訳載の『佳人奇遇』がどのような点において名訳であるかについて例を挙げて詳細に論じている。

(20) 陳平原「前言」（前掲『二十世紀中国小説理論資料（第一巻）』六頁）。

(21) 『龍渓矢野文雄伝』において、龍渓が発行禁止に至らないように生々しい英仏の革命史を潤色するよりはむしろギリシア史を潤色するほうがいいと述べていたとの記述がある（『明治政治小説集：日本近代文学大系二』角川書店、一九七四年三月、補注六三、四五〇頁）。

(22) 前掲書『明治政治小説集：日本近代文学大系二』注一、一八二頁参照。

(23) 第四回の公会堂における議論で奸党が「国勢ノ強大ヲ冀ハハ何ゾ強盛ナル斯波多ノ如ク寡人専制ノ政体ヲ採用セザルゾ」と論じる部分があるが、この「寡人専制ノ政体」とは日本の状況に照らし合わせると、薩長藩閥とのアナロジーとなっている（前掲『明治政治小説集：日本近代文学大系二』注三、一九四頁）。鳴鶴の第二回評に「叙事中往々雑議論。以示作者本意所在。不須漫然読去。（叙事中に往々にして議論雑る。以て作者の本意の在る所を示す。須らく漫然と読み去るべからず。）」という指摘があり、小説中のところどころに日本の政治情勢を暗示している。

(24) 第六回にエバミノンダスがアテネの名士を尋ねて援助を乞う場面において、嘗てのアテネの国難を名士たちに思い起こさせて援助を約束させる場面がある。そのアテネの名士の様子を「総テ自由主義ノ人ハ人民ノ幸福ヲ以テ其心トナスガ故ニ人民ノ不幸ヲ憫ムノ情ニ厚クシテ假令ヒ他国ノコトナリトモ人民ノ不幸ヲ見ルトキハ之ヲ救ハント欲スルノ情自ラ止ムコト能ハサルニ因ルナリ。」とあり、改進党の趣意書に「王室ノ尊栄ト人民ノ幸福ハ我党ノ深ク冀望スル所ナリ」を踏まえている（前掲『明治政治小説集：日本近代文学大系二』注七、二一一頁参照）。

(25) 「而シテ斉武ノ政体ハ旧来ヨリ共和ノ民政ニテ其ノ制度ハ多ク阿善ニ倣ヒ其ノ人民ハ壮武ニシテ徳義ヲ重シ且ツ阿善

ニ近接スルノ地位ニ在ルガ故ニ文物典章モ亦タ頗ル開ケタリ（『経国美談』第二回）」と書かれているが、実際は紀元前四五六年にオイノピュタの戦いの時にはテーベの民主政はすでに崩壊していた（前掲『明治政治小説集：日本近代文学大系二』注二二、一八一頁）。

(26) ペロポンネソス戦役は、テーベがアテネ方のプラテーエーに加えた攻撃から始まったのであり、テーベは終始スパルタの盟邦であった。龍渓はテーベの仇敵としてスパルタの役割を強調するために、この事実を伏せたものと思われる（前掲『明治政治小説集：日本近代文学大系二』注二三、一八一頁）。

(27) 矢野龍渓が正史重視の姿勢をとりながらも、本論中で述べたように史実を故意に隠蔽している、もしくは史実の足りない部分を想像力によって補っている部分が多々見られる。この事について、『経国美談』の序文や凡例にある正史・実事尊重の姿勢は、龍渓のタテマエと受けとめるべきであり、龍渓自身は正史を離れて虚構の部分において、想像力を飛翔させることに『経国美談』述作の意義を求めていたという説がある（前掲『明治政治小説集：日本近代文学大系二』補注六二、四五〇頁）。ただ、矢野龍渓が小説中において史実に悖る出来事を正史の叙述方法でもって描いているのは唯単に建前としてだけではなく、当時の小説蔑視の風潮と正統な小説観の枠組みのなかで、いかに知識人に受け入れられるようにすればいいかという工夫ともみなせるのではないかと思われる。

(28) たとえば藤田鳴鶴の評は小説の内容だけでなく、構成にまで及んでいる。第一回評に「藤田鳴鶴云。開巻。先叙老教師演説。述阿善賢君義士愛国殉難之蹟。暗々裏呼起後段斉武国難。又云。三個童児。是巻中骨髄。其感激之語。発露三人有三様性格。而語気自然為後年三士立功之伏線。又云。一演説。大有関係於全篇。結構極妙。唯末節明示児童為何人。是実写矣。不如使此回全虚写。作者意如何。（藤田鳴鶴云く。巻を開けるに、先ず老教師の演説を叙ず。阿善の賢君義士の愛国殉難の蹟を述ぶ。暗々裏に後段の斉武の国難を呼び起す。又云く。三個童児は、是れ巻中の骨髄なり。其の感激の語は、三人に三様の性格が有るを発露す。語気自然にして後年の三士立功の伏線と為す。又云く。一演説は、大いに全篇に於いて関係有り。結構は極めて妙なり。唯だ末節に児童の何人為るかを明示するは、是れ実写なり。此回をして全て虚写させるに如かず。作者の意は如何。）」と述べている。これは第一回で後にテーベの英雄となる三人の少年たちが、老教師から過去の事跡を聞される小説の初めの部分を評したものである。評では少年たちが聞く物語中に過去のテーべにおける愛国義士の受難が語られ、それがストーリーの伏線となり、彼らの歴史事実に対するそれぞれの反応が成人後の性格を暗示している。そして第一回の最後でこの三人の児童が何者かを明かすが、評者はこの始まりの部分がすべて虚構のままであった方がよかったのではないかと述べている。また前編最後の第二十回評に、「鳴鶴云。（略）全篇結構之精密。筆力之縦横。固不待論。若夫不枉正史。統貫以実蹟。呈這奇観。実是傑作。是書不伍尋常小説者。則在此。鳴鶴云く。（略）全篇結構の精密、筆力の縦横、固より論を待たず。若し夫れ正史を枉げずして、統貫するに実蹟を以てし、この奇観を呈するは、実に是れ傑作なり。是の書が尋常の小説に伍さざるは、則ち此に在り。」と、小説構成の精密さを褒めている。このような構成上の緊密さは中国語訳では見られない。

(29)　矢野龍渓は小説を構成する際に中国の『水滸伝』、馬琴『里見八犬伝』などの小説を参考として場面構成などをしており、馬琴「稗史七則」の「照応」という手法なども用いていた。（前掲『明治政治小説集：日本近代文学大系二』注三、一九二頁）参照。

(30)　斎藤希史「〈小説〉の冒険」（『人文学報』六十九号、一九九一年）参照。

(31)　『経国美談』後編自序において、著者矢野龍渓は「余輩応ニ斯ノ如クナル可ラスト是ヨリ以後復タ漢文ヲ以テ時文ヲ褒貶スルヲ止メ勉メテ完全ナル時文ヲ作ラント欲スルノ志ヲ生シタリ」と述べている。ここでいう時文とは四種類あり、漢文、和文、俗文、欧文直訳体である。この四体の文体はそれぞれ特徴をもっており、その特徴に合った用い方をすると非常に便利であると述べている。

(32)　柳田泉「政治小説の文体と発想」（『国文学解釈と鑑賞』二十八（十一）、一九六三年）で、『経国美談』が小説文体革新論の第一声をあげたことは注意するに値すると述べている。

(33)　斎藤希史「〈小説〉の冒険」（前掲『人文学報』）十三頁〜十八頁参照。

(34)　前掲書『明治政治小説集：日本近代文学大系二』注十八、三〇九頁。

(35)　ほかにも『経国美談』第十八回に、正党人士がいよいよクーデターを決行しようとする日を紀元前三百七十九年十二月十一日と日付まではっきりと書いているが、史書には「十二月ごろ」とだけになっている（前掲『明治政治小説集：日本近代文学大系二』注三、二九二頁）。

(36) 胡適も「論短篇小説」(『新青年』第四巻第四号、一九一八年)においてこの二通りの分類方法を用いているが、やはり「理想」を空想の意味で用いている。これは五四以降に西洋の文芸理論書が広く読まれるようになってから定着するロマンティズムとリアリズムの二つの分類方法とよく似ているが、この時期にはまだその分類方法はなかった。

(37) マッジニーの新協会の目的を語る科白に「『教育と暴動とを同時に行う』にありと云うに至っては其の連結の奇なる、然も時に処するの活識ある人をして案を拍て三嘆せしむ。(平田久纂訳『伊太利建国三傑』民友社、一八九二年、三十二頁)」とあり、ここも同様の場面において用いられている。また、李慶国「清末における政治小説の考察(一)」のなかに、復臨室主人「今日の国難を救い、弱国から強国になる方法を探求しているところで、偶然『佳人之奇遇』に出会い、その内容を繰り返し考えて、思わず机を敲いて素晴らしさを盛賛した。曰く、これは今日の中国人の心を改造する良薬である(鄭振環『影響中国近代社会百種訳作』中国対外翻訳出版公司、一九九六年)」とあり、当時の中国人が『佳人奇遇』を読んだときの感想を引用しているが、どのような時にこの「拍案」を用いたのかが如実に示されている例と思われる。

(38) この「論小説與群治之関係」は当時日本の文芸理論の影響を受けている。たとえば、『日本立憲政党新聞』(明治十六年六月九日)に掲載された「我国ニ自由ノ種子ヲ播殖(はしょく)スル一手段ハ稗史戯曲等ノ類ヲ改良スルニ在リ」には「則チ我国人ノ脳力ハ専制ノ弊習ニ支配セラレテ其自由幸福ノ美味アルコトヲ耳ニスルハ実ニ僅々(きんきん)廿年来ノコトニテ其種子ノ外国ヨリ伝来シタルコトハ日尚浅ケレバナリ左レバ我国ニハ元来自由ノ種子ハ絶エテアラザリシニ社会ノ大勢ノ然ラシムル所ニヨリテ夫ノ外国ヨリ伝来シタル種子ヲバ日ニ月ニ播殖培養シ以テ我国ヲシテ自由ノ楽園トナサシメント其志気アル者ハ卒先シテ百方其事ニ尽力スルニ至リタルハ誠ニ我国家ノ為メニ賀ス可キコトニゾアル」とあり、この文献を直接的に梁啓超が目を通したかは定かではないが、当時の言論も「種子」の喩えで同じことを述べている。また、この文章には「我社会ノ改良ヲ謀ラントスルニハ必ズ幼児ヲ始メ婦女下流者流ヲ薫和シ以テ彼ノ専制ノ習気ヲ洗浄シ卑屈ノ根性ヲ感化シテ活発ナル自由ノ気力ヲ英発興起セシメザル可カラザルナリ而シテ其之ヲ英発興起セシメント欲スルニ於テハ先ヅ我俗間ニ行ハルル所ロノ稗史戯曲等ノ類ヲ改良スルコトヲ企図セザル可カラズ」とある。ただ、梁啓超の「論小説與群治之関係」の文章は日本の多くの文章を寄せ集めて参考にして構成したと思われ、決定的な一つの藍本があるとは思えない。

第二章　自然主義・写実主義から現実主義へ

一　清末の文芸評論——小説と社会の相互影響関係

中国において、小説は依拠する事実の根拠が不確かで、虚構が混在している価値が低い言説と伝統的にみなされてきた。しかし、梁啓超は小説と社会は相互影響関係にあり、小説は自由にイデオロギーを載せることができるため、その小説に含まれたイデオロギーが社会を変革することができると論じた。

一国之民を新にせんと欲するならば、先ず一国之小説を新にしなければならない。故に道徳を新たにせんと欲するならば、必ず小説を新たにし、宗教を新たにせんと欲するならば、必ず小説を新たにし、政治を新たにせんと欲するならば、必ず小説を新たにし、風俗を新たにせんと欲するならば、必ず小説を新たにし、学芸を新たにせんと欲するならば、必ず小説を新たにしなければならない。すなわち人心を新たにし、人格を新たにせんと欲するに至っては、必ず小説を新たにしなければならない。(1)

清末の文芸評論はこの社会と小説の相互関係論をより一層発展させ、小説は社会を映し出すことにこそ意義があるという考え方を導き出していく。『新小説』に連載された「小説叢話」において次のような考えが出てくる。

「金瓶梅」という本は、作者が尽きることない怨恨、限りない深痛を抱いており、しかもまた暗黒の時代にいるため、言葉に出来ず、吐き出すこともならず、小説を借りて叫ぶしかなかった。当時の社会状況の描写からその一斑を見ることができる。（略）また当時の小人女子の感情のあり方、人心思想の程度を知ることができ、まさに一つの社会小説であり、これを淫書とみなしてはならない。[2]

「金瓶梅」を自覚的に「社会小説」とみなす考え方は、伝統的文学観の枠を遥かに超えており、清末になって初めて現れたものである。もう少し時期が下ると、この考え方はより普及し、より明確なかたちをとるようになる。管達如の「小説を説く（説小説）」では次のようにある。

今、わが国の社会をみると、さまざまな人が持っている心理は、小説において反映されていないものは殆どない。（省略）小説とは社会心理の反映である。社会でそのような人物、そのような事実がなければ、小説は誠に成立するすべがない。一方、社会もまた小説の反映である。小説があるので、これらの心理がますます社会に綿々と広がっていくのである。よって社会と小説は、ほとんど一にして二、二にして一なるものである。[3]

小説は社会を反映し、社会を反映しているのが小説である。ここにはすでに反映という初歩的な「写実」に対する認識が見られる。しかし、清末の議論の重点は社会効用論の方にあり、「写実」に関してはそれ以上に立ち入った議論が展開されることはなかった。一九一〇年代の新文化運動において西洋文芸理論を受容する過程において、「写実」をめぐる客観的描写手法など概念について理論的な枠組みがようやく整っていくことになる。

この章では一九一〇年代の新文化運動から三十年代に至るまで、中国の知識人たちが西洋文芸理論を受容して、どのように現実を描くための理論を構築していったかについて、その過程を素描してみたいと思う。五四時期には、外国の原書を直接に読むことができる知識人たちが登場し、西洋文学および西洋文芸理論が積極的に受容された。二十年代後半に至ると西洋文芸理論書が受容され、より一層緻密な論が展開されるようになる。そして三十年代に至ると、社会主義文芸理論が受容される。このように、五四時期において近代文芸理論の基礎が形作られ、二十年代には西洋文芸理論に対する理解が深化し、三十年代において社会主義文芸理論が短期間で普及していった。そのため、五四時期から二十年代にかけての「写実」に関する理論と、三十年代の社会主義リアリズムとは連続性をもっている。

同時に、この五四時期から三十年代に至る時期は、それ以後の中国文学の文芸理論形成上で欠かせない重要な理論的議論が展開された時期でもある。「写実」に対する議論もほぼこの時期にその基礎が固まった。これ以降、「写実」の問題は中国文学の文芸理論の中心を占めるようになる。「写実」の問題が常に知識人の心をとらえたのは、彼らが現実を小説に描き出すことで民衆を啓蒙するという問題をめぐって考察せざるを得なかったためであり、近代文学理論を受容するときに常にこの問題への解答を求めたいという潜在的な欲求を抱いていたからである。そこで、「写実」に関する言説と理論がどのように展開され変遷していったのかを、五四時期から三十年代に至るまでの言説から考察したい。

二　五四時期の文芸理論――客観的描写と真実

五四運動の幕開けとなった陳独秀の「文学革命論」のなかの有名な一段、「曰く彫琢阿諛の貴族文学を推倒し、平易抒情の国民文学を建設す。曰く陳腐鋪張の古典文学を推倒し、新鮮立誠の写実文学を建設す。曰く迂晦難渋の山林文学を推倒し、明瞭通俗の社会文学を建設す。」において、伝統的文学と近代文学の対比が「貴族文学」対「国民文学」、「古典文学」対「写実文学」、「山林文学」対「社会文学」というかたちで表現されている。興味深いのは、貴族と国民、山林と社会という言葉が対照であるのに対し、古典と写実という言葉は対義語ではない。古典文学は「陳腐鋪張」、つまり陳腐で誇張した言い回しとあり、写実文学は「新鮮立誠」、つまり新鮮で誠実な表現とある。これはつまり古典文学と近代文学のレトリックの特徴を比較対照した言葉であり、ここで「写実」というタームが清末から一歩進んで、レトリックの問題としてとらえなおされていることは注目に値する。清末の小説界革命が小説の意義に対する根本的な改革であるとすれば、五四時期は近代精神と小説形式との一致を目指す改革の幕開けであった。

そこで五四時期初期の文芸評論は近代小説と伝統的小説の違いを説くことから始まった。五四時期の近代小説はまだ成熟の域には達しておらず、それゆえに近代小説といまだ旧小説を脱していない小説の間で葛藤や摩擦が生じ、近代小説とはどのような小説かということを説明をしなければならない状況にあったからである。胡適の「短篇小説を論ず（論短篇小説）」はこのような状況のなかで大きな影響を及ぼした論説である。(4)

この評論のなかでは、短篇小説は近代小説の代名詞として用いられており、短い小説が短篇小説というわけではないというところから説き始められている。

（一）「事実のなかの最も精彩のある一段或いは一面」。たとえば大樹の樹身を鋸で切ると、植物学に通じた人は樹の「横断面」を見て、樹の「年輪」を数えれば、この樹の樹齢を知ることが出来る。一人の生活、一国の歴史、一つの社会の変遷は、みな一つの「縦割面」と無数の「横断面」がある。縦面から見ると、初めから終わりまで見なければならず、それでこそ全てを見ることができる。横面は一段を裁断し、肝要な部分を裁断したのであれば、この「横断面」でこの人、或いはこの国、この社会を代表できるのである。このように全体を代表できる部分は、私のいう「最も精彩がある」部分である。たとえば、西洋の写真技術の発明以前、「側面影絵」があり、紙で人の側面を切り取ると、これが誰かわかる。このように全形を代表することのできる一面は、私のいう「最も精彩ある」面である。もし「最も精彩がある」部分でなければ、一段で全体を代表することは決してできず、一面で全形を代表することはできない。

ここには清末の評論では見られなかった概念が二つ示されている。一つは具体的な描写が全体を代表しているという考え方である。つまり、具体的な描写はただ単に事実を描写しているのではなく、その裏に思想やイデオロギーを象徴しているという考え方である。そしてそれを直接的に論述するのではなく、「最も精彩がある部分」、思想やイデオロギーを最も適切に伝えうる具体的な場面を通して行うのが「小説」というものであると述べている。つまり「写実」とは、事実を書くことなのではなく、なんらかの思想を背景にした「最も精彩がある部分」を描くことでなのである。

（二）「最も経済的な文学手段」。「経済」という二字を形容するには、宋玉の言葉を借用するのが一番いい。「一分を足すと長すぎ、一分を減らすと短すぎる。白粉をつけると白すぎ、頬紅をつけると紅すぎる。」増減すべきではなく、さらに塗り飾るべきではなく、どこもぴったりなのが、まさに「経済」という二字に値する。そこでおよそ伸ばして章回小説に書き換えができる短篇は、本当の「短篇小説」ではない。

もう一つは「経済的」という考え方。この「経済的」という考え方は近代合理精神から発していることは言うまでもないが、合理性とはある目的を達成するために最も効率よく行う手順でもある。物事は日常世界においてアットランダムに並んでおり、そのままでは目的を効率よく達成することは不可能であり、目的達成のために物事を効率よく配置する必要性が生じてくる。小説に適用されると、小説のテーマを効率よく伝えるための配置ということになり、無駄のない配置で並べなくてはならない。胡適はこのような無駄のない小説の長さを「ちょうどいい」と述べ、「ちょうどいい」長さとは小説のテーマを隙なく伝えるための長さであると言っている。後にこれは小説の「構造」という考えに繋がっていく。

胡適が論じた問題について、茅盾は「自然主義と中国現代小説（自然主義與中国現代小説）」においてより論理的に論じている。(5)ここでも茅盾が近代小説を論じる前提として旧式の章回体を例に挙げて対比している。現在の我々の感覚からすると、五四時期は魯迅をはじめとする新進気鋭の作家が輩出した時期であり、中国近代小説はこの時代から始まったという印象を受ける。しかし、当時はまだ旧式の章回体小説の手法が多く小説中に混在しており、文芸評論は旧式の小説と近代小説との違いを明確にすることによって、近代小説形成を目指すという目的を有していたのである。

茅盾は「自然主義と中国現代小説」の「一、中国現代の小説」において、当時の小説を次のように分類している。現在の中国現代小説は新旧の二派に分けることができ、旧派はさらに三種類に分けることができる。第一種類は章回体形式をそのまま踏襲した長篇小説である。第二種類はさらに（甲）（乙）の系統に分けることができる。（甲）系は章回体小説の口調と境地を踏襲したもので、章回体小説の描写方法を完全に模倣している。ただ、章始めの対句や回目などがない。（乙）系は旧章回体小説と西洋小説の混合品。西洋小説のプロットなどを採用しているが、描写方法や叙述方法は章回体のままである。第三種類は、どうにか「小説」といえないこともないが、近代小説とは言い難く、描写法や作家の思想などに旧小説の名残りがある。

上記の三種類の小説に共通する技術的な間違いは二つある。一つ目は彼らが「描写」ということを理解していないことにある。より具体的な例を挙げて説明しているので、少し長くなるが引用してみよう。

例として『留声機片』という題の短篇を一篇挙げることができる。この小説の「作意」がどのようであるのかはしばらくここでは論じない。ただその描写をみると実に粗雑の極まりである。この小説ではある「情劫生」という名の「中華民国の情事の失意人」が、ある「各国の情事に失意した人」が集まって住む「恨島」で、彼の「無聊」生活を送っていることについて書いたものである。「情劫生」が経験したごく平凡だが、作家がすごいと思っている失恋について、作家はたった二百文字余りでもってメモ帳に書くように一気に記録した。「才色兼備のいい女」の一句で背景となる極めて重要な「情劫生」の恋愛対象を「説明」してしまい、「彼は以前から情が厚く、清く誠実な愛情をすべてその女性に注ぎ、十数年ずっとまったく心変わりしなかった……」の数句で彼らの恋愛史を「説明」してしまったのである。しかしこれはまだ過去を追憶したので、粗略を免れないともいえるが、最も重要な一幕、「情劫生」が病気で死に就こうとする場面を「叙」したのも、どうしたことかまさかたったの二、三百文字しかない。作家が「記帳式」描写方法を運用する「専門家」であることに敬服せざるを得ない。

このような描写方法はまるで記帳でもしているような「報告」であり、「報告」は決して「描写」とは呼べるものではないと茅盾は強調している。そして「描写」がないというのは小説ではないと続けている。ここにおいて近代小説と旧小説との最大の違いは、「報告すること」ではなく「描写すること」にあるとの認識が示されている。そして「描写」とは人生を観察することによって得られるのであり、それを「客観的描写」と呼んでいる。旧小説が一律千万なのは、観察の欠如とそこからくる描写の欠如に因っている。

ゾラなどの人は観察したものをそのまま描写することを主張する。（略）ゾラのこの種の描写方法で最も大きな長所はリアルさと肌理細やかさである。動作ひとつとっても、分析して描写することができ、細かく厳密で、まったく不合理なところがない。これは上述した中国現代小説の描写方法と正反対である。もっぱら連続した多くの動作のみを記述する「記帳式」方法と、条理に合わない描写方法は、この種の厳密な客観的描写法を用いることでゆっく

りと直していくしかない。(6)

旧小説の書き方は「主観が壁に向かって虚造したもの」にすぎない。頭のなかで考えるのではなく、対象に向かい合う観察こそが小説の「真」を導く道である。

我々は自然主義者の最大の目標が「真」であることを皆知っている。彼らから見ると、真でなければ美ではありえず、善でもありえない。文学の作用は一方で人生全体の真における普遍性を表現しようとするもので、一方で各個人の人生の真における特殊性を表現しようとしているものであると彼らはみなしている。宇宙の森羅万象のすべては同じ原則の支配を受けており、しかし宇宙万物はまたと同じ二物は存在しないと思っている。世界にはまったく同じ二匹のハエは存在せず、もし厳格な「真」を求めるならば、地道な観察が必要である。(7)

ここでは、伝統的な文学観である「事実」か「空想」かという枠組みを越えて「真」という概念が語られている。つまり「真」とは事実でもなく、また空想でもない。それは「宇宙の森羅万象の原則」であり、客観的な観察を通してこそ得られ、客観的な描写によってのみ表現できるものである。このことについて、カフェを例にとって次のように説明している。

たとえパリの街角にある小さなカフェについて語るにしても、彼らがパリの町にあるすべてのカフェを自ら観察しようとし、その店の建物、内部の装飾、及び雰囲気（つまり店内の一般的な様子）を比較し、その最も一般的で代表となれるものを作品の中で描写する。(8)

「描写」がただ単に物事を羅列していく「報告」と異なっているのは、背後に観察から得た抽象的な法則を代表しているからである。その法則を「真実」と呼び、「真実」を含んでこそ「客観的描写」となるのである。

三　二十年代後半の西洋文芸理論の翻訳

五四時期初期の評論は近代小説を伝統小説との違いにおいて説明し、近代小説の普及を目指す段階であったが、二十年代後半になると外国理論書が本格的に翻訳され始める。こういった理論書は、外国語を得意とした胡適や茅盾などの一部の知識人はかなり早い時期から参考資料として読んでいたことがうかがえるが、本格的に翻訳されて広く普及し始めたのは西洋文学の作品の翻訳よりも遅い時期、二十年代も後半になる。

図4　Bliss Perry, *A Study of Prose Fiction*（中国語訳『小説之研究』）の表紙

その翻訳された文芸理論書のなかでも有名な二冊にBliss Perryの*A Study of Prose Fiction*（中国語訳『小説之研究』）とClayton Hamiltonの*A Manual of the Art of Fiction*（中国語訳『小説法程』）がある。ここでは二冊を取り上げて、これら翻訳が担った役割について検討してみよう。(9)

『小説之研究』（Bliss Perry, *A Study of Prose Fiction*）は教師が学生に小説とは何か、小説研究とはどのように行うべ

A Study of Prose Fiction Bliss Perry	『小説之研究』 Bliss Perry 著、湯澄波訳
Ⅰ. THE STUDY OF FICTION	第 一 章　小説之研究
Ⅱ. PROSE FICTION AND POETRY	第 二 章　小説與詩
Ⅲ. PROSE FICTION AND THE DRAMA	第 三 章　小説與戯劇
Ⅳ. FICTION AND SCIENCE	第 四 章　小説與科学
Ⅴ. THE CHARACTER	第 五 章　人物
Ⅵ. THE PLOT	第 六 章　布局
Ⅶ. THE SETTING	第 七 章　処景
Ⅷ. THE FICTION-WRITER	第 八 章　小説作家
Ⅸ. REALISM	第 九 章　唯実主義
Ⅹ. ROMANTICISM	第 十 章　浪漫主義
Ⅺ. THE QUESTION OF FORM	第十一章　形式問題
Ⅻ. THE SHORT STORY	第十二章　短篇小説
XIII. PRESENT TENDENCIES OF AMERICAN FICTION	第十三章　現代美国小説之趨勢

きかを教えるために書かれたもので、アメリカの大学などで用いられた(10)。小説研究には歴史的な方法と批評的な方法があるが、そのどちらが絶対的に優れているとは言えず(11)、まずは小説とは何かという事自体を知り、そこから小説の法則や原理を研究していくべきであるとし、中立的立場から小説について具体的に論じた本である(12)。また小説を研究することは決して芸術として鑑賞することを妨げるものではなく、小説の楽しみをより深めるためのものであると述べている(13)。

まず、それぞれ章ごとの内容を簡単に見てみよう。

第一章は導入部分、著者の小説研究に対する態度について述べている。「第二章　PROSE FICTION AND POETRY（小説與詩）」、「第三章　PROSE FICTION AND THE DRAMA（小説與戯劇）」、「第四章　FICTION AND SCIENCE（小説與科学）」においては、小説を他のジャンルである詩、劇、科学との違いを比較して小説の特徴を示している。第五章、第六章、第七章では小説の構造について論じている。小説を構成する要素を「THE CHARACTER（人物）」、「THE PLOT

（布局）」、「THE SETTING（処景）」の三つに分け、それぞれの小説中における役割、形式などを分析している。「第八章 THE FICTION-WRITER（小説作家）」においては、作者と作品の関係について言及している。「第九章 REALISM（唯実主義）」と「第十章 ROMANTISM（浪漫主義）」は文学の流派、主義（ISM）について論じている。リアリズムとロマンティズムに関する従来になされてきた定義や一般的な理解などを整理した後に、著者自らが解釈を加えている。「第十一章 THE QUESTION OF FORM（形式問題）」では小説形式について説明している。小説形式は「よく小説を書くため」に必要不可欠なものであるが、読者が形式自体に関心を向けることは少ない。「第十二章 THE SHORT STORY（短篇小説）」。短篇小説とは他の長篇中篇と比較して特別なスタイルであるなど短篇小説の定義について議論している。先の「THE CHARACTER（人物）」、「THE PLOT（布局）」、「THE SETTING（処景）」の三つの要素が短篇小説において果たす役割などについても論じている。最後の「第十三章 PRESENT TENDENCIES OF AMERICAN FICTION（現代美国小説之趨勢）」は現在のアメリカの小説について論じている。

この本の特徴は、著者の独自な文学観を書いた本ではなく、むしろ小説に関する一般的見解をうまく整理しているところにある。小説とは何かという問題に対しても抽象的に論じるのではなく、詩、劇、科学などの別のジャンルの特徴と比較することによって導き出し、具体的に論じている。この理論書は大変簡明でわかりやすく、中国においてこの本が流行した背景にはそのわかりやすさと実用性だったのではないかと考えられる。

もう一冊、中国語に翻訳されて多く読まれた『小説法程』（Clayton Hamilton, *A Manual of the Art of Fiction*）を取り上げてみよう。目次は基本的に先に挙げた本とほぼ同じ体裁である。

まず、「第一章 THE PURPOSE OF FICTION（稗史之目的）」において、小説の目的とは何かについて論

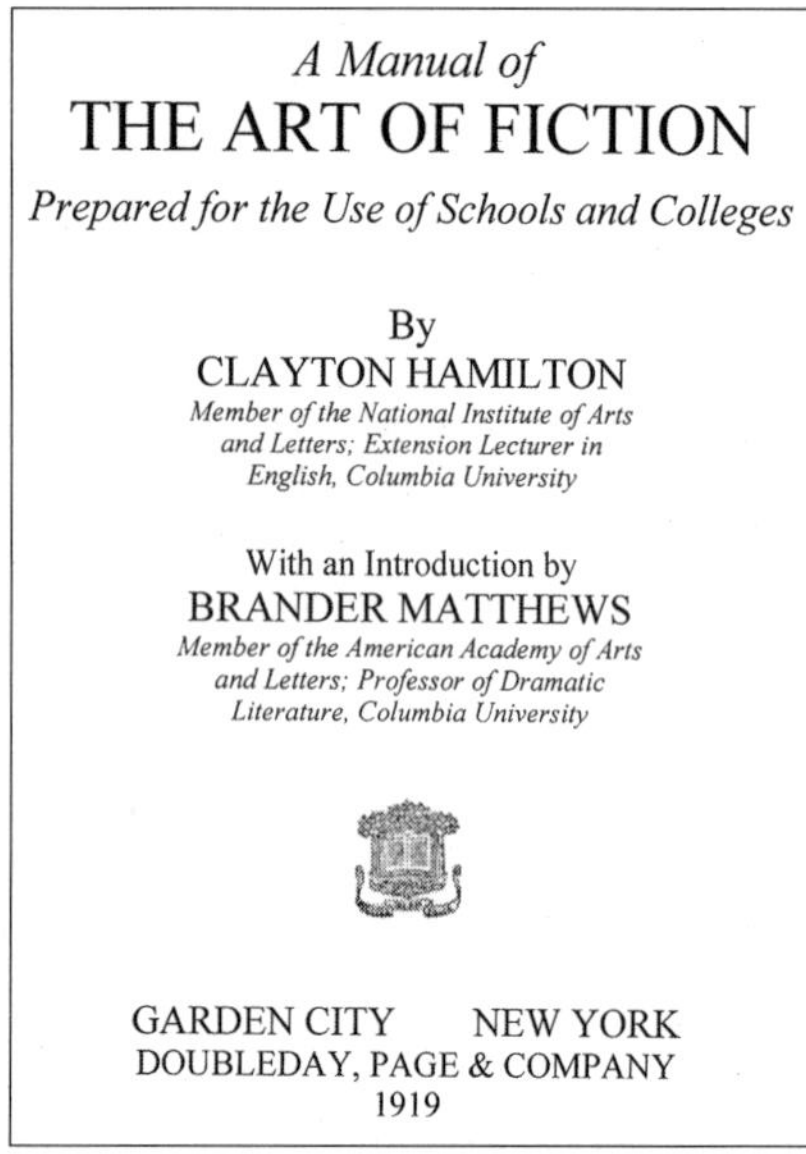
A Manual of
THE ART OF FICTION
Prepared for the Use of Schools and Colleges

By
CLAYTON HAMILTON
Member of the National Institute of Arts and Letters; Extension Lecturer in English, Columbia University

With an Introduction by
BRANDER MATTHEWS
Member of the American Academy of Arts and Letters; Professor of Dramatic Literature, Columbia University

GARDEN CITY　NEW YORK
DOUBLEDAY, PAGE & COMPANY
1919

図5　Clayton Hamilton, *A Manual of the Art of Fiction*（中国語訳『小説法程』）の表紙

じ、小説とは真実を書くために作られるものであると論じている。この部分は先に挙げた本にはない部分であるが、その他は内容的に重なる部分が多い。先の第二章、第三章、第四章で論じられた部分は、「第九章　THE EPIC, THE DRAMA, AND THE NOVEL（史詩戯劇與小説）」でまとめて論じられており、先の第五章、第六章、第七章の部分は、「第四章　PLOT（結構）」、「第五章　CHARACTERS（人物）」、「第六章　SETTING（環境）」に重なっている。また先の第十二章は、「第十章　THE NOVEL, THE NOVELETTE, AND THE SHORT-STORY（長篇小説與短篇小説）」と「第十一章　THE STRUCTURE OF THE SHORT-STORY（短篇小説之構造）」の部分に相当している。ただ、「第三章　THE NATURE OF NARRATIVE（叙事文之性質）」、「第七章　THE POINT OF VIEW IN NARRATIVE（述事文之述法）」、「第八章　EMPHASIS IN NARRATIVE（叙事文之主重処）」、「第十二章　THE FACTOR OF STYLE（文筆）」において論じている小説の叙述に関する部分は先の本にはなく、この本のみで論じられている。

この『小説法程』が中国語に翻訳された理由について、中国語序では以下のように述べている。

近頃、我国で西洋文学を研究する者は日々に多くなってきている。とくに小説を重んじており、翻訳と模倣の作は

A Manual of the Art of Fiction Clayton M. Hamilton	《小説法程》 Clayton M. Hamilton 著、華林一訳
Ⅰ. THE PURPOSE OF FICTION	第 一 章　稗史之目的
Ⅱ. REALISM AND ROMANCE	第 二 章　写実主義义與浪漫主義
Ⅲ. THE NATURE OF NARRATIVE	第 三 章　叙事文之性質
Ⅳ. PLOT	第 四 章　結構
Ⅴ. CHARACTERS	第 五 章　人物
Ⅵ. SETTING	第 六 章　環境
Ⅶ. THE POINT OF VIEW IN NARRATIVE	第 七 章　叙事文之叙法
Ⅷ. EMPHASIS IN NARRATIVE	第 八 章　叙事文之主重処
Ⅸ. THE EPIC, THE DRAMA, AND THE NOVEL	第 九 章　史詩戯劇與小説
Ⅹ. THE NOVEL, THE NOVELETTE, AND THE SHORT-STORY	第 十 章　長篇小説與短篇小説
Ⅺ. THE STRUCTURE OF THE SHORT-STORY	第十一章　短篇小説之構造
Ⅻ. THE FACTOR OF STYLE	第十二章　文筆

数多くある。ただ小説の技巧を論じたものはまだ数少ない。西洋小説の格式規則に関する専門書もまだ翻訳紹介、或は集めて編集したものはまだない。一、二種類はあるが、みな短篇小説に留まり、とても遺憾である。西洋で小説の法則を論じる本は極めて多いが、良いものは極めて少ない。あるものは漠然とし、あるものは細かすぎ、あるものは空論を並べ、隔靴搔痒の誇りを免れない。（略）ただアメリカ小説戯劇の評論家のハミルトンが著した『小説法程』の一書は簡明的確であり、理論と実用をどちらも考慮してあり、良書といえる。この本はアメリカでは極めてよく使われており、ハーバード大学では教科書として用いられているほどである。(14)

短篇小説に関する理論書とは、一九二一年に清華大学研究社から七人の著者によって著された理論書『短篇小説作法』を指しているのであろう。しかし、この時期にはまだ西洋の系統的な文芸理論書はほとんど訳されていなかったと述べている。

ただ、先述の通り、茅盾をはじめとする当時の作家、評論家たちは外国語を得意とし、このような本を通して西洋文芸理論に対する理解を深めていた。『小説法程』の第一章は第二章で挙げた茅盾の評論と酷似している。

フィクションの材料と方法を論ずる前に、我々はまずその目的を解し、他の芸術及び科学との関係を理解しなければならない。小説の目的は想像ではあるが一貫性をもつ出来事をもって人生の真理を明らかにすることにある。(15)

また、次のようにも述べている。

科学発明、哲学理論、美術表現の三者をこのように詳細に論じたのは、小説家は必ずこの三つの心理過程を辿らなくてはいけないからである。小説家の真理に対する探究が科学者や哲学者のそれと異なっているのは、思想方法ではなく、材料にすぎない。小説家の材料は人生であり、人生の真理を発見し、これを理解して表現するのが仕事である。この事業を完成するためには、人生についてまず科学的な観察、次に哲学的な理解、最後に美術的な表現が必要である。小説家はまず経験を広め、現在の人生の事実を細かく観察し、帰納して普遍の定理を得なければならない。ここの普遍の定理とは事実のなかに隠れている真理のことである。これを研究をするときには、小説家はもとより科学者である。また次に小説家が大思想家であれば、これらの諸真理の相互関係をうかがい、ひとつの思想体系を作る。これを研究するときは、小説家はまた哲学家となる。最後に環境や人物を虚構してその発見した真理を表現し、明確で感動的な文筆で読者に伝えなければならない。ここで小説家はまた芸術家となる。(16)

中国において、まず西洋小説が訳されてその後に文芸書理論書が翻訳された。中国の五四時期に活躍した魯迅や郁達夫などの作家はまず西洋小説を読んでから創作をした。そのためこれらの西洋文芸理論書を読むと、自ら培ってきた知識や創作を論理的に整理するのに役立ったのではないかと思われる。

四　中国の文芸理論書

アメリカで出版された理論書は講義用の教科書でしかなく、学生の小説研究の指南書だったのであるが、中国ではこれらの理論書を基にして多くの文芸理論書が書かれた。茅盾や郁達夫などの有名な作家もこれらのアメリカの文芸理論入門書をもとに文芸理論書を書いており、小説の歴史や理論を紹介しただけではなく、後輩のために小説創作のマニュアル本として作成した。茅盾の『小説研究ＡＢＣ』はそのような理論書の代表である。この理論書はこれ以前によくみられた小説の意義を抽象的に議論するのではなく、小説の構成要素を「結構（Plot）」、「人物（Character）」、「環境（Setting）」として具体的に説明している。茅盾は近代小説（Novel）を他の散文の作品と区分している。(17)

今「小説」という言葉を言うときには広義と狭義の区別がある。広義が指すのは散文で人生を描写したすべての作品であり、英語の Fiction の言葉に相当する。狭義は Novel を指しており、所謂「近代小説」である。(18)

次に、近代小説に不可欠な要素として三つの要素、「人物」、「結構」、「環境」を挙げている。それではこの三つは具体的にどのようなものか、それぞれを検討してみよう。

第六章「人物（Characters）」は十六に分けて論じられている。全体として、ペリーの『小説之研究』のなかの一部をそのまま下敷きにしている。(19) トピックは次の通り。第一「人物の源」。第二「人物が写実的か理想的か」。第三「どのように人物を描写すればよいのか」。第四「静的人物と動的人物」。第五「作家の人物に対する態度」。第六「人物の分配」。第七「人物の特徴」。第八「職業の特徴」。第九「階級の特徴」。第十「性の特徴」。第十一「特種人物の特徴」。第十二「民族的特徴と地方的特性」。第十三「典型的人物」。第十四「対照」。第十五「人物の結合」。第十六「人物の発展と動作の発展」。

この評論のなかでは主に「人物」を社会的な側面から論じている。その論じ方には二通りある。一つ目は作者と「人物」の関係から論じたもの、二つ目に「人物」と社会環境の関係から論じたもの。

まず一つ目の作家が「人物」を創作する際に必要な事項を述べたものに、第一「人物の源」、第二「人物が写実的か理想的か」、第五「作家の人物に対する態度」がある。作家が「人物」をどのように創作するかについて説明している。たとえば、第二「人物が写実的か理想的か」を挙げてみよう。

第二「人物が写実的か、あるいは理想的であるか」。理想的人物は作者主観の理想の産物であり、写実的人物は作者の客観的模写の産物である。理想的人物の作者は社会で実在しているのはどのような人物であるかを問わず、ただ自己の理想を逞しくし、男はみな君子豪傑とし、女性はみな淑女才媛としており、気持ちはいいことはいいが、残念なことに実際とはあまりにもかけ離れすぎており、人に空虚さを感じさせる。写実的人物の作者はこのようなことはしない。彼らはただ社会に実在する人物を忠実に模写するだけで、彼らの美醜好悪については問わない[20]。

作者がある人物を描くときの具体的な方法について説明をしている。この後に、人物の「モデル」に対する説明が続いている。第二節で論じたカフェの例と同じで、モデルはある特定の人物ではなく、むしろ多くの人物から帰納して一般的な特徴を備えた人物を作るべきであるとしている。この考え方は「典型人物」と繋がっている。

そのほかにも、作者が小説構成においてどのように「人物」を配置したり、描写したりするのかについて説明を加えている。第三「どのように人物を描写すればよいのか」、第六「人物の分配」、第十四「対照」、第十五「人物の結合」、第十六「人物の発展と動作の発展」などのトピックがそうある。

二つ目に「人物」と社会環境の関係から論じた項目についてみてみよう。たとえば、第四の「静的人物と動的人物」。

> 第四「静的人物と動的人物」。小説中の人物には始まりからすでにひとつの定型があり、本の終わりまでまったく変わらない人物を、静的人物と呼ぶ。本の始まりから終わりまで、刻々と変化する人物は動的人物と呼ぶ。冒険小説の人物は大体が静的人物であり、社会小説や心理小説の人物は大体が動的人物である。前者はひとつの性格が如何にしてさまざまな環境に対応するかを描いており、後者は多くの異なる環境や事件が如何に影響してひとつの性格を形成するのかを描いている。一部の小説は一人の人物にとどまらないので、同じ作品中にも静的人物も動的人物も存在することがよくある[21]。

ここでは「人物」と「環境（セッティング）」との関係を論じている。社会のなかで人間は環境に対してどのように接するのか、一つは主人公が自分の能力を用いて環境を変化させて克服する、もう一つは逆に環境からなんらかの変化を受ける。この二通りの人物が小説に描かれるときには、環境による性格の変化に応じて「静的」人物と「動的」人物に分けられると述べている。これは「人」対「社会」の関係がそのまま「人物」対「環境」として小説に描写される方法である。

第七「人物の特徴」、第八「職業の特徴」、第九「階級の特徴」、第十「性の特徴」、第十一「特種人物の特徴」、第十二「民族的特徴と地方的特性」はいずれも小説の登場人物をその社会的な特徴の関係から説明している。

興味深いのは第十三「典型的人物」において、「典型」についての議論を繰り広げられており、それは社会主義リアリズムの議論とほぼ重なることである。茅盾は典型人物とはある社会的な属性を表しているタイプ（類型）であるが、失敗に終わる例も少なくないと述べている。その原因として三点を挙げて説明している。第一点は作家が典型人物を描く際に人物のタイプを描くのみで人物の個性を描かないため、第二点は朴訥などの抽象的な道徳性を人物の個性だと勘違いするため、第三点は単純化して書くために特徴をあまりにも誇張しすぎて個性を失ってしまうため。また、作家が個性を描くことを明確に自覚していないときにも典型人物を作ってしまうことがあり、その原因を三点挙げている。第一点は作家自身が人物の性格分析を明確にできていないため、第二点は小説中のある人物が文壇で流行すると作家は無意識のうちに模倣してしまうため、第三は表現手段に長けていないため。この部分の主な考えはほぼ『小説之研究』を下敷きにしている。茅盾は「典型人物」に対してあまり肯定的ではなく、社会主義リアリズム受容後の三十年代に執筆した『創作の準備（創作的準備）』においても一貫して同じ考えを述べている。[22] 郁達夫も「典型人物」に関して同様に言及しているが、茅盾と同様に「典型」に対して肯定的ではない。

また第九「階級の特徴」についても言及しており、これは後述する胡風の考え方とほぼ同じである。このように、社会主義リアリズムを受容する以前に、多くの作家や文芸評論家は西洋の文芸理論書から基礎的な知識は十分に得ていた。

第七章「結構（Plot）」では、小説のプロットについて八項目に分けて論じている。第一「事実の源」。第二「最も簡単なプロット」。第三「複式プロット」。第四「緩いプロットと緊密なプロット」。第五「単一か複合か」。第六「クライマックス」。第七「プロットと人物の関係」。第八「プロットとセッティングの関係」。

第一「事実の源」は、作者がどのように小説の材料を得るかについて説明したもので、人物の場合と同様に直接的な観察と言い伝えや噂から材料を得たものがあると述べている。第二「最も簡単なプロット」、第三「複式プロット」、第四「緩いプロットと緊密なプロット」、第五「単一か複合か」、第六「クライマックス」においては、プロットの種類について説明を加えている。[23]

プロットは現在の中国語で「情節」と訳されることが多いが、ここでは「結構」と訳されている。「結構」とは現代中国語で「構造」の意味であるが、茅盾はプロットを構造の意味も含めてとらえている。

そこで「プロット」という言葉は簡単に言うと、作品中の動作であり、言い換えると作品中の離合悲歓のストーリーである。技術上では、「プロット」は小説の機能的作用である。（中略）我々が知らなくてはいけないのは、動作或いはストーリーをもっているすべての小説はみなプロットがあるわけではないということである。先述のように、中世時代のロマンスは一人の英雄が次々と出会う冒険を描いているが、ただ一枚一枚の不連続の絵に過ぎず、一貫した動作もなければ、一貫した目的もなく、ストーリーはあるが、プロットがあるとみなすことができない。（中略）我々がある小説にプロットがあるというのは、その小説は初めから終わりまで一つの事件の発展、あるいは一つの目的の完成を描き、一切の作品中の動作はすべてこの一つの出来事の発展或いは目的の達成の必要から設置されている。これがまさに近代小説のプロットの意義である。[24]

プロットとは小説中で「人物」が出会う出来事に対する動作であり、「人物」の動作は事件の発展や目的の完成ために収斂していく。事件の発展や目的の達成と関係ない散漫な描写はプロットとは呼ばない。つまりあるテーマに収斂していくストーリーの構成こそが近代小説の本質であると述べている。小説の筋とイデオロギーはもともと関係が深いものであるが、近代小説においてはこれを意識的に操作する。その小説のテーマを明確にするための小説の構成を「結構」と呼んでいるのである。先述した二十年代前半の評論が理論的に発展していく過程がよくわかる。

第八章「環境（Setting）」。[25]項目は、第一「時間」。第二「地点」。第三「自然或いは社会の周囲の環境」。

これについて茅盾は次のように論じている。

近代小説の発展過程をみると、プロットは最も早く発展完成し、人物の発達は比較的に遅く、環境が作家の注意を引いたのもまだ比較的最近である。[26]

「環境（Setting）」は伝統的な小説では意識されたことがなく、近代に入ってから注意されるようになったものであると述べられている。

小説家はなぜこのようなまるで主題と関係がないような環境を注意して描く必要があるのだろうか。これは二つの側面から答えることができる。第一は、一人の人物とひとつの物語は決して時間と場所及びに周囲から離れて存在することができないので、環境は小説に欠かせないものだからである。必要である以上、我々は環境と人物及び物語のあいだの関係に注意しなくてはいけない。人物をまったく関係のない環境のなかにおいて、ちぐはぐな笑い話のようになってはいけない。（中略）小説家が作品中の環境に対する気配りを知ったのは、やはり比較的最近のことである。[27]

物語が発生するには必ず時間と場所が存在している。それを「環境」という。人物の個性と環境はセットで考えなければならず、二者を離しては考えてはいけない。ここに現れている考えはすでに「人物」の項で述べたものと同じである。つまり、人間がこの社会に存在するときに何からの物質的な土台、つまりここでいう「環境」のなかに存在しており、「環境」なしでは暮らしていくことができない。その意味で、人と社会の関係は相互影響関係にある。そのため「環境」を無視してはいけないと述べている。

ここまでは主に茅盾の『小説研究ABC』を取り上げてきたが、この時期にはほかにも多くの文芸理論書が出版されているので、他の小説理論書を見てみよう。たとえば、郁達夫は『小説論』を書いている。構成は参考文献となった理論書が同じなので、茅盾の『小説研究ＡＢＣ』と基本的に同じである。第一章「現代の小説」において小説の定義、第二章「現代小説の遡源」において西洋小説の発展過程について述べている。第三章「小説の目的」において小説が何を目的に書かれるのかについて説明し、先の三つの要素については第四章「小説の結構」、第五章「小説の人物」、第六章「小説の背景」で説明をしている。ただ、郁達夫の『小説論』はペリーの『小説之研究』ではなく、主にハミルトンの『小説法程』に依拠している。茅盾が「人物」、「結構」、「環境」の順に並べているが、郁達夫ではこれが「結構」、「人物」、「背景」となっているのも『小説法程』がこの順番で並んでいるからである(28)。

興味深いのは、郁達夫は『小説法程』に準拠して論を進めているにもかかわらず、『小説法程』で述べられている叙述に関する問題を無視し、「結構」、「人物」、「背景」を小説の実質的な問題としてとらえて重要視していることである(29)。

最後の第三の問題は、表現の形式美は如何にして修飾されるかである。この問題は小説技巧論の発生を促す問題である。一切の小説についての論文が論じているのは小説の形式美という一点以外他にはない。しかし、本書は修辞学を討論する本ではないので、小説の修辞面については省略するしかなく、それよりも小説の結構、人物、背景等はみな小説の実質上における根本的問題なので、次の数章のなかで詳細に論じよう(30)。

ここからは中国の作家、評論家が西洋文芸理論書を受容するときに共通した目的が現れているように思われる。中国の作家や評論家が重要視する近代小説の主な構成要素である「人物」、「結構」、「環境」は、いわゆる新聞などの事件を書くときによく言われる“who, what, where, when, how”である。ある人物がどのような時代において、どのような場所で、どのような事件に遭遇し、どのように対処するのか。つまりこの三つの要素は小説の根本的な要素というよりも、むしろ人間が現実世界において世界を認識している要素なのである。しかし、人間が生活上で社会を認識する際のこれらの要素は、小説を描くとき必ずしも必要とは限らない。たとえば、「意識の流れ」などのモダニズム小説においてはこのなかの要素が明確に小説中で示されることはないが、小説として成り立っている。実際、茅盾もそのことについては指摘しており、中国の旧小説では「結構」がなく、「環境」が描かれるようになったのは近代小説以降だと述べている。

つまりこれらの三要素とは近代小説の要素であるというよりも、むしろ社会を反映することを目的とした構成要素なのである。これらの評論で論じられているのは現実を小説に組み込む方法である。中国の知識人たちはこれらの理論を無意識のうちに近代小説の理論として受容しているが、同時にこれは社会をいかに小説中に組み込むかという体系的理論でもあった。

五　社会主義リアリズムの受容

「社会主義リアリズム（中国語訳は社会主義現実主義）」というスローガンは、一九三二年十月二十九日から十一月三日においてモスクワで開催された「全俄作家同盟組織委員会大会」によって「唯物弁証法」という創作方法に対する否定として提出された。中国において「社会主義リアリズム」は三十年代から導入が始まった。積極的に社会主義文芸理論を導入した周揚は、「文学の真実性（文学的真実性）」において「社会主義リアリズム」という新たなスローガンがソ連において提唱されていることを紹介し、社会主義の真実は「典型」を通して描かれること、その重要な特徴は大衆性、単純性にあると述べている。ここにはすでに社会主義リアリズムの手法における核となる「典型」という方法が紹介されている。(31)

同じく三十年代に社会主義文芸理論の導入に大きな影響力をもった胡風は「創作経験について（関於創作経験）」において「典型」人物の作り方についてより具体的な説明を加えている。[32]「何が『典型』と『タイプ』か（什麼是『典型』和『類型』）」はエンゲルスの「典型環境のなかの典型性格」を引用した文章であり、「典型」の性格に関して魯迅『阿Q正伝』の「阿Q」を例にとり、要点を五つに分けて整理している。[33]一つ目は人物の普遍な側面と特殊な側面について。阿Qは辛亥革命前後から存在している遅れた農村における無産者としては普遍であるが、しかし商人や地主などと比べると特殊である。二つ目はこの集団で共通かつ必然的に備わった特徴を描くべきである。三つ目は歴史的な条件には制限があり、それを無視してさまざまな時代や階級の人物を混在して作るべきではない。四つ目は人物は社会の相互関係を反映して作るべきである。五つ目は歴史は発展していくものなので、それに合わせて未来に存在するであろう人物を描くのも大切である。

このように述べた後に、胡風は積極的に「典型」を創造すべきとしている。そして、「典型」という概念が以前の文学評論と異なるのは次のような点であるとしている。

ある誤解があって、あるいは典型が内包しているのは永久的な「人間性」であると思われていることである。（中略）あるいは典型が含んでいるのが「国民性」と思われていることである。たとえば、阿Qは中国人を代表している。これは非常に有害な誤解であるが、まさに最も流行しており、かつ最も優勢な意見である。しかし、我々が普通に、ある人はハムレットだ、ある人は×××だと言う時、第一に大多数は比喩の意味で言っており、第二は我々のすべての文学典型を創った社会——封建社会から資本主義の爛熟期まで、現在でもやはり大同小異あるいは変形して存在しており、そのため彼らの代表している個人は多かれ少なかれ、顕在的か潜在的であるかどちらかにせよ、この世界に散らばっているためである。この誤解は典型が代表している社会階層と、異なる社会階層における特殊性を理解しないために起こったものであり、私は阿Qが落後したルンペンの中国貧農の典型であると明確に指摘したのはそのためである。

「ある一種の誤解、あるいは典型が永久的な『人間性』を含んでいると思われていることである。（中略）あるいは典型が『国民性』を含んでいると思われていることである。たとえば、阿Qは中国人を代表している。」とは、次のような意見を指して言っているのだと思われる。茅盾は阿Qについて一九二三年に『吶喊』を読む（読『吶喊』）」のなかで次のように述べている。(34)

作者の主旨は、中国民族の骨髄のなかに埋もれている進歩しない性質――「阿Q相」をただ克明に描き出すことにあったようだ。「阿Q相」、わたしはまさにこれが『阿Q正伝』の素晴らしいところであると思い、『阿Q正伝』が極めて広く流行した主な原因であると思う。

魯迅が執筆した時点において、茅盾のこのような読みの方がより主流ではなかったのではないかと考えられる。しかし、胡風は「典型論の混乱」で阿Qについて次のように述べている。(35)

阿Qの作者は阿Qが純粋な農民ではないと言い、これはどこで言ったのか不明だが、私にはわかりにくいことではない。わたしは阿Qが代表しているのは彼のような「ある種の農民」であり、すなわち落後したルンペン的な性格をもっている中国の貧農である。作者も彼は純粋な農民ではないと言い、それは彼が小作農、自作農、富農などの土地に固執する農民とは異なっていることを指しているに違いないと思う。そこで阿Qのルンペン性はこれら農民にとっては特殊であるが、彼が代表している「あの種の農民」にとってはきっと普遍的である。

以前の理論において「阿Q」とは中国人のよくある特徴をもった（中国の国民性）人物像だとみなされて

いたが実はそうではないとしている。阿Qとは中国の農村において小作農よりもさらに下の最下層に位置するルンペン農民の特徴を示したものであり、それは普通の農民や中国人全体の特徴を描いたものではないと述べている。

このように社会主義リアリズムの「典型環境と典型性格」とは、社会構造から小説世界を解釈する方法論である。胡風は、まず中国農村社会の構造を富農、自作農、小作農、そしてそれよりも下層に位置する雇農と分けている。雇農とは繁農期のみ地主の家に泊まりこみで手伝う自分の家をもたない農民であり、一歩間違えば流浪者（ルンペン）となる。このように社会構造を分析したのちに、それぞれの階級のそれぞれの特徴をもった人物を作り上げる。それが「典型環境と典型性格」なのである。言うまでもなく、この理論背景にはマルクス主義の世界観に基づいて社会分析を進めるという前提がある。たとえば、周揚が「リアリズム試論（現実主義試論）」で、一九世紀から発展してきたリアリズムはもともと市民文学としてのリアリズムであり、市民生活を批判した批判的リアリズムというものが存在していたが、彼らは自らの階級に対して階級的な自覚がなく、市民社会の退廃とともに彼らのリアリズムも衰え、労働者階級のみが獲得することができる世界観でもって新しいリアリズムが生まれたのだと述べている(36)。

こうして中国の三十年代において「社会主義リアリズム」の文芸理論が急速に浸透し始めることによって、「リアリズム（現実主義）」はマルクス主義の政治的な力で中国の創作に大きな影響を及ぼし始める(37)。文学の流派として「現実主義（リアリズム）」という名称が定着し始めるのも三十年のマルクス主義文芸理論の受容と関係している。リアリズムの訳語として「現実主義」という用語が五四時期に用いられることはほとんどなく、「自然主義」、「写実主義」などの言葉が使われていた。「現実主義」がこれらの「自然主義」、「写実主義」に取って代わり一般化するのは社会主義リアリズム理論が受容される過程においてである(38)。一九三二年初めから、瞿秋白によってマルクス主義文芸理論などの書物が系統的に翻訳され始め、中国が正式に社会主義リアリズムを受容したとみなされる周揚の「『社会主義リアリズムと革命的ロマンてリズム』について（関於『社会主義的現実主義與革命的浪漫主義』）」が発表された。この頃から「現実主義」という言葉も定着していった[39]。

三十年代に社会主義リアリズムの創作方法が多くの中国読者に受け入れられた内在的理由として、陳順馨は『社会主義リアリズム理論の中国における受容と転換（社会主義現実主義理論在中国的接受與転換）』のなかでその原因を三つ挙げている。一つ目は「五四」精神に代表される外来文化に対する開放的態度、二つ目は中国のソ連文学に対する深い理解。また社会主義リアリズムの政治的効用が中国の現実に指針を示したため。三つ目は社会主義リアリズムが五四新文化運動のリアリズムの伝統（「人生のために」というスローガンから生み出されたリアリズムを指す）を継続するものであったため。三つ目の「人生のために」とは、人道主義精神に基づき、封建的な伝統的社会に圧迫された民衆の生活などを文学において描写するという作家の創作態度を意味している。そしてここに挙げた三つ目の原因がなによりも社会主義リアリズムを受容する上で重要な要因となったと指摘している[40]。

このように、社会主義リアリズムの理論は「現実」を描くための方法論として導入された文芸理論における一つの到達点とみなすことができる。「客観的描写法」によって描き出された小説世界はまるで社会をそのまま映し出しているような錯覚を読者に与えるため、読者は小説のそれぞれ要素を社会の構造と照らし合わせて考える。その結果として、読者は常に小説世界がどのように現実世界と対応しているだろうかという問題意識をもって小説を読むようになる。そして同時に評論家も「客観的描写法」で描かれた小説世界を現実と等価のものとして論じるようになっていくのである。

この小説世界が現実と等価であるという前提は、胡風の『阿Q正伝』を例にして論じた「典型論」などの三十年代の社会主義リアリズム文芸理論の受容とって基礎的部分を構成していった。そして、解放後には、「現実（歴史）」を正しく反映しているか否かが文学の評価基準となり、その見方に理論的根拠を提供し続けることになる。その後、三十年代に形成されたリアリズム理論は毛沢東の文芸講話を経て政治的な力をもつようになり、長く中国の文芸創作を呪縛していったのである。そして、このリアリズム理論の呪縛を徹底的に乗り越えるには文革後のポストモダニズムの受容を俟たなければならない。

注

（1）梁啓超「論小説與群治之関係」『新小説』第一号、一九〇二年。
（2）平子「小説叢話」『新小説』第八号、一九〇三年。
（3）管達如「説小説」『小説月報』第三巻、第五、第七～第十一号、一九一二年。
（4）胡適「論短篇小説」『新青年』第四巻五号、一九一八年五月。
（5）沈雁氷「自然主義與中国現代小説」『小説月報』第十三巻第七期、一九二二年七月。
（6）前掲、沈雁氷「自然主義與中国現代小説」。
（7）前掲、沈雁氷「自然主義與中国現代小説」。
（8）前掲、沈雁氷「自然主義與中国現代小説」。
（9）Bliss Perry, *A Study of Prose Fiction*, Cambridge：Riverside Press, '1902.（湯澄波訳『小説之研究』上海商務印書館、一九二五年一月）、Clayton Meeker Hamilton, *A Manual of the Art of Fiction：Prepared for the Use of Schools and Col-*

leges, Doubleday, Page & Company, 1918（華林一訳『小説法程』上海商務印書館、一九二四年十一月）。本文中の目次の訳はここに挙げた翻訳書からとった。「前言」（厳家炎編『二十世紀中国小説理論資料：第二巻』北京大学出版社、一九九七年）においてこれらの翻訳書が中国に与えた影響について論じている。

(10) *A Study of Prose Fiction*, p12 参照。

(11) *A Study of Prose Fiction*, p19, p26 参照。

(12) *A Study of Prose Fiction*, p12, "Historical", p14 "Criticism of contemporary fiction" 参照。

(13) *A Study of Prose Fiction*, p 9, "The study of fiction as related to the enjoyment of it", 参照。

(14) 前掲、呉宓「序」（華林一訳『小説法程』）一頁。

(15) 前掲、華林一訳『小説法程』一～二頁。

(16) 前掲、華林一訳『小説法程』四頁。

(17) 茅盾『小説研究ＡＢＣ』（ＡＢＣ叢書社、一九二八年八月）。『茅盾全集19』（人民出版社、一九九一年）に所収されたものを使用した。

(18) 前掲、茅盾『小説研究ＡＢＣ』。

(19) 参考文献として *A Study of Prose Fiction* を巻末に挙げている。参考文献を巻末に挙げるという方法自体もこの時期の評論になってから一般化したものである。対応は以下の通り。第一「人物の源」は人物創作の際に直接的な観察と旧説と伝聞という二つの方法があることについて論じている。"The novelist's observation（p96）", "Indirect knowledge（p97～p98）" をまとめている。第三「どのように人物を描写すればよいのか」は「簡筆」と「工筆」に分けて論じている。「簡筆」とはデッサンに喩えられ、「工筆」とは油絵に喩えられている。「工筆」には「直接描写法」と「間接描写法」の二種類の描き方があり、「直接描写法」とは作家が人物を直接分析する描写方法であり、「間接描写法」とは人物の動作などを通して人物の思想性格を描き出す方法である。"Methods of delineating character: direct portrayal（p102）", "The author's comment（p103）", "Indirect delineation（p103～p105）", "Characters as delineated（p105）" の部分をまとめている。第四「静的人物と動的人物」は、小説には「静的人物」と「動的人物」があり、小説の初めから終わりまで変わらない人物を「静的人物」と言い、環境に作用されて性格が変化していく人物を「動的人物」という。“Stationary and developing character（p106~p108）”の部分に当たる。第五「作家の人物に対する態度」は作家の人物に対する態度が熱心か否かなど、作家の人物創作への態度を述べている。“The writer's attitude towards his character（p99~p100）”, “Friendly interpretation（p100~p101）”をまとめている。第七「人物の特徴」は人物に一つ二つの注意を惹く性質があると、その特徴が際立って読者に明確な印象を残すことができる。この目的に達するためには二つの方法がある。一つは人物が初登場したときに詳細な描写を加える方法であり、もう一つは読み進めるうちにその人物の行動などについてのコメントを断片的に入れるなどして紹介する方法である。“Characteristic traits（p111~p112）”にあたる。第八「職業の特徴」は人物の職業的な特徴について。“Professional traits（p112）”にあたる。第九「階級の特徴」は社会には階級があり、人物は必ずその階級的特徴を備えているものである。“Class traits（p112~p113）”にあたる。第十「性の特徴」は性差について。“Representative of certain roles（p113~p114）”の最初の一部をとってきたもの。第十一「特種人物の特徴」は酒飲み、博打打ち、吝嗇者、慈善家などの生活に特徴をもつ人物を特種人物と呼んでいる。“Representative of certain roles（p113~ p114）”の後半部分。第十二「民族的特徴と地方的特性」では、各民族が民族性をもち、各地方はそれぞれの地方の気質をもっている。“Nation and sectional traits（p114~p115）”にあたる。第十三「典型的人物」は属性による特徴は多くの人が共有しているものであり、それも個性とは呼ばない。そのような人物の社会的属性による特徴のみを描き、個性を描かない人物を「典型人物」と呼んでいる。“The individual and the type（p115~p116）”, “Confusion of the type with the individual（p118~p119）”, “Moral abstractions（p119）”, “Caricatures（p119~p120）”, “The confusion: lack of clear（p120~p121）”, “Prevalence of fashionable types（p121~123）”, “Few individual characters created（p123~p124）”にあたる。第十四「対照」は小説中の数人の人物が同じ性格だと単調になるので、それをどのように対照を成して配置するかについて。“Character contrast（p124）”にあたる。第十五「人物の結合」は人物と人物がどのように関係を発生させるかについて。“Character grouping（p125~p126）”, “Harmony of character and action（p126~p127）”をまとめたもの。第十六「人物の発展と動作の発展」は経験がどのように人物の行動に作用するかについて。“Moral unity（p127~p128）”にあたる。ここで、道徳と小説の人物との関係に関する部分は省かれている。そのほかに第二と第六の部分は『小説之研究』と対応していない。

(20) 前掲、茅盾『小説研究ＡＢＣ』。

(21) 前掲、茅盾『小説研究ＡＢＣ』。

(22) 茅盾「創作的準備」（前掲『茅盾全集21』）。

(23) 第一「事実の源」は、直接的な観察と言い伝えや噂から材料を得る二通りの方法があると述べている。*A Study of Prose Fiction* の **“Sources of plot**（p130）**”** の部分にあたる。第二「最も簡単なプロット」は、人物の発展とさまざまな遭遇について。プロットが単純か複雑であるかは人物の多さと人間関係によっている。**“Plot in its simplest form**（p132～p133）**”** の部分にあたる。第三「複式プロット」は一人の人物の発展だけではなく、二人以上の人物が絡まりや紆余曲折などのプロットについて。**“Dealing with two characters**（p133～p135）**”**、**“Three characters**（p135～136）**”** の部分をまとめたもの。第五「単一か複合か」は、単一のプロットとは書物全体を通して一つの物語しかなく、複合のプロットとは二つ以上の物語があるものをいう。しかし、ここの一つの物語しかないというのは、ただ単純な一つの物語があるということを意味するのではなく、一つの物語が中心的な役割を果たし、その他は主要な物語の付属的であることを意味している。複合的なプロットとは独立した二つ以上の物語があることをいう。**“Complication of plot**（p137～p138）**”** の部分をまとめたもの。第六「クライマックス」は、小説がクライマックスをもつことについて。**“Climax**（p139）**”** の部分にあたる。第七「プロットと人物の関係」は、プロットとはもともと人物の動作なので、人物とは深い関わりがあるが、プロットを突出したものにするために人物の個性を変形してはいけないと述べている。**“Plot-determined characters**（p151）**”** の部分をまとめたもの。第八「プロットとセッティングの関係」。両者は互いに調和しなくてはいけないと述べている。**“Plot as related to setting**（p152～p153）**”** の部分をまとめている。

(24) 前掲、茅盾『小説研究ＡＢＣ』。

(25) 第八章は原本の順序に沿って一つ一つを並べてまとめていくという体裁をとらずに大体の要点を大雑把にまとめている。

(26) 前掲、茅盾『小説研究ＡＢＣ』。

(27) 前掲、茅盾『小説研究ABC』。

(28) 前掲、Clayton Hamilton Meeker, *A Manual of the Art of Fiction* 参照。

(29) 「写実主義（もしかしたらロマン主義も含むかもしれない）の小説芸術の要求に答えるために、五四時期に西洋の『人物、情節、環境』を小説の三元素とみなす理論が紹介された。それは中国の内面小説の発展に重要な作用を及ぼし、伝統小説の物語やストーリーだけを重要とする旧い型を打ち破った。それ以後は『小説が〝状況が真に迫る〟ことを重んじ、〝奇抜なストーリー〟を重んじない』という、新しい観念を人々に受け入れさせるようにした。」（「前言」厳家炎編『二十世紀中国小説理論資料：第二巻』北京大学出版社、一九九七年）とあり、当時この三つの分け方がいかに大きな影響力をもったかがうかがえる。

(30) 郁達夫『小説論』光華書局、一九二六年一月。

(31) 周揚「文学的真実性」『現代』第三巻第一期、一九三三年五月。『周揚文集：第一巻』（人民文学出版社、一九八四年十二月）から引用した。以下も同様に文集から引用した。

(32) 胡風「関於創作経験」一九三五年一月二十八日。『胡風評論集（上）』（人民文学出版社、一九八四年三月）から引用した。以下も同様に文集から引用した。

(33) 胡風「什麼是『典型』和『類型』」一九三五年五月二十六日。

(34) 茅盾「読『吶喊』」『文学周報』一九二三年十月八日。

(35) 胡風「典型論底混乱」一九三六年一月五日、六日。

(36) 周揚「現実主義試論」『文学』第六巻第一号、一九三六年一月一日。

(37) 陳思和「中国新文学発展中的現実主義」（『陳思和自選集』広西師範大学出版社、一九九七年九月）。

(38) 陳順馨『社会主義現実主義理論在中国的接受與転換』（安徽教育出版社、二〇〇〇年十月）によると、社会主義リアリズムはまず日本共産党の機関紙を翻訳することから始まったとある。一九三三年二月の『芸術新聞』（第二期）に日本の「プラ文学」二月号の「ソ連文学の新しいスローガン」と題された報道が掲載された。同年の七月一日に創刊した『文学』の「ソ連通信」のなかに久野三郎の文章を翻訳した「社会主義的写実」（『文化集体』一九三三年第七期、第八期）が紹介された。その後に、『国際毎日文選』第三七号（一九三三年九月六日）と第五一号（一九三三年九月二十日）に「関於社会主義的写実主義」という文が掲載された。この時点では社会主義リアリズムが「社会主義写実主義」と訳されている。リアリズムの訳語として「現実主義」が「自然主義」、「写実主義」に取って代わり定着するのは、周揚などによって本格的に社会主義リアリズム理論が受容される過程においてである。

(39) 周揚「関於『社会主義的現実主義與革命的浪漫主義』」『現代』第四巻第一期、一九三三年十一月一日。

(40) 三十年代の社会主義リアリズムの受容が五四時期からの文化的な蓄積を土台に構築されたという見解は、二つの点から論じられていることが多い。一つは小説の社会的効用から論じたもの。五四時期における文学観が社会主義リアリズムのスローガンを中国において抵抗感なく受け入れるものにしていったなどという見解である。もう一つは小説の形式と手法に関する連続性から論じたもの。胡風などが五四精神を社会主義リアリズムの方法と結合して発展させていったとする見解が挙げられる。前掲、陳順馨『社会主義現実主義理論在中国的接受與転換』、陳思和「中国新文学発展中的現実主義」参照。

第三章　アンチ・リアリズムとしてのポストモダン

一　ポストモダニズム理論の受容

文革後の新時期には、思想解放の波にしたがって西洋で長く蓄積された哲学、文学、文芸理論が中国へ大量に流れ込んできた。デリダ、フーコー、ドゥルーズなどの「ポストモダニズム」といわれるフランスの構造主義思想、ポスト構造主義思想なども八十年代後半の中国において受容された。これらの文芸理論は日本では欧米で流行した年代を追って順次受容されたが、中国においては長い文化の鎖国状態を経た後の渇きを満たすような勢いで怒涛の如く一気に吸収された。そのため、反近代思想としてのポストモダニズム思想も中国においては別の意味をもっており、伝統的な社会主義リアリズムのアンチテーゼの理論として受容されたのである。

まず、それを詳述する前に、ポストモダニズム理論の受容過程を見てみよう。一九八〇年、アメリカの著名な学者、ブロークマン（布洛克曼）の『構造主義：モスクワ―プラハ―パリ（結構主義：莫斯科―布拉格―巴黎）』が中国語に翻訳され、構造主義思想が中国に初めて紹介されたが、さしたる反響は呼ばなかった。ただ翻訳者の李幼蒸が精密な用語解説を付録につけたので、後にそれが中国の学者たちが西洋文芸理論を理解する糸口となった。一九八五年にフレデリック・ジェムソン（弗・詹姆遜）が北京大学で行った「ポストモダンと文化理論（後現代主義與文化理論）」という講演をきっかけに、ポストモダニズム思想は一躍注目を浴

Modernism　現代主義　↕	Postmodernism　後現代主義　↔
Form（conjunctive, closed） 形式（連結、封閉的）	Antiform（disjunctive, open） 反形式（分裂、開放的）
Purpose 意図	Play　遊戯
Hierarchy 等級	Anarchy　無序
Creation／Totalization 創造／整体化	Decreation／Deconstruction 反創造／解結構
Presence 在場	Absence 缺席
Centering 中心	Dispersal 無中心
Genre／Boundary 作品類型／辺界	Text／Intertext 文本／文本詞性
Interpretation／Reading 闡釈／理解	Against Interpretation／Misreading 反闡釈／誤解
Signified 所指	Signifier 能指
Narrative／Grande Histoire 叙事／恢宏的歴史	Anti-narrative／Petite Histoire 反叙事／具細的歴史
Origin／Cause 本源／原因	Difference／Trace 差異／痕迹
Determinacy 確定性	Indeterminacy 不確定性
Transcendence 超越性	Immanence 内在性

表1　ハッサンの「モダン—ポストモダン」比較した表の一部

び始める。[1] はじめは「ポストモダン」という言葉は「モダンの後」という意味で受け取られていたが、この頃から「モダン」と別概念であることが認識され始める。[2] 同時にこの時期から、テリー・イグルトン（特里・伊格爾頓）『二十世紀西洋文芸理論（二十世紀西方文学理論）』などの欧米文芸理論の概説書も翻訳されて広く読まれるようになる。このように、ポストモダニズム思想は近代形而上学を批判する哲学として導入されたというよりも、欧米の概説書などを通して文芸批評という応用目的で吸収されていった。彼らの評論用語もこれら概説書から借用と思われる部分が多くあり、たとえばハッサンの「モダン—ポストモダン」を比較した簡略な表に用いられた多くの術語を中国の評論家たちは借用している[3]（表1参照）。

このなかで知青世代より若い学者たち、陳暁明、呉義勤、張頤武などはアメリカで一世を風靡したイェール学派の「ディコントラクション」のポストモダニズム文芸理論を同時に吸収して文芸批評へと応用していった。九十年代にはいると、李進、李以建、方克強、張京媛、鄭敏などの評論家も加わり、「ポストモダニズム評論」もしくは「解構（脱構築）評論」と呼ばれる一つの流れを形成する。

このなかで卓越した理論的水準の高さを誇るのが陳暁明である。陳暁明は中国におけるポストモダニズム理論の第一人者であり、その理論を応用して分析した対象が「先鋒派（前衛派）」文学であった。彼の一連の研究は先鋒派の文学史的意義を体系的に示しただけではなく、文学理論上で重要課題である「写実」主義に対して画期的な観点をもたらした。そこで、この章においては陳暁明らのポストモダニズム理論による「写実主義」に対する考察が「反映論」などを代表とする従来のリアリズム理論をいかに転換したかについて、先鋒派の文学史的位置づけなどを通して探っていきたい。

二　ポストモダニズム文学としての「先鋒派」

陳暁明は一九五九年生まれで、一九八五年から一九八八年にかけて英国へ留学して西洋文芸理論を研究し、一九九〇年に中国社会科学院で文学博士の学位を取得して研究員となる。指導教官は文芸理論を専門とする銭中文である。博論の『脱構築の痕跡（解構的踪跡）』ではポスト構造主義について体系的な論述を展開し(4)、同時期の『果てしなき挑戦――中国先鋒文学のポストモダニズム性（無辺的挑戦――中国先鋒文学的後現代性）』ではポストモダニズム思想をより一歩発展させて、先鋒派と呼ばれる作家群の作品を具体的に分析し、同時にその研究を方向付けた(5)。

図６　陳暁明『果てしなき挑戦—中国先鋒文学のポストモダニズム性（無辺的挑戦—中国先鋒文学的後現代制）』（二〇〇四年再版）の表紙

彼はその著作のなかで次のように「先鋒派」を評価している。

> 時にして、歴史は劇的に変遷していき、八十年代後半は全体からすれば文化は総崩れし或いは文化から逃れた時代でもあったのだが、同時に奇妙な「高さ」へと躍進した——「先鋒派」文学はこの高さを明らかに現している——、啓蒙時代の思想水準でしても、或いはリアリズムやモダニズムの概念と方法でしても、この「高さ」を理解するのがなかなか大変だと感じる。これを「高さ」というのは、「ポストモダニズム」という広範囲の論争を引き起こした術語を用いずしてそれにふさわしい歴史的位置づけを与えることができないからである（『果てしなき挑戦』二頁）。

「先鋒派」とは、後述する馬原の叙述革命後に登場し、実験小説を書いた一群の作家、蘇童、余華、格非、孫甘露、葉兆言などを指している。そして、これらの作家群が実験小説、形式主義小説、モダニズムといった呼称ではなく、「先鋒派」という呼称で呼ばれることが定着した背景には、陳暁明などのポストモダニズム評論と深く関わっていた。蘇童、余華、格非などの作家が文壇に登場した当初には単に「新潮小説」の一種ぐらいとみなされており、「先鋒小説」という言葉も斬新な西洋の技法を取り入れた実験小説全般を指しており、「実験小説」と使い分けられていなかった。(6)

> 初期の評論において、この種の小説は往々にして「新潮小説」という大枠のなかに大雑把に分類され、「ルーツ小説（尋根小説）」や「モダニズム小説（現代派小説）」と混同されていた。のちに、批評界は比較的に明確な範囲をもつ名称――「実験小説」をかろうじて与えた。つづいて、この種の小説はその意義が形式上の実験性という点に限定されず、同時に（より重要ともいえる）斬新な文学精神を現していることを、人々は発見した。そこでようやくそれを「先鋒小説」と呼び始めたのだ。(7)

このように、九十年代頃からその範囲が徐々に定まっていき、上述の作家を指すようになった。(8) つまり、作家が「先鋒派」という旗印を自ら挙げたわけではなく、むしろ評論家たちが「先鋒派」という概念を作ってその文学史的意義を強調したのである。

先述のように、陳暁明は先鋒派文学の特徴を小説形式に対する探索の前衛性、またそこからもたらされた芸術的な高い達成とみなしており、これらの特質は従来用いてきた文芸理論では説明ができないとする。そこでポストモダニズムの理論を用いたという。

『果てしなき挑戦』の序において、「モダン」と「ポストモダン」に関して次のように述べている。

> モダニズムは幻想（を求める）一つの壮大な運動である。線、色彩、構造の手法を弄んでいると通常思われているがそういったものではない。モダニズムの大家は人類が直面している重大な生存の危機に心をいつも悩まされ、解決の道筋を探すことを自分たちの芸術創作と思想探索における緊迫した任務としているのである。そこで、文学は芸術面において、超越的な精神と信念を探し求め、反社会的な抗議の情緒を表現し、実存の神秘的な体験に溺れ、

> 象徴と隠喩の多用によって言葉であらわしがたい精神の深さを表現する……などが、モダニズムの基本的な芸術的規範を構成している（『果てしなき挑戦』三頁）

ポストモダニズム文学については、以下のように特徴をまとめている。

> （1）全体性に反対して中心的な世界観を脱構築するような多元的世界観、（2）歴史と人間中心的人文観の解体、（3）テクスト言説による世界（実存）本体論の代替、（4）反（エリート）文化及び通俗につうじる（大衆化或いは市民化）価値の立場、（5）モザイクの戯れ、エクリチュール（テクスト）の快楽を追求する芸術姿勢、（6）風刺、ブラックユーモアの美的効果への専らの追求、（7）芸術的手法におけるモザイク、非連関性、随意性の追求、比喩の濫用、事実と虚構の混用、（8）その歴史存在と歴史的実践の方式としての「機械的複製」もしくは「文化の工業化」（『脱構築の痕跡』一二頁）

モダニズム文学は社会秩序を変えようとする意図をもって超越的で普遍的な価値を追求しているが、ポストモダンはそれらの解体を図ったというのが基本的な考えである。[9] 陳暁明はこのような理解に基づいて「先鋒派」文学からさまざまなポストモダン的な特徴を見出した。『果てしなき挑戦』の第一章第一節「究極性の失落：深度模式の解消（終極性失落：消解深度模式）」において、先鋒派文学が「深度意義」を持たない文学であり、事実上「究極的な価値」を転覆する働きをしたと指摘している。

> 当代中国の「先鋒派」も所謂「究極的な価値」への関心をすでに失ってしまっており、少なくとも彼らの構築したテクストはこの究極的な統一性を事実上転覆してしまった。つまり統一的な深度意義を人類の実存の象徴としなくなってしまったのである。（中略）馬原は深度模式に対して初めて反対を唱えた人物で、彼は「叙述の罠」をもって物語を抑圧し、また物語をもって深度意義にとりかえたのだ（『果てしなき挑戦』四四頁）

評論のなかで「深度模式」「深度意義」「終極性」などの用語は、小説内に意義、テーマ、イデオロギーなどを内包していることを指している。そして先鋒派文学は「無深度模式」の文学であり、このような超越的意義を解体したことこそが先鋒派文学の特徴であるといっている。

このような陳暁明の説を敷衍して、「先鋒派」をポストモダン文学とみなす論考が続々と現れた。たとえば、張頤武は「近代性（現代性）」に対する反省が始まると、「主体」「歴史」「真実」「作者」に対する懐疑が始まり、「テキストの快楽（文本遊戯）」のような作品が出現したと主張しており[10]、王寧はポストモダニズム的性質を六点あげ、なかに「二元対立及びその意義の分解」を挙げている[11]。王岳川「九十年代中国の『ポストモダン』批評（九〇年代中国的『後現代主義』批評）」も同様である[12]。つまり、「深度模式」の新時期文学と「無深度模式」の先鋒派文学の違いが、「真理」「歴史」「主体」の概念を標榜する「モダン」とこれらを解体する「ポストモダン」の違いと類似していることがこのような説の論拠となっている[13]。

陳暁明はこのように中国の先鋒派文学にポストモダン的特徴を見出したが、しかし海外のポストモダニズム文学との比較を通して両者の類似性や影響関係を分析するよりも、むしろ主に新時期文学との比較から先鋒派の特徴を示している。『果てしなき挑戦』において、先鋒派と新時期との詳細な比較が行われており、要点を次頁の表にまとめてみた（表2参照）。

新時期文学は文革批判の使命を担っており、その最大のテーマは人道主義（ヒューマニズム）であった。陳暁明はこの人道主義を「大文字の人（大写的人）」と呼んでいる。「大文字の人（大写的人）」は文革期に奪われていた人としての権利と尊厳を回復する強い願望を表現するものとして、文革後の思想解放運動の最大のスローガンとなった。

	モダン	ポストモダン
哲学者	ハイデガー	ラカン　フーコー　バルト　デリダ
哲学	二項対立 イデオロギー 言葉＝現実	多元的 脱構築 差延　能指所指
文芸理論家	言及なし	デリダ・バルト
外国文学	カフカ　ジョイス　エリオット カミュ　サルトル　など	マルケス　ボルヘス　ナブコフ バーセルミ　ヴォネガットなど
中国文学	言及なし（新時期文学？）	先鋒派文学
文学の性質	超越性・深度性・永恒性 深度模式	無深度性 無深度模式
文学の手法	言及なし （写実主義？）	馬原・先鋒派の叙述 （非写実主義的）

表2　「モダン」と「ポストモダン」の比較

「新時期」文学は思想解放運動の先棒を担ぐものであり、自然と新しい情感の源泉と新しい感覚の方式を自覚的に求めるようになった。明らかに、人の価値に対する強調、人の内面に対する肯定、人の精神の自由に対する尊崇をまさに核として、この時期の新情感を形成した。「新情感」が蔓延し、強い勢いで時代の新しい想像関係（イデオロギーの基本的表象体系）を構築していく過程は、人の「自己意識」が絶えず拡大され押し進められていく過程でもあった（『果てしなき挑戦』二一四頁）。

陳暁明はこれを新時期文学の最大の「深度模式」とみなしている。たとえば、新時期文学において「自我」「愛情」「苦難」「孤独」「歴史」などの主題は時代的、社会的意義を有しており、新時期初期の代表作品において政治の圧迫によって奪われていた人間性の尊厳を回復する象徴として描かれている。たとえば、張辛欣の『同じ地平線上で（在同一地平銭上）』において、孤独感は理想主義と共に現れ、自己実現の過程で味わうものとして描かれている。張承志の『北の河

（北方的河）』もその典型的な例であり、主人公の熱い情熱、気概と強靱な精神は当時の青年を惹きつけてやまず、青年の理想的な自己像でもあった。

しかし、八十年代後半に至ると、先鋒派における「自我」はこのような理想を追い求めるような意味合いが消え失せてしまう。たとえば、格非の主人公は懐疑論者か妄想癖をもつ人物であることが多い。余華は、欲望の赴くままに単純に行動する人物を描いており、その人物は陰謀を企んだり、殺人を犯したり、罠に陥れられたりして、ついには失踪か死に至るという結末を迎える。

> 「自我」は突然社会の周縁に退いて、くだらない快楽を咀嚼し、或いは意味もない幻想に溺れた。若い世代の作家は暴力、失踪、逃亡などの主題を描写するのに熱中した。それはこの種の主題に彼等は「自我」の鏡像を見つけたからである。まさに「自我」を永遠に追放することをもって、我らの時代の先鋒派はアンチ「新時期」の歴史的意向を表明したのだ。彼等はリアリズムから遠く隔たっただけでなく、モダニズムからも離れ、むしろポストモダニズムに近づいた（『果てしなき挑戦』二一四頁）。

先鋒派文学では愛情はただ単に「性愛」でしかなくなり、孤独は社会における自己実現や理想の追求とは無縁となってしまう。新時期文学が内包していた意義である「愛情」「苦難」「孤独」「自我」「歴史」などは、先鋒派文学において内包しなくなってしまったのである。そのため新時期文学は超越的な意義を内包した「深度模式」の文学であるが、先鋒派文学はこの超越的な意義（「深度模式」、「深度意義」）に対する追求を放棄している文学であると指摘している(14)。

陳暁明の先鋒派に対する評論は「新時期文学批判」および「写実主義批判」をその軸とし、そこから先鋒派文学の特徴を「写実主義」と根本的に異なる叙述形式の創出、新時期文学がもつ「深度模式」の解体という二点を見出した。陳暁明の『果てしなき挑戦』の上篇は「写実主義」との違いから先鋒派の叙述形式を考察している。従来になかった先鋒派が用いる手法——「語り手」の意識的な操作、ストーリーの解体、詩的言語の小説への導入などを分析し、叙述面における先鋒派の特徴を示している。下篇は新時期文学と先鋒派の比較が中心となっている。先鋒派文学は意義を内包しない文学、つまり「無深度模式」の文学であることを示している。「愛情」「苦難」「孤独」「自我」「歴史」などの新時期までの主題は常に時代的、社会的意義を有してきたが、先鋒派文学になると意義そのものを内包しなくなったと指摘している。結語では先鋒派の文学史的意義を述べている。

三　馬原の「叙述革命」

陳暁明はこのような「先鋒派」文学に見られる変化は馬原の「叙述革命」を分岐点として生じたとみなしている。(15) 八十年代後半からの変化を表す「何を書くかからどのように書くかへ」という言葉も馬原と関係していると指摘している。(16)

馬原を目印とし、中国文学はこの一年に多元化という傾向が現れた。報告文学と紀実文学は現実のホットな話題を追いかけ、純文学は現実から離れて内へと転換した。即ち文学自体へと方向を変えて、「何を書くか」から「どのように書くか」へと方向転換したのである。

馬原は一九八二年頃から創作をはじめ、一九八四年から一九八六年にかけて実験的作品を立て続けに発表し、一九八七年以降に注目を浴びる。(17)「八十年代の中国文学において、馬原の小説は叙述の問題と結びついている。（中略）つまり、馬原は叙述の腕利きとして成功して、八十年代の中国文学に銘記されたのである。運よく馬原は文学史の転換点に位置し、四方八方から注目を浴びた」[18]とあり、当時の文壇で馬原の「叙述革命」は大反響をよんだ[19]。

馬原による形式実験のなかでも、「メタフィクション（元虚構）」という手法がとくに多く論じられているので、彼の小説『虚構』からこれをみてみよう。

> 私はあの馬原という漢人だ。私が小説を書いているのだ。（中略）実際、私は他の作家と本質的な違いはなく、私も他の作家同じように何かを観察する必要があり、その観察の結果を借りて話をでっちあげているのだ。天馬が空を駆けるようなストーリーを作ろうとしても、前提としてせめて馬と空が必要である[20]。

馬原のこのような叙述は中国の小説においてかつてないものであった。呉亮の「馬原の叙述の罠（馬原的叙述圏套）」は次のように評する。

> まず馬原が常に用いる叙述技巧のうち、虚構を真実であるかのようにし、故意に真実と虚構のあいだに横たわる境界線を取り除くというのがある。この効果を意識的に作り出す際、馬原本人が小説内に顔を出すことが重要な役割を果たす。（中略）馬原は自分が身をもって体験した事件をいかにももっともらしく独白し或いは回想のかたちで語る時、自分が酔いしれるだけでなく、真面目すぎる読者までも真か偽かわからなくなるような罠へと引きずり込んで、幼稚でやっかいな疑問を抱せるようになる。これは馬原自身が本当に経験したことなのだろうかと[21]。

馬原の小説において、作家本人が小説内に顔を出してストーリーを得々とコメントし始める、しかしそれゆえストーリーは事実なのか虚構なのかがかえってわからなくなってしまう。この評論をきっかけにして馬原の叙述は「馬原の叙述の罠」と呼ばれるようになった。それではこれが文学史的に「革命」的である所以はどのような点にあるのかについてより詳しく説明をしてみよう。

この「元虚構」（「元小説」「元叙事」）は「メタフィクション（Metafiction）」の訳で、ラテンアメリカのボルヘスや、七十年代から八十年代にかけてのアメリカ小説に用いられた。「二〇世紀後半を彩るアンチ・リアリズム文学の最尖鋭」とみなされた手法である。[22] 中国におけるナラトロジーの概説書『物語論入門（叙述学導引）』を参照してみよう。[23] この概説書には老舎の『駱駝祥子』の一節が引用されている。

この車をもって以来、彼はまえにもまして張りのある毎日をすごすようになった。なにしろ、お抱えにせよ、辻待ちにせよ、「損料」のことで毎日いらいらしなくても、稼いだだけすっかり自分のふところにはいるようになったのだ。屈託することがなければ、人につんけんすることもなくなり、自然商売もとんとん拍子にうまくいくようになった。半年もするうち、彼の望みはさらにふくらんできた。この調子でいけば、二年、いや長くて三年もすれば、また車を買いたせるぞ。一台、二台、三台……おれだって車宿の親方になれるぞ。

しかし、希望というものは、えてしてむなしくおわるものである。祥子とて例外ではなかった。

最後の一句に注目してみよう。「しかし、希望というものは、えてしてむなしくおわるものである。祥子とて例外ではなかった。」とあり、語り手は祥子の希望が空振りを予見し、祥子の心理の隅々まで見通した全知全能の位置から言葉を発している。読者がこの語り手に注意を向けるとこれが客観的描写と思えなくなるはずであるが、普通は注意を払うことがない。これはリアリズム小説の語りの特徴で、語る行為を読者からできるだけ隠して自然に見えるように背景に填め込み、小説の内容を現実と思わせる工夫をしている。そして読者が語り手にぴったりと身を寄せて小説世界をのぞき込むとき、小説世界はリアリティをもって迫ってくるのである。

一方、馬原の『虚構』では、語り手が馬原と名乗って読者の目前に身をさらけ出す。そのため、読者は物語世界から創作過程（叙述行為）に注意が向いてしまう。メタフィクションは映画に喩えると撮影現場までも映画中に組み込む手法である[24]。馬原の実験はメタフィクション以外にもあるが、すべてをひっくるめて叙述革命と呼ばれている。これらが革命的意義をもったのはこの「語り手の隠匿」を暴いたことにある。そして、陳暁明はその延長線上として先鋒派文学を位置づけているのである。

四　陳暁明の「写実主義」批判

陳暁明が「先鋒派」を評価したのは、「先鋒派」がイデオロギーを徹底的に解体したとみなしているからである。陳暁明は政治的な理念をイデオロギーとしてみなしただけではなく、新時期文学の理念さえも一種のイデオロギーであるとみなしている。

「傷痕文学」によって確認された文学規範は、「新時期文学」のエリート主義的立場を始終一貫して構築しようとした。こうした流れが八十年代の主流となるイデオロギーの構築を絶えずつとめ、事実上ある意味でイデオロギーの中心となってしまった（『脱構築の痕跡』一七八頁）。

文革批判から出発した新時期文学は極左路線に対する批判という点ではその有効性を発揮してきたが、時代が変遷するなかで新時期の理念自体が硬直化しつつあった[25]。そして陳暁明は新時期文学の小説形式自体は従来の「写実主義」となんら変わらないとみなした。

陳暁明は「写実主義」におけるイデオロギーを内包する手法について、次のように述べている。

模倣という機能は文学の根元的な機能であり、現実を反映すること或いは表現することは文学が昔からの夢としてきたことであった。そのため、叙述作用が叙述主体を隠すことによって、言説から生み出されたものを歴史として作り上げるのは、写実主義言説の基本的な叙述方法となった。即ち、写実的な言説は「メタディスコース（meta-discourse）」なのである。つまりこの種の言説は語られたものであり、またさまざまな規則によって拘束されたものであるにもかかわらずその痕跡を覆い隠すことで、それがまるで自ずと始まり、生成されるもののようにふるまうのである（『脱構築の痕跡』七六頁）。

要点をかいつまむと次のようになる。現実を模写するというのは文学本来の働きであり、現実を反映しようとするのは文学が昔から夢としてきたことである。語りとは誰かによって語られたものであるが、これを隠すことで語られた内容をまるで事実のようにみせかけるのが写実主義の基本的な語りである。つまり、写実的な語りは「超越的な語り」のかたちをとっている。それは誰かによって語られており、手法面においてもさまざまな規則に沿ったものであるにもかかわらず、その痕跡を隠すことでまるではじめからそうであり、しかもそうでしかありえないような印象を人に与えるという語りなのである。そして、この写実的な語りである「超越的な語り」、つまり「語り手の隠匿」を暴いたのが馬原の「叙述革命」であった。

また、陳暁明は「写実」という概念に対して次のように指摘している。

「再現」が虚構を否定することは現実の「現前」としての絶対的な権力を明確に現している。再現はテクストの言説に対する現実秩序の絶対的な統制をあらわし、真実性の本当の意義は現実の絶対的かつ十分な「現前」にある。故に、写実主義言説は二重顛倒の産物である。それは虚構された現実を絶対的な真実とみなし、そして現実の秩序を作るための創作活動を「現実」の反映とみなす（『脱構築の痕跡』一二四頁）。

つまり、作家が現実を忠実に反映しているつもりであっても、作家の現実に対する認識そのものが作家個人の観点やその時代の支配的な思想をすでに含んでしまっているために現実そのものではありえない。むしろ小説が正確に反映していると考えている「現実」はただ単に現実に対する解釈でしかない。この意味で、小説が現実をそのまま再現しているという考えそのものが一つの背理（転倒）である。しかし、「写実主義」はこれを無視して、しかも「語り手の隠匿」などの手法を用いることによって、現実に対する解釈にすぎなかったものを「これは現実そのもの」と読者に思わせるように作り上げてしまうのである。そしてついには評論家や作家自身までも小説内容を現実そのものであるかのように錯覚してしまうのである。これが二つ目の転倒である。

人々が「現実」とみなしているものは、はじめからある特定の観念、概念、術語で表現された意義でしかなく、歴史或いは現実のもつ「真実性」とは、支配的な位置にあるイデオロギーの現実に対する一種の規範と期待にすぎない。文学はイデオロギーを再生産するかたちでこの種の「真実性」を具象化した。まるでそれが確かにある現実存在の反映であるかのように。この種の反映を認識したのは、現実を通してではなく、むしろイデオロギーを再生産する形式を通して、より根元的より真の現実（歴史）が存在すると人々は思うようになったのである（『脱構築の痕跡』一二三頁）。

そのため、人々が文学の「写実主義」のこの側面に無自覚でいると、文学はイデオロギーの再生産に寄与してしまうと指摘している。

中国において、文学と政治的なイデオロギーが密接な関係を余儀なくされてきたことへの批判は夙に行われてきた。陳暁明の「写実主義」批判も中国解放後の社会主義リアリズム批判の一つでもあるが、このように小説の形式から理論的体系性をもって反映論を批判した例はポストモダニズム評論以外に類をみない。

注

（1）J・M・布洛克曼、李幼蒸訳『結構主義・莫斯科―布拉格―巴黎』（商務印書館出版社、一九八〇年九月、Jan M. Broekman, ***Structuralism: Moscow-Prague-Paris***, D. Reidel Publishing Company, 1974の翻訳）は、フランスの構造主義思想を初めて中国に導入した著書で付録に詳細な評論用語解説が付いており、後の西洋理論理解する基盤となった。本格的に脚光を浴びるのはアメリカの学者の来中や概説書の翻訳されてからである。ジェイムソンは新マルクス主義評論家（「西方馬克思主義批評」）であり、ポスト構造主義哲学の専門家ではないが、その概論的な紹介がわかりやすかったためだと思われる。

（2）ポスト構造主義とはフランスの六十年代頃始まった現代思想を指し、ミッシェル・フーコー、ジャック・デリダ、ロラン・バルト、ジル・ドゥルーズ、ジュリア・クリステヴァなどが代表的人物として挙げられる。この思潮はある特定の「主義」を持たないが、人間中心主義、西欧中心主義、理性中心主義に対するアンチテーゼとして提出されたという点においては共通している。イェール学派の「ディコンストラクション」の文芸理論は、ポール・ド・マンを中心とし、J・ヒスリ・ミラー、ハロルド・ブレーム、ジェフリー・ハートマンを加え、七十年代から八十年代にかけてアメリカで一世を風靡した。J・カラー、富山太佳夫・折島正司訳『ディコンストラクション』（岩波書店、九八年五月）参照。中国のポストモダニズム評論はこれらの文芸理論を下敷きにしているが、統一した主義があるわけではない。

（3）ハッサンは一九八三年に山東大学に来中している。表はIhab Hassanの***The Postmodern Turn: Essays in Postmodern Theory and Culture***（Columbus: Ohio State University Press, 1987）のp91に掲載。邦訳はなく、中国では哈桑「後現代主義転換」（王潮『後現代主義的突破』敦煌出版社、一九九六年に所収）がある。この表は長いので一部省略し、中国語訳は筆者が加えた。

（4）陳暁明『解構的踪迹・話語、歴史與主体』（中国社会科学出版社、一九九四年九月）。

（5）陳暁明『無辺的挑戦——中国先鋒文学的後現代性』（時代文芸出版社、一九九三年五月）。

（6）陳娟『記憶和幻想・中国新時期小説主潮』（上海文芸出版社、二〇〇〇年九月）二七〇頁。

（7）南帆「辺縁・先鋒小説的位置」（『夜晩的語言』社会科学文献出版社、一九九八年二月所収）、尹国均『先鋒試験』（東方出版社、一九九八年五月）による。

（8）洪子誠『中国当代文学史』（北京大学出版社、一九九九年八月）による。ただ、現在でもまだ混乱はある。陳暁明の観点が定着しつつあり、彼の観点に沿って先鋒派を論じる論文は他に、南帆「再叙事」（『文学評論』九三年三期）、彭基博「先鋒小説的感知形式」（『当代作家評論』九四年五期）、徐芳「一種緬懐・先鋒文学形式実験的再探索」（『華東師範大学学報』九七年一期）、李潔非「実験和先鋒小説」（『当代作家評論』九六年五期）、趙衛東「先鋒小説価値取向的批判」（『河南大学学報』九六年六期）、邵燕君「形式的探索也需要強大的精神力量支撑」（『文学世界』九三年五期）参照。陳暁明の『表意的焦慮』の内容は一九八九年、一九九〇年に書かれた「先鋒派」に関する一連の著作と基本的には同じであり、『無辺的挑戦』の第二章「転折與突変：形式主義策略的意義」を簡素にまとめたものとなっている。ここで、陳暁明は「先鋒派」文学の特徴として、「人類生存の本源性と究極性への疑問」「歴史の欠乏に対する特殊な解釈」「存在或いは『不在』の形而上的思考」「距離を置く叙述が導く自己懐疑」「暴力、逃亡などの極端な表現」の五点を挙げている。そして、彼らの作品が「前衛的」であったのは一九八七年から一九九〇年までの三年間だと述べている。

（9）前掲、陳暁明『解構的踪迹・話語、歴史與主体』。海外のポストモダニズム作家は文学史的に確定した範囲があるわけではない。この著書の参考文献にBrian McHale, *Postmodernist Fiction*（New York：1987）が挙げられおり（邦訳なし）、これを参照にしたと思われる。海外のポストモダニズム作家としてThomas Pynchon（品欽／ピンチョン）、Joseph Heller（赫勒／ヘラー）、Vladimir Nabokov（納博科夫／ナブコフ）、John Barth（巴斯／バース）、Kurt Vonnegut（馮尼格特／ヴォネガット）、Donald Barthelme（巴塞爾姆／バーセルミ）、William Burroughs（巴勒斯／バローズ）、Norman Mailer（梅勒／メイラー）、Jorge Luis Borges（博爾赫斯／ボルヘス）、Gabriel Garcia Marquez（馬爾克斯／マルクス）、Truman Capote（卡彭鉄爾／カポーティ）が挙げられている。

(10) 張頤武「対『現代性』的追問」（前掲、『九〇年代批評文選』）、張頤武「理想主義的終結――実験小説の文化挑戦」（張国義編『生存遊戯的水圏』北京大学出版社、一九九四年二月）など参照。

(11) 王寧「接受與変形・中国当代先鋒小説中的後現代性」（『中国社会科学』九二年一期）王寧「後現代主義的終結――兼論中国当代先鋒小説之命運」（『天津文学』九一年十二期）。

(12) 王岳川「九〇年代中国的『後現代主義』批評」（前掲、『九十年代批評文選』）。

(13) 二十世紀の文芸理論と創作の流れの基本的な方向転換について、陳暁明は「拆除深度模式」（『文芸研究』八九年二期）において、「簡潔にいうと『深度模式の構築』から『深度模式の解体』への変化といえる。」と述べている。呉澄「挑戦與突囲・近期中国先鋒小説流変論」（『上海師範大学学報・哲社版』九五年三期）、尹国均『先鋒試験』、南帆「再叙事・先鋒小説的境地」（『文学評論』九三年三期）、昌切「先鋒小説一解」（『文学評論』九四年二期）、陳暁明『無辺的挑戦』序、王寧「後現代主義的終結――兼論中国当代先鋒小説之命運」（『天津文学』九一年十二期）など参照。

(14) 他の研究においても評論用語、含意などに若干のずれがあるものの基本的な認識は一致している。王寧「接受與変形・中国当代先鋒小説中的後現代性」（『中国社会科学』九二年一期）、王寧「後現代主義的終結――兼論中国当代先鋒小説之命運」（『天津文学』九一年一二期）。

(15) 陳暁明『文学超越』（中国発展出版社、一九九九年三月、三三二頁）。

(16) この言葉は今では八十年代半ばから起きる変化を表わす際に常用される言葉となり、とくにその契機とみなされている先鋒派文学の評論における決り文句となっている。この用語は一九八七年頃には馬原に関する評論にすでに現れているが、その源泉を辿るのはむずかしい。呉澄「挑戦與突囲・近期中国先鋒小説流変論」（『上海師範大学学報・哲社版』九五年三期）、尹国均『先鋒試験』、南帆「再叙事・先鋒小説的境地」、昌切「先鋒小説一解」などを参照。

(17) 馬原『岡底斯的誘惑』（『上海文学』八五年二期）、「虚構」（『収穫』八六年五期）、「錯誤」（『収穫』八七年一期）、「遊神」（『上海文学』八七年一期）、『大元和他的寓言』（『人民文学』八七年一期估二期）などが叙述を実験的に行った代表的作品である。陳思和『中国当代文学史』と洪子誠『中国当代文学史』によると、一九八四年に『拉薩河的女神』が発表されたのが馬原の最初の実験的作品とある。

(18) 前掲、南帆「再叙事・先鋒小説的境地」。

(19) 陳暁明「序 最後的儀式:『先鋒派』的歴史及其評估」(陳暁明編『中国先鋒小説精選』世界教育出版社、一九九三年三月)に「先鋒派の歴史的軌跡を明確にさせるとき、馬原は否定できない一つの歴史的境界線の起点である。」とある。南帆「再叙事・先鋒小説的境地」には「馬原の後にでた他の作家群はこの転換を十分に広げて明確にさせた。」とある。陳思和『中国当代文学史』(二九五頁)も同様のことを述べている。

(20) 馬原「虚構」『収穫』八六年五期。

(21) 呉亮「馬原的叙述圏套」『当代作家評論』八七年三期。

(22) パトリシア・ウォーは『メタフィクション――自意識のフィクションの理論と実践』(泰流社、一九八四年七月)で「メタフィクション」という言葉はウイリアム・H・ギャスの論文から使われだしたとしている。巽孝之『メタフィクションの謀略』(筑摩書房、一九九三年十一月)では「それは、『文学は現実を模倣する』という古典主義的前提に則るフィクションの諸条件を根底から問い直し、最終的にはわたしたちのくらす現実自体の虚構性を暴きたてる絶好の手段」と述べている。由良君美「メタフィクション論試稿」(『英語青年』八五年九月号)も参照。

(23) 羅鋼『叙事学導引』(雲南人民出版社、一九九四年五月、一九頁)は物語論の概説書で、「駱駝祥子」などの中国小説を例に引きわかりやすく解説している。訳は立間祥介訳『駱駝祥子』(岩波書店、一九八十年十二月)を参照とした。

(24) 馬原はこのメタフィクションという手法をボルヘスから学んだと語っている(『小説』『馬原文集』巻四、作家出版社、一九八七年三月、四一〇頁)参照。

(25) これらの評論は新しい方法論を取り入れることで評論界に活力をもたらし、また政治の付属としての位置から評論を脱けださせるのに貢献したなどの評価を受けている。(陳厚誠・王寧『西方当代文学批評在中国』百花文芸出版社、二〇〇〇年十月、一五頁)。ただ、陳暁明はこの脱構築の手法は従来の価値の解体には有効性を発揮したが、代替する価値観の創造には無力であり、新時期が終焉を迎えた後には、新しい人文精神の創設が重要であると語っている。「八十年代後期、私は確かに『理想』を拒否するような話をかなりしたが、あの時、我々はさまざまな虚偽の『理想』に圧迫されて息もできないほどであり、気楽で自由自在な遊びを始終望み、王朔に文化の将来像が見えたような気がしたことさえある。しかし、私は九十年代という歴史の境界線上に立って、文化崩壊の歴史的情況を眺めていた時、よりどころがないことへの恐怖さえも感じた。（中略）今の中国の文化崩壊の歴史的状況のなかで、私は敢えて一種の『真の歴史感』を力を尽くして捜し求めている、――それは私にとっては文化批判の根本的な立脚点である。結局すべてを否定し、すべてを拒絶することはできないのだから。脱構築は我々に一つの武器を提供したにすぎず、最後の拠りところではなかった（三一三頁）」。拙論「陳暁明の『無辺的挑戦』における『歴史』（「季刊中国」二〇〇二年六八号）参照。

第二部　翻訳からつくられる写実小説のかたち

清末において民衆を啓蒙するためには小説のもつ具体性が必要であると論じられたが、実際の小説は娯楽の物語か、もしくは啓蒙の教科書のような堅苦しく面白みの欠いたものとなってしまっていた。それは知識人が自らの思想を載せるための近代的な表現形式を確立しておらず、啓蒙の思想だけが先走ってしまったためである。中国小説の近代的変革は実質的には近代文学の父である魯迅によってなされたと言える。

第二部では具体的に魯迅や周作人の初期における翻訳を分析する。魯迅は留学してまもなく明治期の文献を翻訳翻案している。たとえば、ヴェルヌの科学小説を日本語訳から重訳したり、明治期の少年誌婦人誌に掲載されたギリシア史を翻案している。そして、魯迅が仙台医学専門学校を退学して本格的に文学を志した後には、ロシアのアンドレーエフとガルシンを翻訳している。

魯迅の初期翻訳を年代順にたどって丹念に分析していき、魯迅が民衆を啓蒙するための小説形式をどのようにして見出していくのか、その過程を追った。

第四章　物語と啓蒙――明治期科学小説の重訳

一　魯迅の日本留学期における翻訳

一九〇二年、魯迅は日本に官費留学して弘文学堂で勉強し、一九〇四年に仙台医学専門学校（現東北大学）に入学する。一九〇五年仙台医専を退学後に東京で文学活動を行い、一九〇九年に中国へ帰国する。この約七年の留学期間に魯迅は少なからぬ論文と翻訳を発表している[1]。そこで、まず魯迅の日本留学時期における翻訳を年代順に並べてみよう。

表3　魯迅の日本留学期の翻訳

一九〇三年六月	『斯巴達之魂』
一九〇三年六月	『哀塵』
一九〇三年十月	『月界旅行』
一九〇三年十二月	『地底旅行』二回分（『浙江潮』十期） ↓　一九〇六年三月に出版
一九〇四年	『北極探検記』↓遺失
一九〇五年春（？）	『造人術』
一九〇七年夏	『紅星逸史』のなかの詩

	（論文）「摩羅詩力説」 （論文）「文化偏至論」
一九〇八年	（論文）「詩論」 （論文）「破悪声論」
一九〇九年	『域外小説集』

一九〇三年六月、魯迅は『哀塵』を翻訳して『浙江潮』第五期に載せている。この作品はヴィクトル・ユーゴーの『哀塵』を訳したもので、森田思軒の『随見録：フハンティーヌ Fantine のもと』からの重訳である。魯迅は森田思軒訳の『ユーゴー小品』から重訳したのではないかと指摘されている。この作品は文言で直訳している。また、この作品が掲載された『浙江潮』の同号には『スパルタの魂（斯巴達之魂）』が掲載されている。(2)

一九〇三年頃から一九〇六年頃にはヴェルヌの科学小説『月界旅行』、『地底旅行』、『北極探検記』を日本語の底本から重訳している。『北極探検記』は散逸してしまい、現在は残っていない。これらの小説は白話に文言を混ぜた文体で翻訳しており、改作、削除などを施した意訳となっている。(3)

一九〇五年には『造人術』を訳し、『女子世界』四・五号合刊に掲載している。当時、周作人は翻訳した小説を『女子世界』に掲載することが多かったので、その関係からこの雑誌に掲載したのであろう。『造人術』は原抱一庵訳『（小説）泰西奇文　造人術』から重訳したものである。原抱一庵訳『（小説）泰西奇文造人術』は英語原典から一部を翻訳したもので、訳し方は「豪放訳」と呼ばれ、原作の内容をかなり変えている。(4)人との交際を一切絶って実験室に引きこもった科学者が、人間を人工的に作ろうと試みて成功するといった話である。内容は奇異であるが、ヴェルヌの作品のような面白さも奇抜さもなく、なぜ魯迅がこの作品を翻訳しようと試みたのかを推測するのはむずかしい[5]。ただこの時期に魯迅は医学を志していたので、人間改造のために人を作るという奇抜な話に興味を惹かれ、この小説を科学小説の一種とみなして翻訳したという可能性も考えられる。

このように、魯迅は一九〇三年から一九〇六年にかけてヴェルヌの科学小説『月界旅行』『地底旅行』『北極探検記』を訳し、同時に『スパルタの魂』を翻訳翻案（創作）している。また、一九〇五年には短篇『造人術』を訳し、それ以降は主に論文を書き、一九〇九年に『域外小説集』を翻訳している。

第二部では、魯迅が翻訳した小説を年代順に論じていく。第四章はヴェルヌの科学小説『月界旅行』、『地底旅行』を論じ、第五章は『スパルタの魂』を分析し、第六章は『域外小説集』を論じる。そして第六章の最後で魯迅の一連の翻訳が意味するところを全体を通して考察する。

二　魯迅の科学小説の翻訳

日本へ亡命した梁啓超が『新小説』を発刊し、それをきっかけにして外国小説が中国へ大量に翻訳されるようになる。しかし、当時の中国人の西洋文学に対する理解はまだ浅薄であり、翻訳もそのような状況を反映して、当時の風潮や読者の嗜好に合わせた意訳が主流であった。翻訳者は時代の風潮に合わせて自分の好みで手を加えて意訳したので、清末には独特な翻訳のスタイルが形成されていた。魯迅の『月界旅行』と『地底旅行』もこの状況の影響を受けて翻訳された。

一九〇三年、魯迅はヴェルヌの『地球から月へ（月世界旅行）』を翻訳して『月界旅行』と題して出版し、さらに十二月には同じくヴェルヌの『地底旅行』の冒頭二回分を『浙江潮』第十号に発表した。その後一九〇六年に『地底旅行』を単行本として出版した。このように魯迅は留学初期から文学を本格的に志すまでの期間にヴェルヌの科学小説を断続的に翻訳している。[6]

魯迅の『月界旅行』と『地底旅行』は共に日本語からの重訳である。『月界旅行』の底本は井上勤の『九十七時二十分間月世界旅行』であり、『地底旅行』の底本は三木・高須の『拍案驚奇：地底旅行』である。[7]井上勤の訳文は「周密体」という整った漢文調の文体であり、形式も章回小説ではなく、小説の翻訳としては堅苦しい感じがする。[8]それに対し、三木・高須の訳文は戯作調で大胆な意訳である。たとえば、ヴェルヌの原作では主人公が一人称であるが、三木・高須訳ではそれを三人称へと書き変えている。このような大胆な意訳は「豪放訳」とも呼ばれ、明治十年代で一般的な翻訳方法であった。[9]このように井上訳と三木・高須訳はもともと文体と体裁が大きく異なっている。しかし、魯迅の翻訳になると日本語の底本の違いがまったく感じられない。それは魯迅が堅い井上訳をわかりやすく簡明な方向へ、乱れた調子の三木訳を整える方向へ調整したためである。結果として、この魯迅の二作の翻訳は風格が似た作品となっている。そして、翻訳過程で行われた削除、加筆、改訳を詳細に分析すると、魯迅は独自な方法でこの二作を翻訳しているのがわかる。

このように魯迅は翻訳過程で改作をしているが、『月界旅行』と『地底旅行』の二作と魯迅自身の小説観や審美観、翻訳手法との関連性にはほとんど注意を向けられることがなかった。それは、これらの翻訳が章回小説の形式を借りた意訳であり、魯迅が近代的文学観をもつ以前の習作的翻訳とみなされてきたためである。確かに魯迅は章回小説の形式を借用してはいるが、これらの翻訳は決していい加減な意訳ではなく、むしろ魯迅自身の文学観に基づいて翻訳していると感じさせる。『月界旅行』と『地底旅行』がそれぞれ異なる方法で翻訳されていることについては先に言及した通りであるが、ほかにも構成が日本語の底本に比べて厳密になっており、文学作品としての価値も高められている。そこで、第四章はまず清末におけるヴェルヌの小説の翻訳状況を概観して、その後に『月界旅行』と『地底旅行』における魯迅の翻訳方法を見る。そこから当時魯迅が小説の形式に対して如何なる認識を持ち、実作ではそれがどのようなかたちで反映されているかについて分析したいと思う。

三　清末の科学小説の翻訳

日本において明治十一年から十八年頃にかけて、ヴェルヌの科学小説は西洋の人情風俗、習慣、学術、奇事異聞などを教えることを主眼として大量に翻訳された。科学小説の流行の背景には西洋物質文明に対する驚異と科学による発展を願う民衆の願望が潜んでいた。同時に民衆の文学的素養はまだ西洋近代文学を芸術として受容するだけの成熟さには至っておらず、当時は大人でもこのような少年小説を好んで読んだ。[10]

中国において、外国文学の翻訳が本格的に始まるのは一九〇〇年前後である。[11] 戊戌政変の後、梁啓超が日本へ亡命する船中で柴四朗の『佳人之奇遇』を読んだというエピソードは有名であるが、日本において『清議報』を発刊し、この『佳人之奇遇』を翻訳して載せた。一九〇二年、梁啓超は「小説界革命」のスローガンを掲げて『新小説』を発刊し、これより政治小説を含めた外国小説が大量に翻訳される。一八九九年には林紓も『椿姫（巴黎茶花女遺事）』を翻訳して、大変な好評を博した。[12] また、ヴェルヌの『海底旅行』も『新小説』第一号から連載された。[13] そして梁啓超自身も一九〇二年にヴェルヌの原作『二年間の休暇』を森田思軒の『十五少年』から重訳し、『十五小豪傑』と題して『新民叢報』第二号から連載している。[14] 当時、翻訳の多くは日本語の底本からの重訳であった。

一九〇二年、『新小説』に連載が始まった『海底旅行』も大平三次訳『五大洲中：海底旅行』の重訳であった。同年出版の井上勤『海底紀行』が人々にほとんど知られていなかったのに対し、太平訳の再版は明治十九年七月に覚張栄三郎から、三版は二十年に辻本九兵衛等から出版されて流行した。[15] むずかしい井上勤訳よりもこちらの方が流行したのは大衆の好みに合っていたからだろう。翻訳者については、第一回に「英国蕭魯士原著、南海盧籍東訳意、東越紅渓生潤文」とあるが、その後は「紅渓生述、披髪生批」となっている。口述に頼って翻訳したものであることがわかる。

中国語訳の小説の構成は章回小説の体裁に倣っており、大平訳の第三回を二つに分けたため一回分ずれてしまうが、基本的には大平訳の構成をそのまま踏襲している。二十一回で未完である。意訳であり、適当に改竄している。たとえば、第十八回で潜水艇が「紅海」に近づくと、「紅海」と呼ばれる理由の説明、海面は通常と変わりないが深海は海草のために赤くなるとある箇所を省いている。かわりに語り手が原作にはない珊瑚に関する洒落た話を雄弁に語っている。このような手法はところどころに見られ、訳者の才能を示すためのものであり、当時の読者もそれをけっこう楽しんだらしい。また、翻訳の仕方が回を重ねるごとに雑になっている。ストーリーの進行を滑らかにするといった構成上の配慮はまったく欠けており、章回小説と同様にその回その回を楽しませる構成となり、一貫したテーマを突出させる意図は感じられない。人名を中国の人名に変えて訳すなどとさまざまな点において中国風に翻訳されている。[16]「泰西最新科学小説」と角書きしているが、全体として娯楽性を色濃くもった作品として翻訳されている。[17]

次に梁啓超の『十五小豪傑』を見てみよう。冒頭に附された韻文詞は、無人島に漂着した十五人の少年が危機を乗り越え、新たなる共和制度の国をうち建てたと述べられている。韻文詞には「精神」「共和制度」「国旗」などの新しい単語が散りばめられており、啓蒙の意図が明確に反映されている。[18]

『十五小豪傑』は第一回後語において、「今私がこれを訳すのに、中国の説部の体裁にかえて訳す（『新民叢報』第二号）。」とあるように、これらの小説には章目が附けられ、最後は「次回をお楽しみに（且聴下回分解）」とおわる章回小説に倣って訳されている。第二回後語に「森田訳本は全てで十五回である。これは叢報に一回ずつ載せるので、回を分けて原訳の約二倍になってしまった。しかし、これを中国の説部の体裁に従って、分けたりとまったりするところが原文より優れているように感じる（『新民叢報』第三号）。」とあるように、構成は日本語訳の十五回を十八回にしている。第四回後語に白話のみで訳すと繁雑になるので文言を混ぜて訳したとある（『新民叢報』第六号）。『新民叢報』第十四号掲載の第十回以降は披髪生によって引き継がれている。翻訳は多少省略した部分もあるが、基本的に直訳である。

それでは翻訳をみてみよう。嵐のなかを彷徨った後に少年たちはようやく島をみつける。彼らは小さなボートに乗って岸まで漕ぎ着けようと決めるが、高学年の生徒のなかに低学年の者を顧みずに我先にとボートに乗り込もうとする者が現れる。そこで、リーダー格の少年「武安（ブリアン）」はそれを止めて、

武安（ブリアン）は走（は）せ来りて、「君等は何をか為す」。韋格（イルコツク）「そは余輩（よはい）の自由なり」。「君等は斯（こ）のボートを下さむと欲するか」。杜番（ドノバン）「然り、然れども君は之を止（とど）むる権利あらじ」。「有り、君等は他の諸君を棄てて以て」。杜番は武安の言（ことば）をして訖（おわ）らしめず「決して棄つるにあらず、余輩上陸の後（のち）又た一人再び之をこぎ返して、他の諸君を載（の）せ去るべし」。（『十五少年』一七四頁、原文にルビあり）

【梁啓超訳】恰好武安走来。便問道。你們干甚麼。韋格道。這是我們的自由。武安道。你們想落這舢板嗎。杜番道。你有権利禁止我們嗎。武安道。有呀。因為你們不顧大衆。杜番不等武安講完。便接口道。我們並非不顧大衆。我們上去以後。再用一個掉舢板回船載衆人。（第二回『新民叢報』第三号）

（ちょうど武安はやってきた。そして尋ねた。お前たちは何しているんだ？　韋格は言った。これは我々の自由だ。武安は言った。お前たちはボートを下ろそうとしているのか。杜番は言った。お前は我々を禁止する権利があるのか。武安は言った。あるよ。なぜならお前たちは大衆を顧みないからな。杜番は武安が言い終わるのをまたずに、口を挟んでいった。我々は大衆を顧みないわけではない。我々が上陸した後に、また一人を遣わせてボートをこぎ返して船に帰って皆を乗せるんだよ。）

日本訳と対照してみると、「君等は他の諸君を棄てて以て」という「諸君」に「大衆」という訳を当てている。これは低学年の仲間を棄て我先にとボートに乗り込もうとする高学年の「韋格」を非難した科白である。「諸君」を「大衆」と訳したのは故意であろう。第三回の訳後に「高学年と低学年は統治者と被統治者の二つの階級のようなものだ。高学年が仕えられる権利をもつ以上、幼い者を保護する義務を尽さなければならない。」とある。ほかにも「自由」、「権利」という箇所に傍点が施され、少年の間で起こった論争も自由と権利に関する論争の喩えとなっている。

日本語の題『十五少年』を『十五小豪傑』としたことからも察しがつくように、十五人の少年が無人島で危機を乗り越える様子が、十五人の英雄が列強侵略の危機を乗り越えて共和国を建設するアナロジーとなっている。(19)

先述のように、一九〇二年に梁啓超は『新小説』に「小説と群治之関係を論ず」の一文を掲載し、小説がもつ啓蒙の効用を訴えた。梁啓超の独自の理論も述べられており、読者を感化する力を「薫」「浸」「刺」「提」の四字で説明し、読者がどのようにして小説から感化を受けるかについて精密で論じていた。しかし実作ではそれがうまく反映されていない。(20)『十五小豪傑』は少年の遭難というストーリーが直接中国の危機と一直線に結びつくように構成されている。しかし、小説自体への工夫は欠けているためにむずかしい科学、法律、軍事などの専門用語が散りばめられ、小説というよりも啓蒙の教科書のようになってしまっている。[21]つまり、梁啓超が主張した、読者を小説世界に誘い知らぬ間に感化するという文学理論は実際の作品と乖離していたというのが実情であった。

四 『月界旅行』

当時の日本において大量のヴェルヌの科学小説が翻訳されたことは先に述べたが、井上勤の『九十七時二十分間月世界旅行』は明治十三年に大阪二書楼から分冊十冊で出版され、明治十九年九月に自由閣から合本で刊行された。[22]魯迅は初版ではなく、合本から翻訳している。十九年の合本では、たとえば第二十回、第二十回続というような一つの回が二つに分断された回がなくなっており、魯迅の翻訳も基本的に一回分は分断せずにそのまま訳している。[23]

井上訳は当時一般的であった章回形式に倣わず、回目も「第一回　砲銃社」などと堅苦しい。魯迅が「月界旅行・弁言」で「雑記」といったのも、筆記小説のような井上訳の体裁のためであろう。魯迅は小説としてふさわしい形式になるように手を加えている。[24]

まず、形式は章回小説風に変え、各回の終わりに「且聴下回分解（次回をお楽しみに）」という決まり文句と詩を附している。また、日本訳の二十八回を十四回に縮小している。第五回、第六回、第八回は砲弾作製の技術面に対する説明だけを述べた回なので省略している。また第十一回と第十回を逆にして、時間的な配列が過去から未来へとなるように並べ替えている。内容によって幾つかの回をまとめていることはあるが、回の途中で分断することはなく、基本的には原作の回に沿った構成である。

その他、日本訳の冗漫だと思われる部分は削除し、わかりにくい部分は説明を加えている。たとえば、大砲が完成したのを一目見ようと押しかけた群集の様子について飢えた者に喩えて「柵外ノ衆庶ハ唯烟焔ノ昇騰スルヲ見ルノミニシテ猶ホ飢者ニ食物ヲ與フルニ手ノ達セサル処ニ滋味ヲ置キ遥カニ其滋味ナルヲ知ラシメ而シテ若シ之ヲ食ハ、其風味如何ナルヘシト想像シ已ニ食欲ニ堪ヘス飛揚シテ之ヲ得ント欲セシムルカ如シ（『九十七時二十分間月世界旅行』一九四頁）」と述べている。このような饒舌で無駄な形容は削除している。

ほかにも第十七回に「此時ニ当リ最モ人心ヲ鼓舞シ又タ人ヲシテ会社ノ事業ニ熱心セシムヘキ古今無比ナル意外ノ一事ヲ生シ来レリ（『九十七時二十分間月世界旅行』二〇一頁）」という一文があるが、この事件が将来会社に意外な事を生じさせる結果となったというような、未来を先取りする常套の文句も削除している。小説の時間が過去から未来へと流れていくように手を加えている。

ストーリーがわかりにくい場合は魯迅が日本訳にない説明を加えている。たとえば、アメリカについて

【魯迅訳】凡読過世界地理同歴史的、都暁得有個亜美利加的地方。至於亜美利加独立戦争一事、連孩子也暁得是驚天動地；応該時時記得、永遠不忘的。（『月界旅行』十三頁）」

（凡そ世界の地理と歴史を読んだものは、みなアメリカという所があるのを知っているだろう。アメリカ独立戦争という事については、子供でも天を驚かし地を動かすようなことだと知っている。いつも思い起こし、永遠に忘れないようにしなければならない。）

当時の翻訳において、訳者による説明の加筆は一般的であり、場合によってはストーリーとまったく関係ない自分の批評や感想を大いに付け加えた(25)。ただ、先に挙げた『海底旅行』などの当時の翻訳に比べて、魯迅は説明の挿入を必要最小限に抑えている。

人物形象にも改変がある。科学への探求というテーマをより明確に浮かび上がらせるために、登場人物は科学に邁進する英雄となっている。[26]逆に、人物の個性を際立たせる描写は省略している。第二回に大砲クラブの会長バルビケーンの性格についての説明があり、時計のような正確さと自制心の強さを備えた近代人の特徴と原作にはあるが、重要な部分にもかかわらず、魯迅は「そこで遠く近くに名前が知れ渡り、敬服しない者はない（『月界旅行』二〇頁）」と簡単に一言でまとめてしまっている。また、マストンが完成した大砲のなかに落ちても本望と思う箇所、「仮令ヒ今此ノ巨砲ヲ発射シ自己身体ノ粉肉温血ヲ彼月世界ニ飛ハスモ敢テ遺憾ナキノ顔色ナリ亦タ盛ナリト云フヘシ（『九十七時二十分間月世界旅行』二〇〇頁）」がある。マストンは情熱的なのだが注意散漫であり、その性格がよく描写されているこの部分も省略してしまっている。この時期に魯迅はストーリーラインを明確にするためには人物の微妙な個性を不必要と考えていたのがわかる。

さらに興味深いのはストーリーラインを明確にするだけではなく、それぞれのシーンが彷彿と目に浮かぶような臨場感が溢れる場面作りが行われている事である。第一回の終わりに次のように加筆している。

【魯迅訳】大家無情無緒、没精打彩的談了一会、不覚夜深、於是各人告別回房、各自安寝不表。到了次日、忽見有個郵信夫進来、手上拿着書信、放下自去。社員連忙拆開看時、只見上写道：（中略）社員看畢、没一個暁得唖謎児、惟有面面相覷。那性急的、恨不能立刻就到初五、一聴社長的報告。（『月界旅行』十七頁）
（みながっくりとして、元気なくおしゃべりをしていると、いつのまにか夜が更けたので、それぞれが別れを告げて部屋へ帰り、各自でぐっすりと眠った。次の日が来て、突然郵便局員が入って来るのが見えて、手にした手紙を置くとそのまま出て行った。社員は慌てて開いて見ると、ただこう書いてあるのが見えた。（中略）社員が読み終わると、誰もこの意味がわかるものがなく、ただ顔を見合わせるばかりだった。あの気せりの者は、すぐに五日になって、社長の報告を聞けないのが恨めしく感じた。）

図 7　井上勤『九十七時二十分間月世界旅行』の挿絵「不具之砲銃会社社員嘆息之圖」。大砲クラブの社員たちが途方に暮れている場面。

皆で現状打開策を夜更けまで相談するが、いい案が思い浮かばずに帰宅する。翌日、社員は社長の演説の知らせを受け取るが、そこに書かれた集合日まで待てない社員の心情がうまく描かれている。この部分は原作にはないが、魯迅は社員の待ちきれない心情を加筆している。

続いて第二回、社員が大砲クラブへ集合するシーンを次のように訳されている。

【日本訳】説キ起ス茲ニ十月五日午後第八時「ユニヲン、スケール」街二十一番砲銃会社ニ於テ「バルチモール」居住ノ社員ハ総テ社長ノ報道書簡ニヨリ尽ク集会ナシタリ同意社員ノ如キモ已ニ数百人ヲ馳セ之レヲ報知シタルヲ以テ各其先ヲ争ヒ茲ニ会合シタリキ（『九十七時二十分間月世界旅行』三〇頁）

【魯迅訳】却説社員接了書信以後、光陰迅速、不覚初五。好容易挨到八点鐘、天色也黒了、連忙整理衣冠、跑到紐翁思開尓街第二十一号槍砲会社。一進大門、便見満地是人、黒潮似的四処汹涌。原来住在抜尓祛摩的社員、多已先到：（『月界旅行』十九頁）

（社員が手紙を受け取ってから、光陰矢の如く、いつのまにか五日になった。やっとの思いで八時まで待ち、空もすでに暗くなって、急いで身支度を整えて、ユニオンスケール街二十一番銃砲社へと駆けつけた。大門を入ると、そこらじゅう人だらけで、黒い潮が辺り一面から押し寄せてくるようだった。なんとバルチモールに住んでいる社員は、すでにほぼ来ていたのだった。）

日本語訳では社員が大砲クラブへ書簡を受け取って急ぎ馳せ参じたと簡単に述べるだけである。魯迅訳では社員が朝八時を待ちわび、まだ暗い内から衣服を整えて大砲クラブへ出向くと、すでにそこは黒だかりになっていたと訳している。このようなストーリーが単調な叙述ではなく、人物の行動によって展開する工夫はところどころに見られ、魯迅が意識的に工夫したと思われる。この特徴は『地底旅行』により鮮明に現れ

図８　井上勤『九十七時二十分間月世界旅行』の挿絵「社長滑舌後松明ヲ照シテ市中廻行ノ圖」。大砲クラブ社長の演説に群集がつめかけ、その後に月へ大砲を飛ばす計画を喜んで街中を行進する場面

るので、次節で詳述したい。

五『地底旅行』

魯迅の『地底旅行』は日本の三木・高須『拍案驚奇：地底旅行』からの翻訳である。『拍案驚奇：地底旅行』の凡例に次のようにある。「此書を翻訳するに大いに心を用いたるは文体と詳略の度なり彼の原書のままに直訳せんか文体は複雑に流れ易しと雖も頗ぶる詳なるを得然れども我邦の小説と読むもの甚だ直訳の体を好まず輒すく複雑の嘆をなして抛擲するに至る之れ訳者の技倆足ざるに依るべしと雖も勢又た此の複雑に渡るを免れさるものあり故に断然義訳を取り略すべきは之を略せり」。ここでは直訳ではなく、わかりやすく面白いように意訳したことが述べられている。日本語の翻訳自体が章回小説の形式をとり、文体も和文調にしてある。

三木・高須の翻訳は大平三次訳『海底旅行：五大洲中』と似ており、当時の平均的な翻訳の仕方であった。明治十七年にヴェルヌの『海底旅行』は井上勤にも訳されているが、ほとんど知られていなかった。それに対し、大平三次訳『海底旅行：五大洲中』は初版が明治十七年に四通社から出版された後、三版が二十年に辻本九兵衛によって出版されるなど版を重ねて、むずかしい井上勤訳よりも流行した。それは大平三次による意訳の方が読みやすく、庶民受けしたためである。

このように日本語の翻訳は大胆な意訳であり、原作の人称までも変えている。ヴェルヌの原作は一人称であり、主人公のアクセリが異常な学問的探求心に燃えて地底旅行を敢行する叔父のリーデンブロックを客観的な立場から語るというかたちをとっている。日本語訳では原作の一人称が三人称に変えられている。アクセリと叔父の二人は対等の関係となり、アクセリは臆病で優柔不断、叔父は豪放で勇猛果敢という対比が強調され、そのコントラストが小説に喜劇的な要素を与えている。

そして、魯迅は日本語訳『拍案驚奇：地底旅行』の散漫な構成を大胆に構成しなおしている。まず、魯迅はもとの日本語訳の回目を訳さず、すべて新しくつけ直している。たとえば、日本語訳の第三回の後半部分と第四回は一つの回にまとめているが、その回目をみてみよう。日本語訳の第三回の回目は「華都に滞留し途鬱を慰め、名士照介に無上の助けを得る」とあり、コペンハーゲン（華都）でトムセン氏（名士）に紹介状をもらった事を示している。第四回の回目は「是れ上帝初めに地処を造らず、或るは又女禍能く天辺を補う」とあり、これは海岸近くの山は嘗て火山だったという地理的事項を示している。

魯迅訳の第三回回目は「探険を助く壮士と途(みち)に識(し)り、貧辛を紓(ゆる)む荒村に馬を駐(とど)む」とあり、これは道案内役のガンスと知り合い、旅路に民家に泊まったことを指している。同様の内容に対して魯迅訳と日本語訳ではまったく違う回目がつけられているのがわかる。日本語訳の回目が具体的ではないのに対し、魯迅の回目は各回で起こる主要な二つの出来事を示している。

次に、日本語訳は全十七回だが、魯迅訳では全十二回になっている。第一回、第二回、第十一回以外、魯迅は日本訳の一回分ともう一回の半分を一つの回にまとめている。回目を見ればわかるように、魯迅は各回に二つの主な事件をもってきて、ストーリーの進行に緊迫感を与えるように全体の構成を再構成しているのである。『月界旅行』のように科学を議論した回をすべて削除することはないが、日本語訳の附としてつけられた地質学に関する説明部分はまったく訳していない。そこで日本語訳よりも五回分短縮している。[27]

ほかにも人物形象において省略改変している箇所がある。たとえば、アクセリの恋人に思いを寄せる部分もその多くが省略されている。[28]人物の心理描写も略されている所がある。[29]これは、アクセリの恋愛は科学と無縁なので不要だと魯迅が判断したためであろう。またアクセリの臆病で愚痴っぽい性格がなるべく抑えられ、科学の探求に奮闘するように調整されている。これは『月界旅行』とも共通している。

小説の終わり方も日本語訳と対照的である。日本語訳は、コンパスが旅中で壊れた原因が電気と判明した挿話のあとに「『アクセリ』ハ目出度『グレッヘン』と婚姻して是より幸福なる人となり皆々富は巨万を累ね子孫繁栄なりしたりけり」とつけ加えており、主人公が恋人と結婚して幸せになりましたと大団円で終わり、まるでおとぎ話のようである。(30) 魯迅はそれを科学小説にふさわしくないと略してコンパスの挿話で終わっている。(31)

文体は、日本語訳の文体をそのまま反映している箇所と魯迅が大幅に工夫を加えた箇所がある。それぞれの例をみてみよう。アクセリが地底旅行へと出発するその場面において、

> 人の将に死なんとするときハ縦令ひ其人死を欲せざるも其容姿自ら沈静となると謂へるが如く「アクセリ」も大に膽気坐り最と沈着の状をなせり
> 斯くて青年の「アクセリ」ハ今ハ覚悟を極め万死を冒して地底旅行を為さばやと漸く勇気を励して（『拍案驚奇：地底旅行』十三頁、原文にルビあり）

> 【魯迅訳】亜籬士也神気発皇、奮力理事。蓋自趨絶地、壮士或為逡巡、然死迫目前、懦夫亦強項。亜籬士之奮迅雄毅、一変故態者、如是乎？　抑非如是乎？
> 青年亜籬士、於一刹那頃、大悟徹底、捨身決志、以赴冥冥不測之黄泉。（『地底旅行』一二八頁）
> （アクセリも気力を尽くし、力を奮い立たせて事に望んだ。地の果てに赴くのは、壮士でも躊躇するものだが、目の前に死が迫ろうとするときは、懦夫と雖も亦た強くならずにはいられない。アクセリは発奮して、もとの様子を一変させたのは、まさにこれではなくてなんであろうか。青年アクセリはこの刹那に大いに悟り、捨て身の決心をし

て、果てしない黄泉の国へと赴こうした。）

意味だけではなく、日本語の語りの雰囲気をよく汲んでいる。しかし、全体を見るとこのような日本語の語りを忠実に訳す箇所は少なく、次のような訳し方が大半を占めている。たとえば、アクセリと叔父がグラウベンに別れを告げて地底へと旅立つシーンをみてみよう。

【日本訳】之に後れじと戸外へ出つる「アクセリ」ををくる処女「クレッヘン」閾の前まで立ち出で、声を高くし折角御身と大事になし無事に志を遂げ賜へと別を告くる言葉を後に聞きのこし叔父と共に待てる馬車に乗込みて馬丁が馬追ふ声諸共「ベリトン」街の停車場まで馬蹄を早めて速ぎしハ是れぞ「ベリタ」なる海岸の鉄道汽車に乗りこまんとなせる心得なりたりけり（『拍案驚奇　地底旅行』十五～十六頁）

【魯迅訳】洛因還説什麼前途保重努力加餐這些話。亜籬士却説不出一句話来、装着笑容、返身便走、上了馬車、在列曼対面坐下。馭者加上一鞭、黄塵擁輪、去如激箭。亜籬士眼中、惟仿佛見亭亭倩影、遥望車塵、而馬車一転、正被列曼遮着、暗付道：『予欲望洛兮、叔父蔽之……』然馬車已抵迦修莿士汽車駅了。（『地底旅行』一三〇頁）

（クレッヘンは旅路では体を大切にしてご飯をちゃんと食べるようになどと言った。アクセリは却って一言も言葉が出ず、無理して笑顔を作り、身を翻して、馬車に乗り、叔父に向かい合って座った。御者が鞭を一振りし、砂埃がたって、矢の如く出発した。アクセリの目には、ただ彼女がすらっとした姿で車埃を眺めているのが見えるようであったが、馬車が向きを変えて、ちょうど叔父に遮られた。こっそりと『我クレッヘンを望みたくも、叔父之を遮り……』それから馬車はもうベリタ駅に到着した。）

両者を比較すると大きく異なっていることがわかる。日本語訳はアクセリと叔父が急いで汽車に乗り込もうとしている様子を戯文調の文体で途切れなく語っていくのだが、魯迅訳では別れの様子をアクセリの視点からリアルに描写している。アクセリが馬車に乗り込み、馬車でグラウベンを想っていると、叔父の体に遮られて何も見えなくなり、「グラウベンをみたかったのに」とこぼすユーモアな場面と変えられており、より迫力があるものに仕上がっている。二人が汽車に乗り込むと、

【日本訳】叔父ハ懐中より故郷なる「ガンブルグ」府の駐紮領事抹丁の「フリスチエンゼン」氏の紹介状を取出し一読なし居たり此の紹介状ハ叔父と「アクセリ」両人か目差す処の「イスランヂヤ」島の奉行方へ送るべきものにして実に今回の遠行にハ杖と依頼ものなりけり
「アクセリ」叔父の両人ハ汽車の中より近傍の景色を観まわしつ、連綿たる只だ一道の高原を後に残して海岸なる「キーリ」に着到なしけるが叔父ハ稟賦の性急より此にて大に忿恚せる事を惹起せりそハ他にあらず蒸気船ハ此より先へハ夜ならでハ出発せぬゆえ両人ハ是れより九時間の永き晷を待ち設けさるを得ざれハ也然れハ叔父ハ面赤からめて人を馬鹿にするものかな何時まで待たす心にや浪に時間を費やして困りし事にあらずやと罵りつ、(『拍案驚奇：地底旅行』十六～十七頁)

【魯迅訳】列曼従懐中取出一封紹介信道：『這是我故郷剛勃迦府駐紮領事抹丁国的芬烈謙然氏写的。』便要読給亜籬士聴、什麼『有博物学士列曼君。』又是什麼『有地底旅行之大志。』亜籬士雖随口答応、其実兼没聴得半分。只見四囲景色、都如過眼煙雲；一帯高原、条在軿車之后、不多時竟到吉黎海岸了。
列曼学士説一声『我覓汽船去！』早已執杖下車。亜籬士招呼行李畢、急到船塢。見這叔父、已面紅耳赤、在汽船上乱跳、口里説道：『其実可恨、儞們総歓喜待、豈非浪費光陰麼？我看儞們待到什麼時候！』原来這艘汽船、必待夜中方能出発、非静候九時間、不能启行。(『地底旅行』一二〇頁)
(叔父が懐から一封の紹介状を取り出して言った。『これは我が故郷ガンブルグ府の駐紮領事デンマルクのフリスチエンゼンが書いたものだ。』アクセリに読んで聞かせると、『博物学士レイマン君』とか、また『地底旅行の大志』

とか、アクセリは口では相槌を打ってはいたが、その実半分も聞いていなかった。ただ周りの景色が煙や雲のように目の前を過ぎ去り、辺り一帯の高原を汽車の後に残して、まもなくキーリ海岸に着いた。レイマン学士は『蒸気船を捜しに行く！』と一言言うと、さっさともうステッキをついて下車していた。アクセリは荷物を呼んで取り終わると、急いで港へ駆けつけた。叔父が耳まで真っ赤にして、蒸気船のうえで地団太を踏み、『なんてこった、お前たち、無駄に時間を費やして、いつまで待たすつもりなんじゃ。』と罵っていた。なんとこの蒸気船は夜中になってから出発し、九時間待たなければ出発できないのであった。）

先のように、日本語訳では出来事が語り手の視点から途切れなく語られている。しかし、魯迅訳ではまず叔父が汽車を降りて汽船を捜しに行き、次にアクセリが荷物を預けて港へ駆けつける、すると叔父が喧嘩しているのを目撃する、という順序でアクセリの視点に沿って現在進行形で進んでいく。日本語訳は誰の行為なのかわからないといった語り口が往々にしてあるが、魯迅は日本語の「語り」を人物の現在進行形の動作や科白に変えている。日本語訳で叔父が紹介状を取り出して一読したとあるのを、魯迅訳では叔父がその場で読んで聞かせ、アクセリは相槌をうちながらも上の空と描写している。これらの工夫によって日本語訳と魯迅訳の読者に与える効果はまったく異なっており、魯迅訳ではその場面に居合わせたような臨場感を感じさせる。

『月界旅行』は日本語訳の構成をそのままに残している部分が多いのに比べ、『地底旅行』はストーリーの流れを中心にして大幅に構成が変えられている。一つ一つのシーンの描写における工夫も多くなり、意識的に行われているといえよう。従来、章回小説はエピソードの連なりで構成されており、全体としては緊密な構成をもっておらず、章回小説の形式を借りた翻訳も同じ特徴を備えていた。同様に、翻訳も語り手が頻繁に表に顔を出して饒舌に語るという形式も踏襲していた(32)。

魯迅の翻訳は章回小説の形式を借用してはいるが、細かく分析すると従来考えられていたようにいい加減な意訳ではないのを見出すことができる。魯迅は「原因」から「結果」へという因果関係のもとに小説の構成を調整し、無駄のないストーリーの流れを作り出し、臨場感に溢れる場面構成を目指しているのがわかる。構成も日本語の底本よりも厳密になり、文学作品としての価値も高められていると言えよう。

六　小説の具象性

以上の分析からもわかるように、清末には新しい小説理論が提出されてはいたが、読者を小説世界にのめり込ませるに小説を具体的にどのように描けばいいのかという点においてはまったく旧小説の方法を脱していないのが実状であった。梁啓超は小説が社会革命の道具であると高らかに宣言したものの、いざ小説がこの役割を実践しようとすると、いったいどのような小説がうまく大衆の教化に機能できるかという問題には答えていなかった[33]。

『十五小豪傑』は、少年の遭難というストーリーが直接中国の危機の喩えとなってはいるが、小説そのものへの工夫は欠けている。結果として小説は寓話の類となってしまっている。また小説中に大量に科学、法律、軍事などの専門用語を引用しているのでまるで啓蒙の教科書のようになってしまっていた。

それに対し、魯迅が翻訳に工夫が施したので、『月界旅行』と『地底旅行』は言葉も簡素で洗練されており、芸術的な水準も高くなっている。魯迅の翻訳においては、登場人物の言動によって物語は進んでいき、生き生きと目の前に情景が浮かんでくるように場面が構成されている。『地底旅行』ではより一層の工夫が加わり、人物形象、場面、ストーリーという要素が巧みに操作され、一つのテーマに絞っていく構成へと直されている。そのため物語の整合性に注意が払われてリアルな小説世界を作り上げることに成功している。

魯迅は「月界旅行・弁言[34]」において「それ故、学理を取り上げ、堅苦しさを取り去って面白くして、読者の目に触れさせ理解させれば、思索を労せずとも、かならずや知らず知らずの間に一斑の知識を得、伝えられた迷信を打ち破り、思想を改良し、文明を補うことができ、その力の偉大さはこのようである。」と述べており、小説の力がなによりも大切なのは、理論ではなく具象性にあると論じていた。そして、仙台医学専門学校の中退後に魯迅が文学を本格的に志し、その時に発表した「摩羅詩力説」においても同様のことを述べている。「純粋な学問的観点から言えば、一切の芸術の本質は、それを見たり聞いたりする人を感動させ、愉しませることにある。」とあり、「人生の真理」は学者が論理を使って説明することは不可能であると論じている。さらに文学の具象的な性質について「氷」を例にして次のように説明している。「例えば、氷を見たことのない熱帯地方の人に、氷というものを説明しようとして、如何に物理学、生理学を援用して教えても、水が凍ること、氷が冷たいことを解らせることのできないままであるが、氷そのものを見せ触れさせれば、質量と力の二つの性質を言わずとも、氷そのものが歴然として目の前にある以上、疑いためらうことなくさらりと諒解するだろう。文学もまた同然である。」

このように、魯迅はかなり早い時期から小説が啓蒙に役に立つのは小説の具象性、形象性と深く関係あるということに意識的であり、その考え方は当時の翻訳に反映されていた。魯迅の翻訳はある意味ですでに写実的でもあり、梁啓超の目指したことは魯迅の翻訳によってなされているとみなすことも可能であろう。

注

（1）工藤貴正「魯迅の翻訳研究―四―外国文学の受容と思想形成への影響、そして展開――日本留学時期（「哀塵」）」（『大阪教育大学紀要：一人文科学』四十一（二）、一九九三年）。「魯迅の翻訳研究―一―外国文学の受容と思想形成への影響、そしてその展開――翻訳準備時期」（『大阪教育大学紀要：一人文科学』三十八（二）一九八九年）、「魯迅の翻訳研究―二―外国文学の受容と思想形成への影響、そしてその展開――翻訳準備時期」（『大阪教育大学紀要：一人文科学』三十九（二）一九九一年）、「魯迅の翻訳研究―三―外国文学の受容と思想形成への影響、そしてその展開――翻訳準備時期（日本留学期）」（『大阪教育大学紀要：一人文科学』四十（二）一九九二年）、「魯迅の翻訳研究―五―外国文学の受容と思想形成への影響、そしてその展開――日本留学時期（ヴェルヌ作品受容の状況）」（『大阪教育大学紀要：一人文科学』四十二（二）、一九九四年）。

（2）『哀塵』（『浙江潮』五期、一九〇三年六月）。『斯巴達之魂』（『浙江潮』五期・九期、一九〇三年六月）。

（3）『月界旅行』（東京・進化社、一九〇三年十月）。『地底旅行』一回、二回は『浙江潮』第十期に掲載され、一九〇六年、三月に南京・啓新書局から出版された。一九〇四年に訳された『北極探検記』は遺失した。

（4）『清末小説』第二十二号参照。米国・路易斯託崙著、訳者索子『短編小説：造人術』（『女子世界』第二年四、五期合刊。原載は第十六、十七期。刊年不記。マイクロフィルムによる）。原作は原抱一庵主人（余三郎）訳『（小説）泰西奇文』（知新館、一九〇三年九月十日）。小論では、「清末小説」第二十二号（一九九一年十二月一日）に掲載された国立国会図書館に所蔵された本によるコピーされた資料を使用した。また、その原作となった**Louise J. Strong** の ***An Unscientific Story***（The Cosmopolitan, 1903.）は大阪府立中央図書館に所蔵されたものを使用した。

（5）中島長文「『哀塵』一篇は魯迅の訳する所に非ざるを論じ兼ねて『造人術』に及ぶ」（『飆風』三十九号、二〇〇五年）において、これが魯迅の翻訳かどうかは疑わしいと論じている。「一、西洋烈女伝中の一人の話を翻訳か翻案した様な『スパルタの魂』と庶人列伝にも入らないような一人物のエピソードを扱った『哀塵』とでは、その方向もボルテージも比較にならぬ差が有る。一九〇三年の魯迅が、そのような二篇を同時に書くはずもないし、また書けるはずもない。二、周作人の断定の根拠は殆んど成り立たない。三、『哀塵』は文体もリズムも用語法も当時の魯迅の文章とは互いに異なる。」と論点を述べている。この三点では、第一の点に関しては『哀塵』が魯迅の作ではないとする論拠としては説得力に欠けると考える。この『哀塵』は創作ではなく翻訳であり、同時期に性質の違う作品を魯迅が翻訳しないとは断言できない。二点目に関してはその通りであると思う。三点目は確かに文体や文章の調子が異なる感じを与えるにしても、もう一歩進んだ詳細な考察が必要と思われる。これらは決定的な根拠としては足りないと感じ、筆者は一般的な見解に従い魯迅の作とみなす。神田一三（樽本照雄）「魯迅『造人術』の原作」（『清末小説』二十二号、一九九九年十二月）において、魯迅の『造人術』の翻訳のもととなった原典に対して詳細に考察している。ほかに、樽本照雄「魯迅『造人術』の原作・補遺——英文原作の秘密」（『清末小説から』五十六号、二〇〇〇年）、劉徳隆「『造人術』及其翻訳者」（『清末小説』二十三号、二〇〇〇年十二月）など参照。

（6）　この時期、魯迅のヴェルヌの翻訳は梁啓超の影響を深く受けていた。山田敬三『魯迅の世界』「第Ⅰ部　魯迅の形成」（大修館書店、一九七七年五月、五十一頁）参照。これらの翻訳は当時留学生界における主要な思潮を反映しており、同時に留学後期の諸作品に取り上げられる諸問題の萌芽がすでにここに見出せると論じられている。大谷通順「魯迅訳『月界旅行』と『地底旅行』」（『日本中国学会報』三五集、一九八三年）。戸井久「『探検』の精神」（『東方学』一〇四号、二〇〇二年）、戸井久「『探検』から『理想』へ」（『東方学』一〇九号、二〇〇五年）など参照。また、南雲智「魯迅と『地底旅行』」（『日本中国学会報』三〇集、一九七八年）は、『地底旅行』に関して、魯迅の翻訳姿勢、翻訳方法について詳細に論じており、示唆に富む指摘がなされている。

（7）　『月界旅行』は『魯迅訳文集』第一巻（人民文学出版社、一九五八年）を使用。『地底旅行』も『魯迅訳文集』を使用。井上勤『九十七時二十分間月世界旅行』（二書楼、明治十三年〜十四年）。川戸道昭、中林良雄、榊原貴教編『続明治翻訳文学全集：翻訳家編：井上勤集3』（大空社、二〇〇二年六月）を使用。三木貞一（愛華）、高須治助（墨浦）訳、（英国）ジュールスウエル子『拍案驚奇：地底旅行』（九春堂、明治十八年一月）。十八年二月に再版。ここでは二十一年四月三版を使用。

（8）　柳田泉は井上訳を「漢文口調と和文口調を七分三分混ぜたもので、いわゆる周密文体の先駆の一つであろう。」（『明治初期翻訳文学の研究』春秋社、一九六一年、五十五頁）と述べている。

（9）前掲、柳田泉『明治初期翻訳文学の研究』一八二頁参照。
（10）前掲、柳田泉『明治初期翻訳文学の研究』一八四頁参照。
（11）郭延礼『中国近代翻訳文学概論』（湖北教育出版社、一九九八年三月）参照。
（12）暁斎主人（林紓）『巴黎茶花女遺事』（素隠書屋、一八九九年）。
（13）英国蕭魯士原著、南海盧東訳意、東越紅渓生潤文「泰西最新科学小説：海底旅行」（『新小説』一、二、三、四、五、六、十号、二年一、五、六号）。二号から「紅渓生述　披髪生批」となり、四号から「紅渓生述」のみになる。前掲、柳田泉『明治初期翻訳文学の研究』参照。
（14）森田思軒『十五少年』は「冒険奇談」と附して『少年世界』第二巻第五号（明治二十九年三月一日）から十九号まで連載された。単行本は「冒険奇談」を消して明治二十九年十二月十九日に博文館より刊行。原作はヴェルヌの『二年間の休暇』。梁啓超はこれを『十五小豪傑』と題して「焦士威爾奴原著　少年中国之少年訳」として『新民叢報』の第二号から二十四号まで連載する。『十五少年』は福田清人編『明治少年文学集』（筑摩書房　一九七〇年二月）を使用。私市保彦「日本の〈ロビンソナード〉――思軒訳『十五少年』の周辺」（亀井俊介編『近代日本の翻訳文化』一九九四年一月）を参照。
（15）ヴェルヌの『海底旅行』の翻訳は大平三次訳『五大洲中：海底旅行』（四通社・起業館、明治十七年～十八年）、同じく、『海底旅行：五大洲中』（覚張栄三郎、明治十七年六月～明治十八年三月）、井上勤『海底紀行』（博聞社、明治十七年二月）の二種類がある。
（16）当時の「意訳」の特徴として固有名詞の変更、章回の増減、一部削除、ストーリーの加筆などを挙げている。前掲、『小説史：理論與実践』三七頁、王中忱著『越界與想像』「叙述者的変貌」（中国社会科学出版社、二〇〇一年八月、一一五頁）参照。
（17）樽本照雄「漢訳ヴェルヌ『海底旅行』の原作」（『清末小説論集』法律文化社、一九九二年二月）参照。
（18）苑苓「清末におけるジュール・ヴェルヌの受容――梁啓超訳『十五小豪傑』を中心に」（『大阪大学言語文化学』九号、二〇〇〇年）。

(19)『十五小豪傑』は一九〇二年に横浜・新民社から出版、同年上海・広智書局と上海小説林から、一九〇四年に横浜新民社から再版されるなどと大変流行した。

(20)当時の小説に関する議論については、斎藤希史「近代文学観念形成期における梁啓超」(狭間直樹編『梁啓超』、みすず書房、一九九九年十月)参照。

(21)陳平原、夏暁虹編『二十世紀中国小説理論資料(第一巻)』「前言」、北京大学出版社、一九九七年二月、六頁)。

(22)当時日本のヴェルヌの翻訳は英訳本からの重訳が大半だったが、英訳本は大衆向けの廉価本のためほぼ保存されていない。英訳自体もすでに改竄されたものであった。そこで、底本となる英訳本の特定は困難である。『九十七時二十分間月世界旅行』には「米国『チカゴ』府『ドン子リイ　ロイド』商会」と明記されている。題名から ***From the Earth to the Moon Direct in 97 Hours 20 Minutes; and a Trip around It*** (L. Mercier and E. E. King, London, 1873)との関係が推測されるが、原本は確認されていない。ヴェルヌの原作と微妙に異なっているところがある。川戸道昭「原書から見た明治の翻訳文学——ジュール・ヴェルヌの英訳本を中心に」(前掲『明治翻訳文学全集』27:ヴェルヌ集I)参照。日本語訳では叔父のリーデンブロックも名前を使わずに「叔父」と訳されている。魯迅は「列曼」と訳している。魯迅が日本語訳以外に他の外国語訳を参照とした可能性はないわけではないが特定はむずかしい。

(23)回の分け方は以下の通り。魯迅訳第一回:日本語訳一回。第二回:二回。第三回:三回・四回。(五回と六回略)第四回:七回・第七回之続。第五回:九回・十一回・十回(十回と十一回との順番逆)。第六回:第十二回・十三回・十四回・十五回。第七回:十六回・第十六回之続・第十七回・第十八回。第八回:第十九回・第十九回之続。第九回:第二十回・第二十回之続。第十回:第二十一回・第二十一回之続。第十一回:第二十一回・第二十二回。第十二回:第二十三回・第二十四回。第十三回:第二十五回・第二十六回。第十四回:第二十七回・第二十八回。

(24)魯迅が『月界旅行』を翻訳した明治三十六年(一九〇三年)において、日本の翻訳界では明治二十一年の「あひびき」の翻訳によって翻訳の近代化がかなり進んでいた。魯迅が十六年前の訳本を選んだのは明らかに当時の中国の状況を反映したものである。

(25)陳平原『小説史:理論與実践』「第二章第二節　意訳為主的時代風尚」(北京大学出版社、一九九三年三月)参照。

(26) 前掲、大谷通順「魯迅訳『月界旅行』と『地底旅行』」参照。
(27) 魯迅訳第一回：日本語訳第一回（十四頁まで）。第二回：一回（十四頁〜終）・二回・三回（始〜二十五頁）。第三回：三回（二十五頁〜終）・四回。第四回：五回・六回（始〜四十五頁）。第五回：六回（四十五頁〜終）・七回。第六回：八回・九回（始〜七十頁）。第七回：九回（七十頁〜終）・十回。第八回：十一回。第九回：十二回・十三回（始〜百七）。第十回：十三回（百七〜終）・十四回。第十一回：第十五回・第十六回（始〜百三十二）。第十二回：第十六回（百三十二〜終）・第十七回。
(28) 科学を熱心に探究する面が強調されるのは『拍案驚奇：地底旅行』第一回（五、六頁）。『地底旅行』第一回（一二五頁）など。地底への入口である火口へ差し掛かった時、道案内役のガンスのまったく動じることのない様子に、火口に入りたくないアクセリががっかりしてしまうシーン（『拍案驚奇：地底旅行』第四回：三十四頁、魯迅『地底旅行』第三回：一三七頁）が簡略化。アクセリが帰りたいと言い出す場面（第七回：五十三頁）が削除。恋愛に関しては『拍案驚奇：地底旅行』第八回（六十一頁）、第十二回（九十七頁）、第十七回（一四一〜一四三頁）など削除。前掲、南雲智「魯迅と『地底旅行』」参照。
(29) 前掲、南雲智「魯迅と『地底旅行』」参照。
(30) 柳田泉「三木愛花の文学論」（『明治初期の文学思想（下）』春秋社、一九六五年、三一一頁）。
(31) 『拍案驚奇：地底旅行』第十七回（一四七頁）。
(32) 前掲、陳平原『小説史』参照。
(33) 陳平原「前言」（陳平原、夏暁虹編『二十世紀中国小説理論資料（第一巻）』六頁）。
(34) 「月界旅行・弁言」（前掲『魯迅訳文集』）。

第五章　叙述と啓蒙――『スパルタの魂』と明治期の雑誌記事

一　幾つかの問題

一九〇三年はヴェルヌの科学小説の翻訳以外に、魯迅は『スパルタの魂（斯巴達之魂）』という作品を書いている。この作品は魯迅が拒俄事件に触発されて書いたとされている。拒俄事件とは一九〇三年に当時の日本留学生によって起こされた事件である。北清事変発生後にロシアは義和団による東清鉄道支線や通信などの破壊を口実にして中国へ大量の派兵を行い、事変終了後も長期駐兵をして撤兵しようとしなかった。ロシアはこの派兵を足がかりにして中国の東北部の不凍港を確保し、満州支配を目論む計算であった。それは中国にとって満州割譲へと繋がる可能性もあり、中国留学生はロシアの満州占領が列強による中国の瓜分を促す契機となるのではないかという強い危機感を抱いていた。一九〇三年四月、ロシアが新たな七項目要求を中国側に強要してくると、在日中国人留学生はロシアの要求拒否を清朝政府に申し入れただけではなく、自ら学生義勇隊を組織して袁世凱率いる北洋軍に投じる決議をした。

この時、留学生たちが北洋大臣にあてた書簡が『浙江潮』第四期「留学界紀事・拒俄事件」の欄に掲載されており、そこには古代ギリシアとペルシアの戦争、テルモピュライの役が例えに引用されていた。

昔、ペルシア王のクセルクセスは十万の大軍を率いて、ギリシアを併呑せんとした。しかしレオニダスは自ら数百の壮丁を従えて、険隘の地で防戦し、敵陣に突入して死闘の果て、全軍玉砕した。今にいたるまでテルモピュライの役は、栄名を列国にとどろかせている。泰西では三尺の童子といえども、これを知らぬものはない。そもそも区々たる半島のギリシアにおいてすら、国を辱めざる義士がいたではないか。わが数百万里の帝国にして、義士なかるべけんやである。（『浙江潮』第四期）

魯迅はこの書簡が掲載された次号の『浙江潮』第五期に同じくテルモピュライの役を題材にした『スパルタの魂』を掲載した。この作品は儀勇隊事件に触発されて「尚武精神」を称揚した作品であるが、芸術的価値が高くないせいもあって初期の習作的作品としてみなされてきた。そのため、作品に表れている魯迅の愛国精神を称える論文などが存在するものの、膨大な魯迅研究のなかで言及される事が少なく、あまり重要視されてこなかった作品である。(1)しかし、『スパルタの魂』は魯迅の初期翻訳においては重要な意味をもっており、より深く考察する必要性がある。

まず、それを考察する前にこの作品について幾つかの点について整理してみよう。第一に、この作品は創作ではなく、翻訳と考える論考が存在している。この作品を翻訳とみなす樽本氏は日本語の藍本が存在する可能性について次のように述べている。「魯迅『斯巴達之魂』が創作であるか、翻訳なのか、はっきりしない。小説、翻案小説、翻訳に近い、などと書かれているだけで専論が見当たらない。日本で議論が少ない理由を推測することは、容易だ。翻訳である、というためには『斯巴達之魂』が拠った原作を提示しなければならない。しかし、その原作は、現在にいたるまで探し当てられていない。探索の努力は続けられているようだが、成功していないことになる。(2)」

確かにこの時代において、翻訳と創作の境界が曖昧な作品は稀ではなく、周作人の『孤児記』のように他の作品の一部を自らの作品に組み込むことは多々あった。『スパルタの魂』も単純に創作としてみなしにくい要素をもっており、後述するように当時日本の多くの文献を寄せ集めた編訳という一面も有している。そのため、この作品を論じるためにはまず次のことに注意しなければならないであろう。もしこの作品が意訳であるとするならば、魯迅はどのようなかたちで意訳をしているのかを詳述しなければならないし、また創作であるとするならば、参照とした文献と魯迅のテキストとがどのように関係しているのかについて論じなければならない。またこの問題は、魯迅が参照とした藍本との比較を抜きにしては考察できないであろう。

このように、先行研究における考察では十分ではなく、この作品を翻訳と断言するにも創作とみなすのもその根拠が明確には示されていない。そこで以上の問題についてより詳しく考察したい。まず魯迅が留学していた当時の日本においてギリシア史に関する文献にはどのようなものが存在したのだろうか。また魯迅はそのなかからどのような文献を自らの作品に用いたのだろうか。明治期の日本におけるギリシア史受容を全体的に概観することによって、魯迅がどの文献を選びとったかが浮かび上がってくるように思う。

次に、魯迅の初期習作とみなされる理由とその根拠について考えたい。この作品が習作とみなされるのは、作品の内容だけではなく、むしろこの小説の形式が近代小説にふさわしくないとみされているからであろう。たとえば、スパルタの戦士の妻であるセレーネが戦場から生還した夫を諌める場面において、妻が夫を恥じる感情を科挙に例えて解説を入れて説明している。

> 読者はこれを非人情と疑われるかもしれない。しかしスパルタでは当然のことなのである。（略）諸君見ても御覧なさい、試験に落第した者を。進士及第の通知が届かないと、妻は部屋のなかで涙にくれる。感じ方はちがうが、情は同じなのである。ところが、夫は心変わりして、国のために死ぬことなど考えてもいないのである。どうして悲しまずにいられよう、立腹せずにいられよう（『斯巴達之魂』『浙江潮』第九期）。

このように、語り手が表面に顔を出して小説自体の意味やテーマに批評を加える叙述方法は従来の旧小説形式の域を脱していないとみなされ、小説の評価自体をより低いものにしてきた原因の一つとなっている。しかし、次のような一段もある。

ああ、二人の少年よ、今日生きながらえることとならんか、欣喜雀躍として故郷に帰り、父母や親友を呼び集めて再生の祝宴を張ると人は思うであろうか。だが、スパルタ戦士にして、はたしてかかることがあろうか。ああ、わたしの聞くところでは次のようである。（『浙江潮』第五期）

ここで、読者に話しかけるのは「わたし（原文：我）」となっており、これは明らかに従来の旧小説の語り手のあり方とは異なっているのである。また、作品の構成も旧小説や歴史文献と異なる特徴を有しており、より詳細に考察する必要がある。

このようにこの作品は興味深い問題を提示している。そこで、『スパルタの魂』の創作過程から分析をすすめ、この作品が参照としたあろう明治期の文献を捜索し、最後に人物形象、構成などの小説の形式について考察を加えたい。

二　執筆時期

一九〇三年四月十七日の『東京朝日新聞』にロシアが後に日露開戦へと傾斜する契機にもなる新七項目を突きつけた報道が掲載され、『東京時事新報』の四月二十八日号外にはロシア代理公使が中国の東三省をとってロシアの版図に入れるという談話が掲載された。中国人留学生はこの記事に強い危機感を感じ、義勇隊を組織して袁世凱の率いる北洋軍に投じる決議をする。この拒俄事件が本国に伝わると、中国国内において拒俄請願の大規模な学生運動が起こり、学生たちは反帝愛国の目標を掲げて、北京、上海、杭州、武昌、安慶、南京などで互いに連絡を取り合い、大規模な集会を開いた(3)。拒俄事件は西洋式の教育を受けた学生たちによる初めての全国的な学生運動であり、五四運動へと続く反帝国主義運動の先駆けとなった。

それではこの拒俄事件の流れを日付を追って辿ってみよう(4)。『東京朝日新聞』に談話が掲載された翌日の四月二十九日に参加者五百人を集めた全留学生大会が神田錦輝館にて開催される。四月三十日、東京にいる留学生たちのなかで、軍隊志望者百三十名、本部員五十名余りが登録し、各省同郷会の賛同を得る。五月二日、義勇隊の名前が学生軍と改名され、五月三日には軍隊の編成を四分隊に分けて部署を定め、五月四日には任務を分担し、五月五日には学生軍課程表を会館に掲示して体制を整える。しかし五月七日に至ると、日本の外務省がこの件に干渉したため、学生軍の解散、軍事講習会への改組の危機に直面する。五月十日に至り、改組の正式な会合が開かれ、五月十一日には軍国民教育会結成大会が開かれる。そして五月十四日に、鈕永建、湯櫆が特派員として上海経由で天津へ袁世凱に会見を求めに行く。

しかし、五月二十七日なると事態は一変する。東京での活動の実権が青年会派に移り、排満民族主義という政治的立場を軍国民教育会に注入したため、清朝による弾圧を招くことになったからである。蔡鈞から湖広総督端方への通告、端方から沿江海各省の総督への転告があり、清朝側は帰国者に監視体制をとるようになる。この清国の弾圧の動きを報じたのが『蘇報』である。五月下旬から六月上旬にかけての清朝政府による弾圧の際には、鄒容の「革命軍」、章炳麟の「康有為を駁して革命を論ずるの書」が公表宣伝された。七月五日、上海から特派員が帰国する。この時期には活動はすでに完全非公開の活動へと移行している。七月十一日には組織そのものになんらかの圧力がかかり、組織自体を解散せざるをえなくなる。

五月十五日発行の『浙江潮』第四期には、先のテルモピュライに言及した北洋大臣へ宛てた書簡が掲載されている。魯迅の『スパルタの魂』は前半部分が『浙江潮』第五期に掲載され、後半部分は第十一期に掲載された。ただ内容的な区切りからすると、前半部分と後半部分の切れ目には断絶がまったく無いので、一気に創作された後に二回に分けて掲載したと考えられる。(5)『浙江潮』第四期は陽暦「五月十一日」(陰暦「四月十五日」)に印刷、陽暦「五月十五日」(陰暦「四月二十日」)に発行されている。ただ、この年は閏年にあたり、陰暦の五月は二度あるので、『浙江潮』第五期は五日前の陽暦「六月十日」または「七月十四日」(陰暦「五月十五日」)に印刷され、陽暦「六月十五日」または「七月十九日」(陰暦「五月二十日」)に発行されている。掲載された記事から推測すると、『浙江潮』第五期には五月十四日に上海へ派遣された特派員の送別会の様子が掲載されており、『浙江潮』第六期の「留学界記事」には特派員が七月三日に日本に帰ってきた記事が載せられており、第五期の発行は五月末から六月末にかけてであると思われる。

魯迅が『浙江潮』第四期に掲載された記事を見た後に『スパルタの魂』を執筆したと考えるなら、五月十六日から七月十四日までの間に執筆したと思われる。五月十四日に鈕永建、湯槱が特派員として上海経由で天津へ袁世凱に会見を求めに行った頃から、日本の外務省が学生軍の解散を迫り、二十七日に清朝の弾圧が加わり、清国が管理体制をとって活動が非公開になる。事件の流れと照らし合わせると、魯迅はちょうど学生義勇軍が北伐軍へ投じることを中国側に求めに行った時期から清朝政府が弾圧を加えられて活動が非公開になる一連の事件が起こる全期間中にあたっているのである。ただ、これは『浙江潮』第四期に掲載された手紙を読んだ後に魯迅がこの作品を創作したという前提から推測したものなので、魯迅の執筆時期を正確に絞るのはむずかしい。

魯迅の旧友である許寿裳は魯迅に原稿を頼むと二日間で仕上げてもってきたと述べている。(6)

この時、私と魯迅はすでにかなり親しかった。私は彼が寂しさを感じていると思ったが、実は私自身もまた孤独であった。ちょうど『浙江潮』の編集を引き受けたばかりだったので、私は彼に原稿を求めた。彼は一言で引き受けてくれて、一日おいてから一編——『スパルタの魂』を提出した。謙虚なふりして断ったり、逃げたり引伸ばしたりしない彼の態度は他の人とはまったく異なっており、承諾の早さと寄稿の早さは本当に私を敬服させたのであった。この文章は少年の作であり、スパルタの物語を借りて我々民族の尚武精神を鼓舞するものであった。

たった二日間で仕上げてもってきたというのは、魯迅が執筆以前にもギリシアの歴史にかなり関心をもっており、関連文献を読んでいた可能性が高い。魯迅は平素から知識と資料をすでに蓄積しており、この事件をきっかけにして『スパルタの魂』に結実したとみるのが妥当と思われる。

三　明治期のギリシア史

魯迅の『スパルタの魂』はギリシアとペルシアの戦争、テルモピュライの役を題材にして作られている。テルモピュライの役とは、スパルタ王レオニダスがペルシア軍の圧倒的に有利な軍勢を前に、死を覚悟して要所テルモピュライに留まり、親衛隊三百人と共に玉砕を果たしてペルシアのギリシア侵攻を食い止めようとした戦闘である。それでは、テルモピュライの役について、ヘロドトスの『歴史』に従って戦闘の経緯を見てみよう(7)。

紀元前四八〇年、スパルタ王レオニダスは西からギリシアへ攻め入ろうとしたペルシア軍をテルモピュライで待ち受けていた。テルモピュライの地形は背面にオイテ山へと連なる険峻な高山を控えており、反対側は海に接している。そのためギリシアへと続く隘路は一輌の車が通れるぐらいの道幅しかなく、要所として適していた。そこでギリシア同盟軍はここにペルシア軍を迎え撃つ陣を構えることにした。しかしスパルタ軍はテルモピュライに到着後、山を抜ける間道の存在を知らされる。そこでこの間道に地元のポキス人を配備して防備に当たらせることにした。

数的には圧倒的に優勢であるペルシア軍は余裕の構えであり、ペルシア王はスパルタが戦わずして退却すると考えていた。しかしペルシア王が斥候をしてスパルタ軍の様子を探らせると、スパルタの戦士は髪を梳り、体操をして余裕の構えであった。ペルシア王が驚くと、デマラトスがそれはスパルタの戦士が死を覚悟している証拠であると告げた。ペルシア王は半信半疑であり、「不死部隊（アタナトイ）」という精鋭部隊のみを遣わせて戦わせたが、スパルタ軍は意外なほど強く、目覚しい成果を挙げることができなかった。その時、エピアルテスという者がテルモピュライの隘路を通らずに山越えをする間道の存在をペルシア王に密告したのであった。ギリシア同盟軍はペルシア軍がこの間道を通ってギリシアを攻めてくるという情報を得ると、総崩れを起こして退却することを決定する。しかしレオニダス率いる親衛隊の三百人は死を覚悟してこの地に留まり、激戦の末に全滅した。

このテルモピュライの戦闘中に、スパルタの戦士であるエウリュトスとアリストデモスは重い眼病を患い、決戦時にアルペノイで病床に就いていた。戦闘が始まると、エウリュトスは自ら従者に前線へ連れて行かせて討死を果たした。一方、アリストデモスはスパルタへ生還するが、皆から臆病者として非難されて、汚名を濯ぐためにプラタイアの戦いで戦死した。

以上がヘロドトスの『歴史』に描かれたテルモピュライの役である。『スパルタの魂』はこのテルモピュライの役を題材にしているが、ヘロドトスの『歴史』と『スパルタの魂』とでは大きく異なる部分がある。『スパルタの魂』を内容的な区切りで分けると、テルモピュライの役を扱った前半部分とスパルタの戦士アリストデモスの妻が生還した夫を諌めて自殺する後半部分に分かれている。興味深いのはこの前半部分が史実に基づき比較的正確に構成されているのに対し、後半部分はまったく史実には出てこない事が書かれていることである。そして、その書き方も前半部分が簡単に史実を追う記述であるのに対し、後半部分はアリストデモスとその妻のやりとりを詳細に描くなどの方法が採用されている。そのため、前半部分と後半部分は内容的にも形式的にも断絶した構成となっている。

樽本氏は前半部分が日本の翻訳文献によっており、後半部分は魯迅の創作によるものではないか、と推測している。前半部分について、固有名詞の訳に注目し、魯迅が当時の日本文献を参照としたであろうと推測してその文献を探索している。たとえば、ギリシアを攻めたペルシア王の名前「クセルクセス」を魯迅が「沢耳士」と訳しているのを例に挙げ、明治のギリシア史の文献にはすでに「クセルクセス」を「沢耳士」と訳す例が見られると述べている。また、戦場となった「テルモピュライ」を『浙江潮』に載った北洋大臣に宛ての手紙では「徳摩比勒」と音訳しているが、魯迅は「温泉門」と訳している。これも魯迅が日本の文献を参照とした可能性が高いと述べている。ほかにも、ペルシアの精鋭部隊である「アタナトイ」を魯迅は音訳せずに「不死軍」と訳したのもやはり日本語の文献によったという証拠であると述べている。以上の理由から、魯迅がなんらかの日本文献に拠ったのは確かだろうと推測している(8)。

ただ、テルモピュライの役について詳述しているヘロドトスの『歴史』の完訳は当時まだ存在していなかった。また、このヘロドトスの『歴史』と『スパルタの魂』は内容的にもずれがある。たとえば、迂回路の密告者であるエピアルテスについて、ヘロドトスの『歴史』は「トラキス人」としているが、魯迅は「テッサリア人」としている。ほかにもヘロドトスの『歴史』以外に『スパルタの魂』のなかにはプルタルコスの著作からの引用例が三例混じっている。そこで、樽本氏は「ヘロドトスとプルタルコスを混合して記述されたもとの文章（欧米の文献）があって、それを日本語に重訳した文章、それも複数から魯迅は材料を得ているのではないか。」という結論に達している。[9] 筆者もその説に基本的には反対はしないが、この問題についてより詳細に考えてみたいと思う。

まず、管見が及ぶ限り、日本におけるギリシア史の受容を概観してみよう。明治十年、二十年代に、詳細な各国史が日本に紹介されることは非常に稀であり、ギリシア史は主に世界史の一部として日本に紹介された。パレーの『万国史』のなかにはギリシア史が含まれている。[10] その他の世界史にも同様にギリシア史が含まれている。[11] 明治六年から刊行された文部省の『百科全書』のなかに永井久一郎訳「希臘史」が入っており、[12] また明治十六年から刊行されたウィルレム・チャンブル、ロベルト・チャンブル編『百科全書』にも「希臘史、羅馬史」が入っている。[13] 明治十二年に刊行された岡本監輔著『万国史記』のなかにもギリシア史が入っている。明治二十三年の『万国歴史会書』第六編には宮川鉄次郎著「希臘羅馬史」がある。[14]

本格的なギリシア史の専門翻訳書が出版されたのは、楯岡良知訳『希臘史略』からであろう。これは、Elizabeth Missing Sewell の *A First History of Greece* から翻訳したもので、子供向けのギリシア史であるという。この本は明治五年に刊行された。これは日本において非常に早いギリシア史であり、かなり例外的である。この本はほかに別の翻訳があり、松尾久太郎訳『希臘史直訳』として明治二十一年十二月に出版されている。[15]

明治二十年代において詳しいギリシア史の翻訳は少ないが何冊か存在している。明治二十六年の桑原啓一編訳『新編希臘歴史』、渋江保著『希臘波斯戦史』である。前者は凡例に「本書は主としてウイリアム、スミツス（William Smith）氏の希臘歴史に拠り、傍ら諸書を参酌して之を訳術したり」とあり、William Smith の *A History of Greece, from the Earliest Times to the Roman Conquest* の翻訳である。この本は学生用テキストとして作られたらしいが、かなり詳細に書かれている。[16] 渋江保著『希臘波斯戦史』はヘロドトスの『歴史』、プルタルコスの『英雄伝』などの複数の英文原典を参照とし、その異同に関しても書中で詳細に述べるかたちで構成されている。[17] この時期で一番詳しいギリシア史である。

明治二十年代にはヘロドトスの『歴史』、プルタルコスの『英雄伝』といった名作は断片的には万国史やその他の翻訳書のなかに組み込まれているが、全訳はまだ出版されていない。明治三十年代になると、大学講義用テキストとして、ヘロドトスの『歴史』、プルタルコスの『英雄伝』といった名作の翻訳が出版され始める。明治三十五年の『史学雑誌』に掲載された「早稲田専門学校史学科講義録」で次のようにある。「史学科講義録はこれを在来のものに比して、殆んど学科の全部を更め、専ら記述の史を公にし、又新に受験欄を設け、文部省の教員検定試験に於ける歴史の問題につき、懇切なる解釈を加え、これを登載する由なれは、歴史を研究せんとする者、及受験者のためには頗る裨益する所あるべし、尚新講義録は十月初旬に第一号を出し、爾後毎月十二日及廿八日の両度これを発行し、満二ヵ年を以て全部完結すべく、担当講師及学課目は左の如しと云ふ」[18]。この講義録によると、第一学年では、浮田和民が「ギリシア史ロオマ史」を講義し、新見吉治が伝記として「プルタルコス偉人伝」を講義し、坂本健一が「ロオマ法王史」を講義している。第二学年では、坂本健一は「ロシア史」を講義し、新見吉治は一学年と同じく「プルタルコス偉人伝」を講義している。

後にこれらの講義録は大学から出版されている。坂本健一はヘロドトスの『歴史』の一部を訳して、明治三十九年に「早稲田大学出版部」から、『ヘロドトス（早稲田大学卅七年度歴史地理第二学年講義録）』と題して出版している。[19] 全訳は一九一四年に隆文館から『ヘロドトス』と題して出版されており、この本の序にヘロドトスの『歴史』は二十年前に読んでいたと述べている。[20] 浮田和民は「東京専門学校文学科第三回第一部講義録」として『西洋上古史』を出版している。明治三十五年には『稿本希臘史』が「歴史叢書」として早稲田大学出版部から出版されている。これらは先に挙げたウイリアム・スミスの *A History of Greece* などのギリシア史を簡約にまとめて抄訳したものである。[22] 明治三十八年に同名の書物が「早稲田大学卅八年度政治経済科第一学年講義録」、および明治四十年に「早稲田大学卅九年度歴史地理科第一学年講義録」として出版されている。[23] プルタルコスの『英雄伝』は、明治三十八年に新見吉治が「早稲田大学卅六年度史学科第二学年講義録」として、『プルタルコス偉人伝』と題して早稲田大学出版部から出版している。この本は、明治三十五年に出版された「東京専門学校講義録」と同じものと思われる。[24]

以上、明治初期におけるギリシア史の概観について述べたが、魯迅が『スパルタの魂』を執筆した時点においてヘロドトスの『歴史』は出版されてなく、この時期の一番詳細なギリシア史は桑原啓一編訳『新編希臘歴史』、渋江保著『希臘波斯戦史』、浮田和民の『西洋上古史』、『稿本希臘史』である。これらの諸本と魯迅の『スパルタの魂』を照合してみると、これらのギリシア史がかなり簡略にしかテルモピュライの役について記述していないのに対し、魯迅の『スパルタの魂』はこれらの翻訳書以上に詳細にテルモピュライの役を描いていることに気づく。魯迅の『スパルタの魂』にはこれらのギリシア史に記述されてない書かれている幾つかの逸話がある。以下、幾つかの逸話を列挙してみよう。

(一)、占者のメギスティアスがレオニダス王の死を予見し、スパルタ軍とともに討死した逸話。

(二)、デルポイの神殿で、スパルタの国土が蹂躙されるか、スパルタ王が討死するかであるという神託を受けたという逸話。

(三)、レオニダス王は親類の若者二人をスパルタへ送り返そうとするが、二人は戦場に踏みとどまり、討死する逸話。
（四）、眼病を患ったエウリュトスが従卒の奴隷と共に戦場へと赴き討死する逸話。

文献	時期	（一）	（二）	（三）	（四）
ヘロドトス『歴史』		あり	あり	なし	あり（異）
『新編希臘歴史』	一八九三年（明二六）	なし	なし	なし	なし
『希臘波斯戦史』	一八九六年（明二九）	あり	なし	なし	あり（異）
『稿本希臘史』	一九〇二年（明三五）	なし	なし	なし	あり（異）

渋江保著『希臘波斯戦史』は基本的にはヘロドトスの『歴史』に沿って記述されているので、逸話（一）、（四）はある。ただ（四）の場合、『歴史』の記載と同じく、従卒の奴隷は主人と共に討死するのではなく逃げてしまうことになっている。浮田和民の『稿本希臘史』にも（四）が掲載されている。他のギリシア史の文献はこれらの逸話をまったく載せていない。この事実からみて、明らかに魯迅は以上の歴史文献よりも詳細な文献を参照したはずである。魯迅の『スパルタの魂』は基本的にはヘロドトスの『歴史』に記載された逸話を作品に取り入れているだけではなく、『歴史』にない逸話（三）までも載せているのである。

四　明治期の婦人雑誌、少年雑誌の記事

それでは、魯迅は何を参照にしてこれらの逸話を『スパルタの魂』のなかに書き加えたのだろうか。当時

の在日留学生はテルモピュライの役が欧米では子供でも知っているような有名な物語と考えたのはなぜだろうか。そこで、筆者は明治時代の少年雑誌、婦人誌の記事に注目をした。明治期の少年雑誌などの資料を調べ、管見の及ぶ限りで、テルモピュライの役に関する記事として、以下のような文献をみつけた。

梅渓樵夫「テルモピュレーの落城」『少年文武』一巻（十）一八九〇年
菜花園主人「聖れもぴれい大戦争」『日本之少年』三巻（一）（二）（三）（四）一八九一年
鯉淵楚「熱門の決戦（上）（中）」『尚武雑誌』（一）（二）一八九一年
不明「セルモピレーの大戦」『少年園』八巻（九二）一八九二年
米渓「大題小題ニ、サーモピレーの戦」『婦人と子ども』三巻（六）（七）（十）（十一）一九〇三年

このような児童読み物のなかで代表的な雑誌『少年園』は高等小学から尋常中学生までぐらいの読者を対象として作られた課外読み物であり、一八八八年（明治二十一年十一月）に山県悌三郎によって創刊された。この少年雑誌の質は非常に高く、徳富蘇峰の『国民之友』と対で並び称されるほどであり、少年読み物のエポック・メーキング的な存在であった。『少年園』は政府の教育方針に沿って、少年に忠君愛国意識を培養して将来の国家の担い手を育てることを目的として編集された。執筆者も当代一流の教育者、文芸家を網羅していた。たとえば、柴四朗、森鴎外、坪内逍遥、山田美妙などが執筆している。そのため当時の少年に大きな影響力をもっていた。編集方針は以前の少年雑誌と一線を画していたので、後に発刊される『日本之少年』（一八八九年二月）、『こども』（一八八九年三月）、『小国民』（一八八九年七月）、『少年文武』（一八九〇年一月）などにも影響を与えたと言われる。[25]

明治二十年代は明治維新直後と異なり、天皇制国家の形態が整備されて秩序が安定に向かっていく時期で

図9　明治の少年雑誌『少年園』の表紙

もあった。少年は未来の国の担い手として勉学に勤しみ国家に尽すべきであり、同時にそれは自己の前途を開く道筋でもあった。そこで、これらの少年雑誌は立身出世主義を奨励している。少年たちにとって、雑誌に掲載された「史伝」の偉人たちは立身出世の模範であった。一八九四年に日清戦争が始まると、これに日本軍の忠烈義勇を賞賛する論調が加わることになる[26]。テルモピュライ役についても、このような文脈で少年誌に掲載された。絶望的な状況においても諦めず最後まで戦いとおして玉砕したレオニダスは、その愛国的勇者ぶりを惜しみなく称えられている。

爾来星移り物変わりて茲に二千三百年余此石獅子円柱碑銘は、既に廃滅に帰して其痕を止めず、且つ彼の古戦場も亦桑滄の変を経て地勢大に変じ、今はエータ山と海湾の間に数里の平原を見るに至りて、所謂熱門なる所なし。然れども石よりも金よりも、否其戦場よりも、千古に亘りて朽ちざるは、レオニダスの名にぞ有りける。（「セルモピレーの大戦」『少年園』第八巻（九二）、十七頁）

また『日本之少年』の記事には次のようにある。

不幸なる俊傑レオニダスは死せしなり危臘無二の愛国者なる危臘無二の俊傑なるスパルタ国王レオニダスは愛国の死士数百人と共に百万の波斯軍と駆け難まし刀折れ矢竭きて身潔くセルモピレーの露と消えたるなり（略）一千有余の手兵皆枕を同して陣頭に臥し其生きてスパルタに帰りしものハ少かに一人の老兵ありしのみされば後世の危臘人等皆レオニダス等の武勇を慕ひ其余徳に感ずるの余り鉄製の一大獅獣を作りて其地に安置し以て勇士が武徳を表するの紀念標をなせしと云ふ（「聖れもぴれい大戦争」『日本之少年』第三巻（六）二十五頁、原文ルビあり）

また戦争に勝つためには男子だけではなく、女子も同じ心構えをもって当たらなければならず、このような愛国の志気はまず子どもを育てる女性から養わなくてはいけない(27)。婦人雑誌に戦争を題材するテルモピュライの役が掲載されている理由もここにある。『婦人と子ども』の冒頭部分ではこのように説明している。

軍さ物語りは、婦人の耳に疎きも、男の子の最も喜ぶ所、賎が獄の七本槍は、お祖母さんの御伽話に馴れたるべく、楠正成の話は、絵草紙の説明に聞き飽きもしたらん、さればとて之は耳新しき材料とにはあらざるも、稍目先きの変れると、其の事の壮烈とは、聊か又御伽話の一助にもならんか、夫にても男の子にとのみのものにもあらざるべしと思ひて筆採りぬ。（「大題小題ニ、サーモピレーの戦」『婦人と子ども』第三巻（六）三十三頁、原文ルビあり）

婦人は戦物語に疎いかもしれないが、将来息子を育てるのに必要となるかもしれないと述べられている。この『婦人と子ども』に掲載された記事ではレオニダス王の王妃ゴルゴが強調して描かれ、スパルタの女性は戦場へ赴く夫を支え、また未来の国の担い手となる息子を育てる形象として描かれている。そしてレオニダス王の武勇とそれを影で支える女性を称える内容はこれらの一連の雑誌記事において一貫した描かれ方となっているのである。

これら日本の雑誌記事が参照とした欧米文献を辿るのはむずかしいが、渋江保著『希臘波斯戦史』には参考文献として、「Herodotutus, Grote's A History of Greece, Cutiu's The History of Greece, Smith's History of Greece, Fyffe's Primer Greece」が記されており、ここから当時の知識人が一般的にギリシア史を受容する際に参考とした欧米文献が推測できる。そしてこのなかでも、「Smith's History of Greece」とは William Smith の *A History of Greece, from the Earliest Times to the Roman Conquest* であり、桑原啓一によって編訳されて『新編希臘歴史』として出版されている。これらの少年雑誌に載せられた記事はヘロドトスの『歴史』とプルタルコスの『英雄伝』の原典、もしくはそれらをもととした欧米のギリシア歴史書を参照し、愛国精神を加えて改作して作られたと推測される。『婦人と子ども』に掲載された米渓「大題小題ニ、サーモピレーの戦」の附言に「大題小題なる名の下に誠に断片的の材料を蒐集し既に此の紙上に掲載せるものも数次なるか」とある。[28] 欧米文献にはヘロドトスとプルタルコスを混合した文献はなく、プルタルコスの『英雄伝』を引用するのは日本雑誌記事の著者による創作と思われる。また挿入された固有名詞、逸話にはある種の共通性が見出せるので、年代の下がる記事は前に載せられた雑誌記事を参照として書かれたらしい。

魯迅は『スパルタの魂』を書くに当たって上に挙げた雑誌記事を材源とした可能性が高い。『少年園』には先に挙げた逸話が四つともすべて掲載されている。『婦人と子ども』にもすべての逸話が載っている。

文献	時期	（一）	（二）	（三）	（四）
『少年文武』	一八九〇年（明二三）	なし	なし	なし	なし
『日本之少年』	一八九一年（明二四）	あり	あり	あり	なし

『尚武雑誌』	一八九一年（明二四）	未見	あり	未見	未見
『少年園』	一八九二年（明二五）	あり	あり	あり	あり（異）
『婦人と子ども』	一九〇三年（明三六）	あり	あり	あり	あり（異）

時期的に考えて、魯迅が『婦人と子ども』に掲載された記事のうち、三巻（六）（七）の部分を除く（十）（十一）を参照した可能性は低い。『婦人と子ども』に掲載された米渓「大題小題ニ、サーモピレーの戦」は一九〇三年（明治三十六年）の三巻（六）号、（七）号、（十）号、（十一）号の四回にわたって掲載された。一回目は一九〇三年六月五日に史伝の欄に掲載されている。二回目は一九〇三年七月五日。三回目は一九〇三年十月五日。四回目は十一月五日。先述の通り、魯迅の『スパルタの魂』の執筆時期は五月十五日から七月十四日までぐらいと推測される。許寿裳の依頼を受けた二日後に「スパルタ魂」をもってきたとあるので、一九〇三年六月五日と七月五日に発刊された『婦人と子ども』に掲載された記事、三巻（六）（七）を参照とした可能性はあるが、それ以後に掲載された部分は執筆時点では見ていなかったと思われる。

以上から次のことが推測される。魯迅は『婦人と子ども』に掲載された記事のうち、一番初めの記事を見て、『スパルタの魂』を創作しようと思いつく。この『婦人と子ども』に掲載された記事は時期的にもちょうど魯迅が『スパルタの魂』を創作する直前に雑誌に載せられたものなので、魯迅は偶然にそれが掲載された号を手にした可能性がある。そしてこの雑誌は女性向けに編集されているという性質上、レオニダス王を支える妻のゴルゴ王妃が強調して描かれている。これは『スパルタの魂』の後半部分において重要な役割を果たすセレーネという女性の形象を魯迅が創作するのに示唆を与えたと思われる。

また魯迅は「テルモピュライ」を「温泉門」と訳しているが、『婦人と子ども』の記事では「テルモピュライ」の訳語に「温泉ある暑き門」という注釈を加えている。他のテルモピュライの訳語を見てみると、『少年文武』は「セルモピレー」、『日本之少年』は「テルモピレー」、『尚武雑誌』は「熱門」、『少年園』は「熱門」となっている。ほかにギリシアの歴史書では、『希臘波斯戦史』は「暖門」、『新編希臘歴史』は「セルモピリー」、『稿本希臘史』は「セルモピリー」となっている。

ただ、『婦人と子ども』に載せられた記事は未完であったので、魯迅は後半部分に関しては他の雑誌を参照としたのではないかと思われる。一八九二年（明治二十五）『少年園』に掲載された「セルモピレーの大戦」はウ **William Smith** の ***A History of Greece, from the Earliest Times to the Roman Conquest*** を基にしてそれを脚色するかたちで書かれている。先述のように、このウイリアム・スミスのギリシア史は記事が掲載された一年後の明治二十六年に桑原啓一編訳『新編希臘歴史』として出版されているが、テルモピュライの役に関する部分は簡約な抄訳となっており、むしろ『少年園』に掲載された記事の方が詳細である。この『少年園』には『歴史』にも載せられていない逸話（三）が載せられている。逸話（三）は、レオニダス王は全滅を覚悟した際に、親戚である若者の二人をスパルタへ送り返そうとするが、二人は踏みとどまるという逸話である。『少年園』の記事ではその部分が以下のようになっている。

> レオニダスの陣中に、同じくヘルクリスの血統を受けたる親族二人ありけるが、レオニダスは、これを救はんと欲し、書信を齎らしてスパルタに使すべき旨を命じたるに、其一人は答へて曰く、余は戦はんとて来れるなり、手紙を持ち帰らんがため来りしに非ずと。又他の一人は、余の仕事はよくスパルタの知らんと欲する所を知らすべし、又書信を待つに及ばす、とて帰るを否みたり。（「セルモピレーの大戦」『少年園』第八巻（九二）、十五頁）

また魯迅は次のように書いている。

ああ、二人の少年よ、今日生きながらえることとならんか、欣喜雀躍として故郷に帰り、父母や親友を呼び集めて祝宴を張ると人は思うであろうか。だが、スパルタの武士にして、はたしてかかることがあるであろうか。ああ、わたしの聞くところはつぎのようである。

王は語りかけつつ、まだ産毛が残っている二人の顔をじっと見つめた。

王「お前たちは、死を目前にしていることを知っておるかな」

少年甲「はい、存じております。陛下」

王「いったい、なにゆえに死ぬのか」

甲「申し上げるまでもございません。戦って死ぬのでございます。戦って死ぬのでございます」

王「それならば、お前たちを最もいい戦場をあたえるのはどうか」

甲乙「臣らもとより望むところでございます」

王「しからば、お前たちはこの書面を持って故国に帰り、戦況を報告せよ」

ああ、なんたることか。王はいったい、何をお考えなのか、若者は愕然として耳を疑い、全軍は粛然としてしわぶき一つなく、一語も聞きもらすまじと耳を澄ます。

と、若者は困惑から急に悟り、声をはげまして王に答えた。

「王は私を生かしておこうとお考えなのでございますか。臣は盾を執って参上いたしました。しかし、書面を届ける飛脚となろうとてではございませぬ」

決意は堅い。必死の形相である。志を奪うことはできない。

しかしながら、王はなおも甲を派遣しようとした。しかし甲は詔を奉じようとはせぬ。で、乙を派遣しようとした。しかし、乙とても詔を奉じはしない。

「今日の戦さこそは、国の人々に報いるゆえんでございます」

ああ、志をかえさせることはできないのである。王はやむなく言う。

「あっぱれな者よ、それでこそスパルタの武士じゃ。もはや何も言うまいぞ」（『斯巴達之魂』『浙江潮』第五期）

『スパルタの魂』のこの部分はここから来ていると思われる。実は、この逸話はヘロドトスの『歴史』には載せられていない逸話で、出典が不明である。この逸話を載せているのは『日本之少年』、『少年園』、『婦人と子ども』の三つしかない。魯迅は『婦人と子ども』のこの部分は時期的に見ていないはずであり、『日本之少年』は王の親戚ではなく、二人の義父となっている。

魯迅が『少年園』の記事を見たのではないかというもう一つの根拠は、レオニダス王とスパルタ兵のために立てた記念碑の碑銘の訳である。英文では“Go, tell the Spartans, thou that passest by, that here obedient to their laws we die.”と書かれている。『少年園』では「スパルタに行きて語れよ旅人、国のため我々がここに死せしことを。」となっている。魯迅は「汝旅人よ、我国法によりて戦死したことを、我がスパルタの同胞に告げよ（汝旅人兮、我从国法而战死、其告我斯巴达之同胞。）」と訳している。魯迅の「旅人」の訳はここから来ているのではないかと推測される。『新編希臘歴史』は同じ部分を「此所を通過する者は往てスパルタ人に告げよ、我々が国法を奉じてここに斃れしことを」と訳し、『希臘波斯戦史』は英文のままで訳されていない。以上から魯迅は『少年園』に載せられた記事を参照としたのではないかと思われる。

ただ『スパルタの魂』におけるギリシアの具体的な人名、地名、数字などはこれらの雑誌記事ではなく、ギリシアの歴史書によっているのではないかと思われる（附参照）。また、上記した記事以外にも類似した記事が当時の雑誌に掲載されている可能性は残っており、魯迅がそれを参照とした可能性も否定できない。この作品は多くの文献を参照として構成されているので、参照とした文献を一つに絞るのはむずかしい。ただ、筆者は調べた限りではそのような文献はみつからなかった。(29)

五　セレーネの形象

『スパルタの魂』の後半部分は、スパルタの親衛隊のアリストデモスが眼病で戦わずして生還すると、妻セレーネは生還した夫を恥じて自殺してしまうという物語となっている。これは戦場へ赴く夫を陰で気丈に支える女性像という記事のテーマを敷衍して作られたものであろうことが推測される。アリストデモスはエウリュトスと同様に重い眼病を患ってアルペノイで病床に就いており、彼らが戦役に参加するかどうかの選択は自らの判断に任されていた。エウリュトスは従卒の奴隷と共に戦場へ趣き討死をしたが、アリストデモスはそのままスパルタへと生還した。アリストデモスの妻であるセレーネは戦死したと思い込んでいた夫が生還し、驚くと同時にそれを恥と感じる。夫が帰還したその晩、妻のセレーネはアリストデモスを責めて口論となり、夫の行為を戒めるために自害してしまう。その後、アリストデモスは恥辱を注ぐためにプラタイヤの戦闘において討死をする。

この夫を責めて自殺するアリストデモスの妻、セレーネという形象はヘロドトスの『歴史』にも他の歴史書にもまったく記載されておらず、少年誌の記事にもない。魯迅のまったくの創作であると思われる。ではこのセレーネの形象はどのように作られたのであろうか。

『少年園』にはレオニダス王の妻、ゴルゴについて次のように書かれている。

> 加之レオニダスの妃ゴルゴは、頗る胆畧ある婦人にして、首途に血迷ふ如き心弱き素振なし。未だ幼かりし時、波斯王甘言を以て其父を迷はさんとせしに、之を看破して、父に断然斥けしめし事ありき。スパルタの婦人は、皆此ゴルゴの如き気象を有し、其夫又は其愛子の出陣を送るには、『楯を持ちて帰れ、然らずんば楯に乗りて帰れ』との

言を以てしたり。蓋し勝利を得て帰れ、然らざれば屍を楯に乗せて帰るべしの意なり。かかる妻ありかかる母あるとなれば、レオニダスと其三百の兵士とが、必死を期して出陣したるも亦宜なり（「セルモピレーの大戦」『少年園』第八巻（九二）、十三頁）

また、『婦人と子ども』には次のようにある。

況んや、彼のレヲニダスの妻の如きに於てをや国滅びんとして、四境悲風滅満つ、起つて、此の難を済するものなくんば、蒼生を如何んせん。是の時に当りて、此の夫あるを知る、何為ぞ、紅閨夢裡の涙にむせびて、其の前途を沮止するが如く怯ならんや。（略）

当時、スパルタの婦人等、其の良人の戦に臨むや、訣別に際し、相告げて曰く、請ふ、楯を手にして帰るを得ずんば、之に乗じて帰れと。

嗚呼、之れ涙なきか、真に涙なき乎、否、唯だ離別の間に漓かさるのみ。スパルタの精神教育は遂に、婦人をして、其の遠征の良人に牘するに此の言葉を以てせしめ、男子をして、其の戦に臨むに、彼の決心を以てせしむ。

記せよ、楯を皷して、凱歌を奏する能はずんば楯に乗る死尸となりて環れとは、其の最愛の、妻の唇より漏る詞なることを。

恥あるもの、誰れか奮はざらんや。其の情や、誠に、悲愴を極むと雖ども、其の事や、実に、烈日秋霜の如く、千古に亘りて、人の肺肝に徹するものあるを覚ふ。

嗚呼、豈涙なからんや。凛乎たる精神は、遂に之を濺ぐを容さざるなり。（「大題小題ニ、サーモピレーの戦」『婦人と子ども』第三巻（六）、三十七、三十八頁）

アリストダモスの妻、セレーネの登場場面は次のように描写されている。

しばらくすると、若い嫁が老婆を送り出し、切々として別離の言葉をかけていたが、身をひるがえすと、かたりと湧出せり。セルモピレーとは、即ち熱（希臘語セルモといふは熱の義なり）門といふ義なり。

これ實に小兵を以て波斯の大兵を防禦するに屈强の地なり。乃ち希臘人四千人スパルタ王レオニダスを將として、こゝに屯し、別に海軍の一隊イユベア島の一端を占め、以て波斯人の海峽に侵入して、上陸するを防ぎ止めんとせり。

レオニダスは、出陣に先ち、デルフォイ神殿に祈りけるに、『スパルタ國は、此度の戰爭に、昔の大勇者ヘルクレスの血統を受たる一人の王、命を棄つれば此大菑を免るべし』との豫言を得たりければ、いさぎよく戰死せばやと心を決し、三百人の勇士を從へて打立てり。傳へいふ、三百人の兵士は、いづれも必死を期し、豫め葬送の式を行ひたりと。加之レオニダスの妃ゴルゴは、頗る膽略ある婦人にして、首途に血迷ふ如き心弱き素振なし。未だ幼かりし時、波斯王甘言を以て其父を迷はさんとせしに、之を看破して、父に斷然斥けしめし事ありき。スパルタの婦人は、皆此ゴルゴの如き氣象を有し、其夫又は其愛子の出陣を送るには、『楯を持ちて歸れ、然らずんば楯に乘りて歸れ』との言を以てしたり。蓋し勝利を得て歸

第八巻　（一二三七）　セルモピレーの大戦　第九拾貳號　（一三）

図10　『少年園』に掲載された記事「セルモピレーの大戦」

音をたてて門口を閉ざし、やるせない思いで閨のうちに入った。豆のように小さな灯火が一つともるばかり、語り合うのはただ影のみである。頭髪が飛蓬のように乱れているのも、身づくろいするための主がいないからである。おそらく出産を控えて、剛勇強毅の男子を産み、国民のためにお役に立ちたい、と心のなかで祈っているのであろう。ときに、天地は寂寥、身にしみる風が窓を叩く。思いは心のうちに波うって言葉とはならず、ただ嘆息の音が聞こえるようである。出征の夫を憶っているのであろうか。戦場を夢見ているのであろうか。ああ、この美わしき若嫁、女丈夫にして、いったい、嘆息などということは、スパルタの女子のすることなのであろうか。思うに、スパルタの女子のみが男子を支配することができ、スパルタの女子のみが男子を産むことができたのである。これはレオニダス王の后のゴルゴが、外国の女王に答えた言葉ではなかったかそしてスパルタの女子に万丈の栄光を添えたものではなかったか。（『スパルタの魂』『浙江潮』第五期）

ここにはレオニダス王后のゴルゴが「スパルタの女子のみが男子を支配することができ、スパルタの女子のみが男子を産むことができたのである」と言った言葉が加えられている。この言葉はプルタルコスの『英雄伝』を出典としている。また、同じくスパルタの女性が息子の出征に際して言った言葉「請ふ、楯を手にして帰るを得ずんば、之に乗じて帰れ」は、他の場面においてセレーネの科白に用いられている。

若妻は言う。「あなたはスパルタの武士なんですか。なぜそんなことが言えるのですか？無駄死にをするのに甘んじることができないから、おめおめと生きて帰ってきたなんて。それではあの三百人はなぜ戦死したのでしょう。ああ、あなたはなんという人でしょう。勝たざれば即ち死すというスパルタの国法を忘れたのですか。（略）『請ふ、楯を手にして帰るを得ずんば、之に乗じて帰れ』というのはもう聞き慣れているはずなのに…眼を患っていることがスパルタの武士の栄光よりも重いことでしょうか。（『斯巴達之魂』『浙江潮』第九期）

この「楯を皷して、凱歌を奏する能はずんば楯に乗る死尸となりて環れ」の言葉はギリシアの歴史書にはまったく載せられておらず、少年雑誌の記事の方には一様に掲載されている。これは日本の記事の執筆者が『英雄伝』からとってきて付け加えたものである。

　ほかにもセレーネの科白に「男の子で弱い児ならばタユゲトス山に捨てる」という言葉が『英雄伝』から引用されており、お前を愛しているからこそ帰ってきたのだと言うアリストデモスに対して、出産を控えたセレーネが愛しているなら戦死者の妻たる名誉を与えて欲しいと頼み、男の子が生まれて弱い子だったらタユゲトス山に捨てるという科白のなかにある[30]。このように『スパルタの魂』には『英雄伝』を出展とする言葉がすべてセレーネの科白に用いられているのである。

『英雄伝』に載せられた科白と逸話

（一）「スパルタの女子のみが男子を支配することができ、スパルタの女子のみが男子を産むことができたのである」

（二）「ねがわくは　汝　盾を持ちて帰り来たれ、しからずんば、汝　盾に乗りて帰り来たれ」

（三）男の子で弱い児ならばタユゲトス山に捨てるという話。

文献	（一）	（二）	（三）
プルタルコス『英雄伝』	あり	あり	あり
梁啓超「斯巴達小志」	あり	あり	あり
魯迅『斯巴達之魂』	あり	あり	あり

『少年文武』	なし	なし	なし
『日本之少年』	なし	なし	なし
『尚武雑誌』	なし	あり	なし
『少年園』	なし	あり	なし
『婦人と子ども』	なし	あり	なし

これは当時中国留学生に多大な思想的影響を与えていた梁啓超の『斯巴達小志』から示唆を受けたのではないかと思われる。[31]『斯巴達小志』にはこれら三つの言葉はすべて引用されている。[32]『斯巴達小志』の第五節「スパルタの国民教育」をみてみよう。[33]

スパルタの教育制度は、男子だけではなく、とくに婦人にある。女子に対しては、家族の一部としてみなさず、国家の一部としてみなす。そのため男子の婦人に対する尊重は、他の各国が及ばないところがある。婦人もまた自らを深く重んじ、自ら責任の所在を知っている。史によると、ある異国の貴婦人がスパルタ王レオニダスの后に言った。「ただスパルタの婦人のみが男子を支配することができる」と。后は答えて言った「ただスパルタの婦人のみが男子を産むことができる。」

魯迅は『スパルタの魂』を創作する以前からこの梁啓超の文章に眼を通していた可能性が高い。またその影響で、魯迅はかねてからギリシア史に関して関心を抱いており、当時目についた日本文献や梁啓超の「斯巴達小志」や留学生界の雑誌などを見ていたはずである。これらの資料もとに、魯迅は『スパルタの魂』の後半部分とセレーネの形象を作り上げたと考えられる。

六　拒俄事件

前述のように『スパルタの魂』は古代ギリシアのある一つの戦闘をモチーフとしているが、魯迅はこの作品を作成する材料を得るために日本という媒体を通したため、この作品には当時日本の思想状況が反映されている。それは『スパルタの魂』で用いられている言葉にも如実に現れている。たとえば、『スパルタの魂』のなかには「スパルタの武士」、「スパルタ武士の魂」、「スパルタの武徳」などの言葉が多く使用されている。スパルタの親衛隊の戦士、アリストダモスがテルモピュライの役において自己のふるまいを恥じプラタイアの戦いで汚名を注いで戦死したときに、将軍がそのふるまいを称えて次のように述べる場面がある。

そのように申すなら、スパルタ軍人の公言に従い、彼の墓は建てさせぬことにする。しかし、わが輩は思う、墓がなき者の戦いて斃れしはますますわが輩を感動させ、わが輩を喜ばせた。わが輩はスパルタの武徳が卓越していることを、いっそう明らかに認識したぞ。（略）ああ、諸子よ、彼に墓はつくられずとも、彼は永遠にスパルタ武士の魂を持ち続けるであろうぞ。（『斯巴達之魂』『浙江潮』第九期）

ギリシアを舞台にした小説に「武徳」「武士の魂」という言葉を使っているのは奇妙な感じを受けるが、これらの言葉は『浙江潮』などの留学生雑誌において頻繁に見られるものであった。『浙江潮』第一期の社説「国魂篇」第二節「国魂之定義」には立国するためには「国魂」が必要であると述べられており、其の一「冒険魂」、其の二「宗教魂」に続いて其の三に「武士魂」を挙げている。

其の三に武士魂と曰く。武士魂は希臘に源を発し、今日に盛んに行われている。ドイツはその嫡子である。思うに、軍人は戦争時だけに必要とされるが、彼らの紀律を統一する精神は立国の本であり、剛毅豪壮の気魄は存続の源であり、共に戦う敵愾心は愛国心を発達させる原因である。故に帝国主義世界のなかでは、国家は必ず軍人精神で組織され、(国民が)進むときには共に進み、退くときは共に退かなければならず、思うにそうでなければ(国家は)成り立たない。アメリカは世で言う最も平和を好む国民である。しかし一旦戦争が起ると義勇兵が群れとなって集まる。十五、六歳の子供と雖も先を争って赴こうとしないものはない。ああ、アメリカが天下で最強の勢いがあるのは、思うにここに理由がある。すぐ東の日本もまた所謂大和魂を標榜して自ら得意がっている。大和魂とは何か。日本人の言う所謂武士道である。故に日本人は尚武でもって立国したのである。この魂があるゆえに維新が成功し、三島を睨視している。(「国魂篇」『浙江潮』第一期)

明治日本において日露戦争前後に「武士道」が日本国民の精神基盤であるという論が盛んに流行し始める。この「武士道」の称揚は、一八九九年に新渡戸稲造の『武士道』が英文で刊行されて以降、三神禮次著『日本武士道』[34]、山岡鐵舟口述、勝海舟評論『武士道』[35]などの刊行から始まる。これらの書物はすでに当時死語に近かった「武士道」という言葉を用いて、日本人の国民性が武士道精神にあると論じたのであるが、もともとこの論自体は西洋へ向けて対外的な日本国民性論の宣伝という面を有していた。しかしその後この対外的な日本人論が国内へ跳ね返って、武士道を日本古来から続く国民的特質としてとらえる考え方が定着していく。日本が近代国家として発展した原因は武士道精神にあるという論は、中国留学生の心を深くとらえて、中国において国民国家を形成していくためにはこの武士道精神と同様の精神的基盤を中国国民にも根付かせなくてはならないという思想の連鎖を引き起こす[36]。つまり『スパルタの魂』には日本を通じての思想的連鎖がそのままテキストの形成過程に反映されている。

興味深いのは魯迅がそれをさらに脚色していることである。先に少年雑誌の記事を敷衍するかたちでセ

図11　日本の中国人留学生によって発行された雑誌『浙江潮』の表紙

レーネの形象が作られたことについて述べたが、史実を奇妙なかたちで変えている箇所が幾つか存在している。前半部分にエウリュトスが従卒の奴隷と共に戦場へと赴き討死するという逸話があるが、ヘロドトスの『歴史』には従卒の奴隷は戦役に加わらずに逃げたとは記載されており、渋江『希臘波斯戦史』でも奴隷は逃げたことになっている。雑誌記事にもこの逸話は載っているが、奴隷については何も書かれていないものもある。しかし『スパルタの魂』においては、この部分で奴隷が主人に率先して前線に飛び込んだと書き変えているのである。ギリシアにおいて市民権がない奴隷に戦う義務はなく、従卒の奴隷が自ら戦役に積極的に加わるという事は非常に奇妙なことであり、逃げたとしても当然のことで非難されることはない[37]。

また、『スパルタの魂』では眼病のために戦場から生還したアリストデモスが犯罪者として告発されることになっている。確かにスパルタの国法には死すべき戦線で生還した者に「恥辱を加えられる」のは道徳的なだけでなく、法的な制裁も含まれていたらしい。しかし、ヘロドトスの『歴史』においては犯罪者として告発されたのは、むしろ間道の存在を教えた裏切り者のエピアルテスであり、アリストデモスではない。

その他に、小説の最後の場面では戦争へと少年たちが赴くシーンがあるが、これも史実にはない。史実によると、スパルタの親衛隊は既婚で子供をもった者で結成されており、それは子孫を絶やさないための配慮であった。また、身重の妻、セレーネが自殺して夫を諫めるのもスパルタの状況からは考えにくい。子を生むことは女性の国家の一員として責務であり、将来の担い手である子供を宿した女性が自殺するはずがない。しかもそれが称揚されるというのはありえない[38]。

このような一連の書き換えによって、『スパルタの魂』のテーマはスパルタ王レオニダスとその親衛隊を称えるというテーマから、弱者の勇気を強調して臆病者をより激しく非難することに重点が移ってしまっている。奴隷は主人よりも先に戦へと飛び込み、潔く戦場で死なずに生還した者は犯罪者に仕立て上げられ、その妻は夫を非難して自殺をする。兵役へと向かう少年兵たちはアリストデモスを非難する歌を歌う。最後に名誉を称えた墓碑を建てられるのも夫のアリストデモスではなく、妻のセレーネの方である。

ギリシアの歴史物語が近代日本に受容されるときに愛国精神の称揚というかたちで受容され、それが中国からの留学生によって再度受容される際にさらにもう一度ねじれを伴って受容されていることを『スパルタの魂』から見てとれる。日本の雑誌記事がギリシアの歴史を用いた単純な愛国精神の称揚であるのに対し、魯迅はそこに現実の拒俄事件という歴史事件を重ねている。当時、義勇隊事件とそれに連なる学生運動は、列強による中国侵攻への危機感とそれに対してとるべき毅然とした態度をとらない清朝政府への焦燥感から起こったものであった[39]。三百万という圧倒的優勢を誇るペルシア軍に三百人で立ち向かうレオニダス王とスパルタ軍、そこから逃げ帰った卑怯者のアリストデモス、そして夫を諫めて自害を果たす妻のセレーネ。レオニダス王の愛国主義を称えるという雑誌記事のテーマはアリストデモスの臆病を批判し、弱者の妻セレーネを称える主題へと変更されており、そこには弱腰で列強の侵略に耐えられない清朝政府と学生の関係が重ねられている。

反帝反封建を掲げた中国学生たちの若く激しいナショナリズムは日本の日露戦争後のナショナリズムと呼

応し、中国の近代国家建設への衝動と変化する。日本の日清戦争後に出版された日本青少年の愛国主義を高揚するために書かれた文章はこのようなかたちに変えられて中国人留学生、魯迅の小説に痕跡を残している。拒俄事件という時代背景のなかで日本から中国への思想の連鎖が起こり、魯迅のテキストのなかには日本の文献における単純な愛国主義の称揚がかなり屈折したかたちで反映されているのである。

七　構成

魯迅の『スパルタの魂』が少年雑誌に載せられた記事を敷衍してできたものであることを先に考察したが、果たしてこの作品を翻訳とみなすべきなのだろうか、それとも創作とみなすべきなのだろうか。[40]

当時の明治初期の翻訳は「豪放訳」と呼ばれる翻訳方法もあり、現在の意訳という範囲を大幅に超え、ほぼ改作に近い訳し方をしている。甚だしい時は人称まで変えてしまい、一人称「私」の視点で書かれている小説を三人称「彼」に変えて訳すことまでしている。このような背景を考慮すると、忠実に直訳していないからすぐに創作だと断言できない面があり、よりテキストに則した分析が必要と思われる。後半部分は明らかに創作と思われる要素が強いので、前半部に焦点を絞って考えてみよう。

『スパルタの魂』と少年雑誌の記事を比較すると、内容とテーマには共通性があるが、構成においては異なっている。たとえば、『少年園』に掲載された記事は、ペルシア軍がギリシアに進軍しようとする説明から始まり、次にテルモピュライの地形に関する説明が続く。そして、ペルシア軍が「不死軍」という精鋭部隊をして戦わせ攻めあぐねているときに偵察を送って密偵させると、スパルタ人は優雅に髪を梳っていたというエピソードが載せられている。そして密偵がそれをペルシア王に伝えると、ペルシア王はデマラトスによってこれがスパルタ人の死を覚悟しているときに行われる儀式であることを知らされる。ペルシア王はこれを本気で受け取らず、スパルタ軍が退却するのを四日待って戦闘を開始するが、攻めあぐねているところに間道の存在が告げられる。これらの記事は少年雑誌の「史伝」の欄に掲載され、基本的に事件発生の順序も時間通りに並べて記述されており、記述方法も欧米の歴史文献に依っている。

これに対して、魯迅の『スパルタの魂』の導入部分は次のように始まる。

エーゲ海を染めた曙の色が、マリアス湾にしのび入り、イダ山の第一峰にかかる夜来の雲も、しだいに朝焼けの美しさを呈しはじめる。湾と山々の間の、テルモピュライの石塁の後方において、天下無敵、畏れることを知らぬギリシア軍は、レオニダス王麾下の七千のギリシア同盟軍を配備し、剣の鞘を払い、戈に枕して、東の空が白むのを待っていた。しかしながら、いずくんぞ知らん、数万のペルシア軍はすでに夜陰に乗じて間道を伝い、夜の引明けとともにイダ山の絶頂に到達していた。

昇りはじめた旭日の光線が、いまやもうきらきらと石塁の一角に射す。(『スパルタの魂』『浙江潮』第五期)

この夜明けの光景の描写は、ちょうどレオニダス王がペルシア軍を迎え撃とうするまさにその朝に設定されている。次の描写「丘なすごとく堆く、冑に刻む『不死軍』なる三個のペルシャ文字こそ、昨日の敵軍の敗れし姿を語るもの」は昨日戦ったペルシアの「不死軍」が倒れている様子である。ペルシア軍は三百万の大軍で攻めてきており、ギリシア同盟軍は数的には圧倒的に不利である。ペルシアの精鋭部隊「不死軍」を倒したものの、そのぐらいでペルシア軍が攻撃を止めれるはずはない。しかし「レオニダスは夜を徹して防禦を堅め、敵の来襲を待つ。しかしながら、夜のとばりがすでに明けはなたれても、杳として敵は姿を見せぬ。」とあるように、なぜかその朝にはペルシア軍はまったく姿を見せようとしない。そのためギリシア軍は「敵陣の鳥が朝日に向かって鳴き噪ぎ、全軍の将兵大いに危惧の念にかられていた」。そして夜が明けた後に斥候がペルシア軍がすでに間道を通ってギリシア軍の背後に回ったことをレオニダス王に告げるのである。[41]

と、案にたがわず、防禦できなかった地から斥候が、防ぐ手だてもありませぬ、と警報をもたらしたのであった。テッサリア人のエピアルテスなる男が、イダ山の中峰に別の間道のあることを、敵に密告いたしました。それゆえ、万余の敵軍が夜陰に乗じて進撃、ポキス（ヒュシアイ）の守備兵を打ち破り、わが軍の背後を攻撃してまいります。ああ、危ういかな、万事休す。警報に脳天を打ちのめされ、全軍は意気阻喪した。退却を叫ぶ声は囂囂として砂塵を捲きあげるごとくに軍中に充満した。（『スパルタの魂』『浙江潮』第五期）

ヘロドトスの『歴史』によると、レオニダス王は占師メギスティアスによって犠牲獣の臓腑の占いから死がもたらせことが予め告げられていた。さらに投降者によってもペルシア軍の迂回作戦の情報が夜が明けぬ間にもたらされていたとあり、最後に夜の白む頃に山から降りてきた見張りの者からも情報がもたらされていたと記述されている。[42]山の守備に当たっていたポキス人がペルシア軍の侵攻に気づいたのは、山が山樫の落ち葉に覆われており、その日は風のない穏やかな日にもかかわらず地面の木の葉がペルシア軍の足下で凄まじい音を立てたからであった。[43]ポキス兵は山の上へ登り全滅覚悟でペルシア軍を迎え撃ちしようとするのであるが、ペルシア軍はポキス兵が山頂に逃げたのを見ると、そのまま山を下ってスパルタ軍の陣営へと急いだ。

同じ場面は『少年園』の「セルモピレーの大戦」において次のように書かれている。

翌日の戦争も亦同じく波斯人の全敗に決したれば、ザークセスは、とても此通路を攻め取ること叶はじと思ひけるに、折しもエフヒアルテスといふもの、利欲に迷ひて、エータ山を越ゆる間道あることを密告したりければ、ザークセスは、大いに喜び、直ちに一大兵を送りて、此間道より希臘軍の後を衝かしめんとせり。時に黄昏の頃なりしが、翌日昧爽将に山頂に達せんとせし時、其処を守衛せるフォーシア人は、幾万の兵衆が、落葉を踏で進み来る藪々の響を聞き、驚き起きて、兵器を取てこれを防がんとしたれども、其乱射する箭は、宛も驟雨の注ぐが如くなれば、今は叶はじと山頂に逃れたり。敵兵は、これを追はず、山の南端より下り始めたり。其間にレオニダスは、敵兵中より逃れ来りしものに、此報を聞き、やがて又斥候の通知を得てければ、大いに驚きしも、此山路たる崎嶇羊腸たるを以て、敵兵の山下に来る迄には、充分の間もあれば、敵の重囲に陥る前に、逃走すべき余裕あると思い、直ちに軍議を開きけるに、その時大半は防御しても無駄である、希臘国将来の為めに早く退却すべしと主張せしかど、レオニダスは之を聞かず。独り此処に止まらんと言ひ、スパルタ人の義務として退却は許されず、此処に勝つか、然らざれば戦死せざるべからずとて、他の同盟軍には、速に退きて命を全ふすべしと勧めたり。(「セルモピレーの大戦」『少年園』八巻(九二)、十四頁)

ペルシア王がテルモピュライを攻めあぐねているところに間道があるという密告があり、ペルシア軍はこの間道を通ってスパルタ軍を攻め、この間道を見張っていたポキス人は防禦しようとしたが果たせずに山頂に逃れて、レオニダス王に告げるという順序で書かれている。

これと比較すると、『スパルタの魂』において記事のように出来事が時系列で並べられていないのがわかる。物語の舞台はすべて決戦の一日に集約されており、その日に以外に起こった出来事は背景化されている。たとえば、ペルシアの「不死軍」との戦いの記述は省略されてしまい、昨日の激戦においてペルシア兵士の屍が折り重なって倒れている様子として描写されている。また事件の進行も現在進行形であり、登場人物の会話などが大いに取り入れられている。記事ではペルシア軍が間道を通って攻める報告が記述文で書かれているが、『スパルタの魂』では会話によって書かれている。このような書き方はただ単に「編訳」や「意訳」というよりも、かなり魯迅が手を加えて構成しなおしたものである。

八　語り

魯迅は友人の頼みに応じてこの『スパルタの魂』を即興で書いた。魯迅はこの作品を書く際にギリシアの歴史書のみに基づいてテキストを構成したのではなく、明治日本におけるギリシア史の文献、少年雑誌、婦人雑誌までも参照とした形跡が見られる。これらの日本雑誌記事は欧米のギリシア歴史書の一部を切り取って脚色し、レオニダス王と彼を支える王妃ゴルゴを称えて愛国主義を称揚していた。そのため雑誌記事における尚武精神、セレーネの形象、そして激昂を帯びた語り口などがこの作品に痕跡を残している。このように『スパルタの魂』は「史伝」を小説風にアレンジして作り上げられていたが、魯迅は前言で自らを「訳者」と書いている。これは何を意味しているのだろうか。

それを論じる前に以下のことを指摘したい。この『スパルタの魂』が掲載された雑誌は『浙江潮』であり、その『浙江潮』発刊詞の「第二章：門類（ジャンル）」「三　学術」に次のようにある。「新学術を紹介するは我国過渡期時代に必ず負うところの責任なり。都べて其の類は凡そ八。」とある。そのなかで「八　小説」の欄に「小説なる者は国民の影にして亦た其の母なり。其の関係ある者を取りて或いは訳し或いは著するに務む。其の類は凡そ三。」として、小説の分類を「(甲）章回体」「(乙）伝記体」「(丙）雑記体」の三つに分けている。[44] この分類方法を見ると、当時の中国留学生が「小説」として考えていた範囲が伝統的な意味での雑多な文章という意味とフィクションの訳語としての小説という意味の両方を兼ね合わせているように思える。

この『スパルタの魂』を執筆した一九〇三年当時、魯迅は『月界旅行』を翻訳しており、「月界旅行・弁言」に「『月界旅行』の原書は、日本井上勤氏の訳本なり、凡そ二十八章、例は雑記の若し。」と書いている。魯迅は井上勤の訳し方が「雑記」のような体裁をとっていると述べている。魯迅はそれを「章回体」に倣った体裁に変えており、「説書人」を模倣した語り手が表面に顔を出すという叙述方法がとられていた。『スパルタの魂』はこれと比較すると、章回小説を模倣しておらず、むしろ少年雑誌の「史伝」の欄に掲載された記事における語り口を模倣している。魯迅はこの作品を「伝記体」と意識していたはずであり、「史伝」の語り方をしていたのである。

初めのところで引用した部分をもう一度ここで引用してみよう。

ああ、二人の少年よ、今日生きながらえることとならんか、欣喜雀躍として故郷に帰り、父母や親友を呼び集めて再生の祝宴を張ると人は思うであろうか。だが、スパルタ戦士にして、はたしてかかることがあろうか。ああ、わたしの聞くところでは次のようである。(『浙江潮』第五期)

このような激昂を帯びた語りは当時明治における「史伝」の語り口調を模倣している。魯迅自身、「特にあの『スパルタの魂』を今から読んでみると、自分でも耳たぶが熱くなってこずにはいられない。しかしそれは当時の風潮であって、激昂慷慨、頓挫抑揚してこそいい文章だと称されたのである(45)」と述べている。つまり明治期の史伝を用いているので、自らを「作者」というかわりに「訳者」と言ったのであろう。

「史伝」という形式は、作者がそのまま作品の語り手として登場して、ギリシアの歴史物語を寓話として用いながら自らの思想を語る形式である。『スパルタの魂』の語り手は作者と未分化のままであり、『スパルタの魂』の「わたし」は軟弱な清朝政府を叱咤する知識人の語りをそのまま反映している。このように「わたし」は明らかに章回小説の「説書人」とは異なっている。『スパルタの魂』には小説が啓蒙的な役割を果たすべきであるという魯迅の考え方が直接的なかたちで反映されているのである。しかし、『スパルタの魂』において啓蒙の思想はまだ小説の写実性と結びよりついておらず、過渡期的な作品となっている。

附

一　ギリシア軍の人数

少年雑誌記事において、ギリシア同盟軍の総勢は一律四千人となっており、その内訳は省略されている。しかし、魯迅はギリシア軍を総勢七千人としており、その内訳に関しても詳細に記している。ヘロドトスの『歴史』では、スパルタ軍は三百人、ペロポネソス軍はテゲア、マンティネイアは千人、オルコメンスは百二十人、アルカディア各地は千人で合計二千百二十人。テスピアイ人は七百人、テバイ人は四百人、ポキス人は千人。合計約四千六百人。しかし、日本の歴史書ではこの分類方法を採用していない。ただ、渋江保著『希臘波斯戦史』だけがヘロドトスの『歴史』に準じた記述となっているが、注に「ペロポネソス軍三千人」、「ポキス人千人」、「テスピアイ七百人」、「ギリシア同盟軍は七千人」という数字を入れている。そのほかにセスピエ七百人、シーブス四百人、これにロクリスが加わるとしている。他のギリシア史は表4の通りである。

表4　ギリシア同盟軍の数

	『スパルタの魂』	『希臘波斯戦史』	『新編希臘歴史』	『稿本希臘史』
ギリシア総勢	７０００	７０００	７０００	７０００
スパルタ	３００	３００	３００	３００
スパルタの従者	１０００	１０００	１０００	１０００
ペロポンネソス	３０００	３０００	３０００	３０００
テバイ	若干	４００	４００	４００
ポキス	１０００	１０００	言及なし	１０００
テスピアイ	７００	７００	７００	７００
ロクリス	６００	言及なし	言及なし	言及なし

この表から、魯迅は数字においてギリシア史を参照にしていることがわかる。しかし、ヘロドトスの『歴史』を含めてギリシアの歴史書ではロクリスの人数は言及していない。そこで魯迅自身が七千人から計算してロクリスの六百人を割り出した可能性がある。

二　ポキスの訳語

魯迅は「ポキス」の訳を「佛雪」と「訪嘻斯」の二通りに訳している。ポキス人はペルシア軍が間道を通って攻撃するのを防ぐため防備に当らされた箇所に出てくる。ペルシア軍が攻めてくると、ポキス人は多勢に無勢、全滅の危機にさらされながら、山の上へ駆け上ってペルシア軍を迎え撃とうと構える。しかしペルシア軍はポキス人にかまわずにそのままテルモピュライへと向かってしまう。

> 有屠利利人曰愛飛得者。以衣駄山中峰有他間道告敵。故敵軍万余。乗夜進軍。敗佛雪守兵。而攻我軍背。

ここでは間道を守っていたポキス人は「佛雪」と訳されている。しかし、同時にペルシア軍が間道を通って進撃した時に撤退する軍中にはポキスも含まれている。

> 於是而胚羅蓬諸州軍三千退。而訪嘻斯軍一千退。而螺克烈軍六百退。未退者惟刹司駭人七百耳。

魯迅はなぜこのような勘違いをしたのかは謎であるが、魯迅が少年雑誌記事とギリシアの歴史書を同時に見たために生じたミスという可能性もある。少年雑誌のポキスの訳語とギリシア史を比べてみると、表5のようになる。

表5　「ポキス」の訳語

	ポキス
『スパルタの魂』	訪嘻斯、佛雪
『希臘波斯戦史』	フヲーシス
『新編希臘歴史』	フオーキス
『稿本希臘史』	フオーキス
『少年文武』	フオキス

『日本之少年』	フオニシア
『尚武雑誌』	ホシア
『少年園』	フオーシア
『婦人と子ども』	魯迅は未見

「佛雪」が少年雑誌の「フオーシア」「フオニシア」などの「ア」で終わっているのに対応する訳語である可能性があり、「訪嘻斯」は「フオーキス」の「ス」に当たる訳語なのではないかと推測される。

表の出典一覧

梅渓樵夫「テルモピュレーの落城」『少年文武』一巻（十）一八九〇年
菜花園主人「聖れもぴれい大戦争」『日本之少年』三巻（一）（二）（三）（四）一八九一年
鯉淵楚「熱門の決戦（上）（中）」『尚武雑誌』（一）（二）一八九一年
不明「セルモピレーの大戦」『少年園』八巻（九二）一八九二年
米渓「大題小題ニ、サーモピレーの戦」『婦人と子ども』三巻（六）（七）（十）（十一）一九〇三年
桑原啓一編訳『新編希臘歴史』（経済雑誌社、一八九三年十月）
渋江保著『希臘波斯戦史』（「万国戦史」第二四編、博文館、一八九六年九月）
浮田和民著『稿本希臘史（歴史叢書）』（早稲田大学出版部、一九〇二年十月）

注

（1）鄭中秋「関与『斯巴達之魂』的主題」（『滄州師範専科学校学報』一九九一年一期）、呉作橋「魯迅的第一篇小説応是『斯巴達之魂』」（『上海魯迅研究』一九九一年四期）、蒋荷貞「『斯巴達之魂』是魯迅創作的第一篇創作小説」（『魯迅研究月刊』一九九二年九期）、陳漱渝「『斯巴達之魂』與梁啓超」（『魯迅研究月刊』一九九三年十期）、樽本照雄「魯迅『斯巴達之魂』について」（『清末小説』二十二号、一九九九年）、中国語訳は「関与魯迅的『斯巴達之魂』」（『魯迅研究月刊』二〇〇一年六期）、呉作橋・周暁莉「晩清小説的奇株異葩——談魯迅的《斯巴達之魂》」（『清末小説から』第五五号、一九九九年）、呉作橋・周暁莉「再論『斯巴達之魂』是創作小説——與樽本照雄先生商榷」（『魯迅研究月刊』二〇〇三年六期）などが先行論文にあるが、魯迅のこの作品を取り上げた論考は『狂人日記』以降の作品に比べて多くない。

（2）前掲、樽本照雄「魯迅『斯巴達之魂』について」。

（3）桑兵『晩清学堂学生與社会変遷』（稲禾出版社、一九九一年十一月）八十四～八十五頁。

（4）中村哲夫「拒俄義勇隊・軍国民教育会」（『東洋学報』第五四巻一号、一九七一年六月）、上垣外憲一『日本留学と革命運動』（東京大学出版会、一九八二年八月）参照。

（5）魯迅の『スパルタの魂』は『浙江潮』第五期と第九期に分けて掲載された。第九期は「長夜未央」から始まる。内容的にはセレーネの登場前と登場後に断絶があるが、九期に掲載された部分はすでにセレーネの登場後の場面である。尚、『スパルタの魂』の引用部分の訳は、一九八五年に学習研究社から出版された『魯迅全集』第九巻を参照とした。ただ、幾つかの部分は誤訳と思われ、筆者が訂正した。

（6）許寿裳「四『浙江潮』撰文」（『亡友魯迅印象記』人民文学出版社、一九五三年六月）。

（7）ヘロドトス『歴史』は松平千秋訳で岩波文庫に収録されている『歴史（下）』（岩波書店、一九七二年二月）を参照とした。

（8）この「アタナトイ」は英訳では“immortals”であり、日本文献が「不死隊」、「不死隊軍」、「不死軍」などと訳しているのはこの英語によったものであろうと思われる。

(9) 前掲、樽本照雄「魯迅『斯巴達之魂』について」参照。
(10) ペエトル・パアリー著、西村恒方訳『万国歴史直訳』(紀伊國屋、一八七二年～一八七三年)などを初めとし、明治初期には多くのパレーの『万国史』の翻訳が出版された。
(11) 岡本監輔著『万国史記』五冊(内外兵事新聞局、一八七九年五月)、天野為之著『万国歴史』(富山房、一八八七年九月)など。
(12) 文部省編、永井久一郎訳『希臘史(百科全書)』文部省、一八七八年。『文部省百科全書』(青史社、一九八五年)に収録されている。
(13) ウィルレム・チャンブル、ロベルト・チャンブル編『百科全書』「希臘史、羅馬史(中篇第三冊)」丸善商社出版、一八八三年十月～一八八五年一月。ウィルレム・チャンブル、ロベルト・チャンブル編『百科全書』「希臘史、羅馬史(第十二冊)」文部省・有隣堂、一八八三年十月～一八八六年六月。ウィルレム・チャンブル、ロベルト・チャンブル編、文部省摘訳『百科全書』「希臘史、羅馬史(第二冊)」丸善、一八八四年～一八八五年等の翻訳がある。
(14) 宮川鉄次郎著『希臘羅馬史』(『万国歴史会書:第六編』博文館、一八九〇年二月)。
(15) 息究爾(セウエール)著、楯岡良知訳『希臘史略』五冊(文部省、一八七二年～一八八〇年)、スウエル著、松尾久太郎訳『希臘史直訳』(岩藤錠太郎・加藤慎吉、一八八八年十二月)。
(16) 桑原啓一編訳『新編希臘歴史』(経済雑誌社、一八九三年十月)。
(17) 渋江保著『希臘波斯戦史』(『万国戦史』第二十四編、博文館、一八九六年九月)。
(18) 「早稲田専門学校史学科講義録」(『史学雑誌』一五二号、一九〇二年)。
(19) 坂本健一訳『ヘロドトス』(早稲田大学出版部、一九〇二年)、坂本健一訳『ヘロドトス(早稲田大学卅七年度歴史地理第二学年講義録)』(早稲田大学出版部　一九〇五年)、坂本健一訳『ヘロドトス(早稲田大学卅七年度史学科第二学年講義録)』(早稲田大学出版部、一九〇六年)。
(20) 坂本健一訳『ヘロドトス』(隆文館、一九一四年二月)。
(21) 浮田和民述『西洋上古史(東京専門学校文学科第三回第一部講義録)』(東京専門学校出版部、出版年不明)。

(22) 浮田和民著『稿本希臘史（歴史叢書）』（早稲田大学出版部、一九〇二年十月）。

(23) 浮田和民述『西洋上古史（早稲田大学卅八年度政治経済科第一学年講義録）』（早稲田大学出版部、一九〇五年）、浮田和民述『西洋上古史（早稲田大学卅九年度歴史地理科第一学年講義録）』（早稲田大学出版部、一九〇七年）。

(24) 新見吉治訳『プルタルコス偉人伝：第一輯（早稲田大学卅六年度史学科第二学年講義録）』（早稲田大学出版部、一九〇五年）。同名の新見吉治訳『プルタルコス偉人伝（東京専門学校講義録）』（東京専門学校出版部、一九〇二年？）を焼きなおしたものと思われる。

(25) 続橋達雄『児童文学の誕生――明治の幼少年雑誌を中心に』「序章」（桜楓社、一九七二年十月）を参照。

(26)『少年園』は一八九五年四月、日清講和条約が成立した直後に政府から発行停止命令を受け、廃刊となった。ある記事が権力者の逆鱗に触れたためである。他の『幼年雑誌』、『少年世界』などの雑誌は戦況報道の機能をもたせ、日清戦争をより精彩に伝えようと試みている。『少年世界』には「征清画談」という欄があったが、日清終戦後にはそれが「尚武」の欄となっている。（前掲、『児童文学の誕生――明治の幼少年雑誌を中心に』一九三頁）。

(27)「第九節　女子教育論」（前掲、『児童文学の誕生――明治の幼少年雑誌を中心に』）参照。

(28) 米渓「大題小題二、サーモピレーの戦」『婦人と子ども』三巻（十一）、一九〇三年。

(29) 明治期の雑誌『弘道叢記』五十九号に「スパルタのレオニダス王国に殉ず」という記事が掲載されており、その記事は「文武叢記」から転載されたものであると注記されている。ただ、この記事は未完のまま終わっている。このような記事が明治の雑誌記事に掲載されていた可能性はある。また、アリストデモスが重い眼病を患って静養していた土地は「アルペノイ」であるが、この地名は渋江保著『希臘波斯戦史』以外には出てこない。魯迅がこの本を多少なりとも参照としたのではないかと思われる。

(30)（六）の言葉は当時非常に有名であり、魯迅および在日留学生が好んで口にする言葉であった。中島長文「『哀塵』一篇は魯迅の訳する所に非ざるを論じ兼ねて『造人術』に及ぶ」（『飆風』三九号、二〇〇五年）参照。ただ、この論考においては、『造人術』は魯迅が翻訳したのではないかという仮説が提出されている。

(31) 梁啓超の「斯巴達小志」（『梁啓超全集』第三巻、一九九九年七月）はプルタルコスの「英雄伝」に出てくる逸話を主にひいており、五節で国民の教育は男子だけではなく、女子にも必要であることを述べている。しかし、このなかに引用されている逸話には固有名詞は引用されていないのに対して、魯迅の場合は固有名詞が出てくる。たとえば、「斯巴達小志」は「官によってその体格を検査され、合格しない者は山の中に捨てられた」とあるが、妻のセレーネの科白では「弱い児ならばタユゲトス山の谷に捨てましょう」となっており、きちんと「タユゲトス」という固有名詞が使われている。そこで、魯迅は梁啓超の文章をみた可能性はあるが、他の文献も参考としたはずである。ただ、まだ日本語の完全な『英雄伝』訳は出版されていない。魯迅が何を参照としたのかは今の時点ではわかっていない。

(32) 前掲、「『斯巴達之魂』與梁啓超」(『魯迅研究月刊』一九九三年十月)も、魯迅の『スパルタの魂』と梁啓超のこの文章との関係を言及している。

(33) 梁啓超の「斯巴達小志」(『梁啓超全集』第三巻、一九九九年七月)。

(34) 三神禮次著、内藤耻叟校閲『日本武士道』(三神家滿、一八九九年四月)。

(35) 山岡鐵舟口述、勝海舟評論、安部正人編纂『武士道』(光融館、一九〇二年一月)。

(36) 山室信一『日露戦争の世紀』(岩波書店、二〇〇五年七月)。

(37) セレーネのほかに魯迅が創作した人物としてケルタスという人物を挙げている。この人物について、樽本照雄「魯迅『斯巴達之魂』について」において「第一に不可解なのは、ケルタスという男をなぜ魯迅が設定したのかという疑問だ。単なる狂言回しのつもりなのか。ケルタスは、人妻に恋慕して窓の外から内をうかがい、アリストデモスに賞金を懸けるように仕向け、アリストデモスの死体を捜し出し、ことの顛末を公表してセレナの記念碑を建立する切っ掛けを作る。」と述べている。なぜ魯迅がこの人物を作り出したかは疑問であるが、それは最後の場面で、アリストデモスの墓を建てるかどうかという問題が議論された際に、夫を諌めたセレーネの存在をこの男が話すことになっているので、そのために設定した人物と考えることが妥当と思われる。

(38) 前掲、「魯迅『斯巴達之魂』について」でこの問題について言及している。

(39) 前掲、桑兵『晩清学堂学生與社会変遷』九十頁。

(40) 前掲、「魯迅的第一篇小説応是『斯巴達之魂』」、「『斯巴達之魂』是魯迅創作的第一篇創作小説」、「魯迅『斯巴達之魂』

について」、「再論『斯巴達之魂』是創作小説――與樽本照雄先生商榷」などがこの問題に関して考察を加えている。これらの論評は『スパルタの魂』を歴史小説の一種としてみなす。ヘロドトス『歴史』をもとにしていたとしても魯迅が潤色を加えたなら創作小説であると述べている。しかし、その根拠として魯迅自身の証言などを挙げているが、あまりにも主観的に論が展開されていると筆者は感じる。樽本氏は「魯迅『斯巴達之魂』について」において、テルモピュライの役に関する前半部分と生還したアリストダモスを妻のセレーネが責める後半部分とに分かれていると指摘し、前半部分は編訳で、後半部分は創作であるとみなしている。

(41)　この部分は『歴史』には書かれていない叙述であり、むしろ少年雑誌に掲載された記事を参照としたと思われる部分である。本論中に引用した「聖れもぴれい大戦争」（前掲『日本之少年』三巻（一二）、二十四頁）においても同様に間諜がペルシア軍の動きをレオニダス王に告げたと書かれている。

(42)　前掲、ヘロドトス『歴史』第七巻、一三九頁、二一九頁。

(43)　前掲、ヘロドトス『歴史』第七巻、一三九頁、二一八頁。

(44)　『浙江潮』第一期。

(45)　「集外集・序言」『魯迅全集』七巻（人民文学出版社、一九八一年）。

第六章　小説の遠近法――『域外小説集』

一　出版当時の状況

一九〇五年、魯迅が仙台医専を退学して本格的に文学を志し、その期間に論文などを発表しているが、小説では『域外小説集』が始めての翻訳となる。この翻訳集は一九〇九年に魯迅と周作人によって東京で出版された[1]。当時の目録を見ると、第一冊には周作人の訳で五作が収録されており、その他は魯迅の訳でアンドレーエフ『黙（日本語訳：恐怖）』『謾（日本語訳：嘘）』が収録されている。第二冊には周作人の訳で七作が掲載されており、魯迅訳のガルシン『四日（日本語訳：四日間）』が収録されている。そして、一九二一年に『域外小説集』が群益書社から再版されるときには、周作人が訳した二十一の作品が付け加えられている。

この一九二一年版序において、周作人は「当初の翻訳は二巻までしかなかったので、各国の作家といっても偏りがあり不完全だった。今回、編集しなおしたのだが、いよいよ偏りすぎの弊が露わになったかもしれない。」と述べている。また、周作人は一九三六年に「魯迅についての二（関与魯迅之二）」のなかで、『域外小説集』の初版について「『域外小説集』の二冊の中には、英米仏は各一人で一篇、ロシアは四人で七篇、ポーランドは一人で三篇、ボスニアは一人で二篇、フィンランドは一人で一篇。ここからある特徴が見出せる。すなわち、一つはスラブ系を偏重し、次に抑圧された民族を偏重していることである。」と述べている[2]。

以後、『域外小説集』の意義を論じる際には、周作人のこの言葉を受けて被圧迫民族文学を翻訳したとい

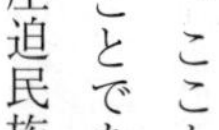

う点が最も重要視されてきた。一九八六年に巴金などの有名作家による現代中国語の訳を付け加えた『域外小説集』新版が出版された際にも、その序「域外小説集の歴史的価値」において、「『域外小説集』は我国の外国文学、とくに弱小国家と民族の文学を紹介した面において、先駆者の役割を果たした。」と評価している。[3] また、清末翻訳の研究者である郭延礼は、『域外小説集』の価値はスラブ系の被圧迫民族（主に北欧と東欧）の作品を重点的に紹介して、外国の侵略を受けている中国の読者の共鳴を引き起こしたところにあると述べて、一九〇九年の序を引用している。[4]

しかし小説集の内容に比べると、翻訳方法は依然として古いものであったと周作人は述べている。

本書の訳文を見てみると、文章が硬くて「詰屈聱牙（文章が流暢ではない）」、非常に不適当なところもあって、実に再版に値しない。ただその中身は、現在においても存在価値があり、将来でも存在価値があるにちがいない。そのなかの多くの作品はまた白話に訳して、さらに普及させる価値がある。[5]

この評価と、この一九三六年時点で述べられた周作人の言葉が加わり、『域外小説集』は清末という早い時期において弱小民族の抵抗の文学を訳したという意味では画期的であるが、文体は新文化運動以前の古いままであったという評価が確定する。それ以後、『域外小説集』の翻訳手法について、直訳という点は評価されてもそれ以上の詳細な考察はほとんど行われてこなかった。

しかし、この一九二一年の序言も文学革命以後に新しい基準に照らし合わせた評価であり、一九〇九年当時の翻訳状況と共に考察すると、『域外小説集』はこのような評価が妥当ではないのがわかる。また周作人の「魯迅についての二」で述べていることも一九三六年の政治的情勢に合わせたものであり、当時に立ち戻って考えると別な側面が浮かび上がってくる。

初版の略例に次のようにある。「小説集の中には最近の短篇作品を主に収め、今後十九世紀以前の名作も収録するつもりである。また最近では北欧文学が最も盛んであるため、作品を選ぶに当たっては、おのずと偏ることになった。ただ巻数が増えていけば、しだいに南欧と泰東の諸国に及び、『域外』という名称と符合するであろう」。彼らはこの翻訳集を出版する当時には外国文学を全面的に紹介する意気込みをもって編集していたことがここからうかがわれる。しかも、「前の作品の終わりと次の作品の始めはつながっておらず（頁を改めており）、将来、国別時代別に従って分類しなおして新たに一冊にできる。」とあるように、本来の計画では第三冊を続けて翻訳し続ける予定であり、将来的には各国別や年代順の近代名作文学選集を計画していたことがうかがわれる。この計画は『域外小説集』が上下各二十冊しか売れず資金調達ができなかったために頓挫する。

初版の序では次のように述べられている。

> 『域外小説集』という本は、文辞においては朴訥であり、現代の名人による訳本には及ばない。ただ、作品の選択には慎重を期し、翻訳も原文の趣を失わぬように心がけた。異郷の文学新流派はこれより始めて中華の地に伝わるのである。もし卓絶した人物が世間にとらわれぬのであれば、かならずや憬然と心をうたれ、祖国の時代を考えて、その心声を読み、想像力の所在を推し測るに違いない。すなわち本書は大海の一雫であるにしても、天才の思惟はまさにここに籠められている。中国の翻訳界もこれによって時代に落伍した感がなくなるだろう。(6)

「異郷の文学新流派はこれより始めて中華の地に伝わるのである」、「中国の翻訳界もこれによって時代に落伍した感がなくなるだろう」というところからも、周兄弟は当時あまり紹介されていなかった北欧、東欧、ロシア文学を中国へ紹介し、さまざまな国の翻訳を紹介してより全面的な翻訳を目指していたという気持ちが強いものであったのが伺われる。

この翻訳集は当時の標準的な翻訳と比べてさまざまな点において画期的であった。とくに近代小説の形式に対する自覚においては当時の水準を卓越したものがあった。そのため、一九一〇年代の新文化運動以後に下された評価ではなく、もう一度当時の情況に立ち返り、同時代の翻訳と照らし合わせて『域外小説集』の翻訳方法をより詳細な考察する必要がある。そこで、まず清末における翻訳情況と日本明治期の翻訳情況と比較対照し、当時の状況において『域外小説集』の翻訳方法がどのような意味をもっていたのかについて考察する。この翻訳集の意義に対する理解も当時の状況と作品の分析を踏まえることでより深まるのではないかと思われる。次に『域外小説集』に収録されている魯迅の翻訳を取り上げ、その翻訳の特徴について詳細に分析する。

そして最後に、魯迅の『域外小説集』以前の翻訳について第四章と第五章で論じたことを踏まえて、『域外小説集』の小説形式における意義を論じたい。同時に、魯迅の初期翻訳と近代的表現を見出していく過程がどのように関係しているのかについても考察したい。

二　底本

周作人は日本留学以前の学生時代から翻訳を始めており、それはすべて英語からの翻訳であった。これに対して、魯迅は『域外小説集』以前の作品はすべて日本語から重訳している。一九〇三年六月に翻訳した『哀塵』、続けて一九〇三年十月に翻訳出版した『月界旅行』、『地底旅行』、『北極探検記』などのヴェルヌの科学小説もやはり日本語の底本から重訳したものであった。

しかし、『域外小説集』では、魯迅は初めてドイツ語の底本を用い始める。ドイツ語の底本を選んだ理由として、周作人は当時の日本においてマイナーなロシア文学、ポーランド文学などは英語訳があまり多くなかったことを挙げている。しかし当時の日本の翻訳状況を調べると、ロシア文学などの作品は日本語にすでに翻訳されている作品も少なくなかったのである。(7)

明治の翻訳は、明治二十一年に二葉亭四迷がツルゲーネフ『あいびき』を翻訳した頃から画期的な変化が起っていた。西欧文学を芸術作品として受け入れる姿勢が現れるようになると、日本の翻訳は急速に成熟していき、名作の多くが翻訳されている。(8)ただ、この頃はまだ英米文学が主流であり、ロシア文学の翻訳が増えてくるのは明治三十年代にならなければならない。ロシア文学が日本に翻訳されるきっかけは東京外国語学校に露語科ができて、二葉亭四迷や矢崎嵯峨などがツルゲーネフ、トルストイなどの文豪の作品に触れて翻訳を始めたことによっている。(9)明治三十年頃になると日本においても東欧、北欧の文学の翻訳が始まる。明治末期に至ると、東欧文学の翻訳はやはり主流ではないにしても、多くのロシア文学、東欧文学の翻訳が雑誌に掲載されている。確かに欧米の英文学や仏文学に比べるとその数はまだ多いとは言えないが、周兄弟がそれらの日本語訳を底本とすることは不可能ではなかったはずである。

たとえば、アンドレーエフの翻訳は次の通りである。アンドレーエフの『謾』は、佐藤迷羊が『嘘』と題して訳し、明治四十一年十二月『太陽』に掲載している。『黙』は上田敏が『恐怖』と題して訳し、明治四十二年五月『中央公論』に掲載している。それ以外にも、上田敏『クサカ』(『新小説』明治四十二年一月)、中村星湖『外国人』(『早稲田文学』明治四十二年一月)、高貞『マルセーユの歌』(『二六新社』明治四十二年十一月)なども多数翻訳されている。そのほかに選集として出版されたものに、二葉亭四迷訳『血笑記』(易風社、明治四十一年八月)、中村春雨訳『信仰』(杉本梁江堂、春秋社、明治四十一年十一月)、上田敏訳『心』(春陽堂、明治四十二年六月）などがある。また森鷗外などの文人も翻訳に携わっており、たとえば『犬』（森林太郎訳『黄金杯』春陽堂、明治四十三年一月所収）などがある。ガルシンの翻訳には、二葉亭四迷『四日間』（『新小説』明治三十七年七月）、『露助の妻』（『新小説』明治三十八年一月）、『根無し草』（『東京朝日新聞』明治三十九年二月五日）などが翻訳されている。

『新小説』に掲載された二葉亭四迷の『四日間』については、魯迅も知っていたらしい。周作人は「当時、ロシア語翻訳の人材は日本でもかなり欠如しており、普通は長谷川二葉亭と昇曙夢の二人だけがたまに翻訳作品を新聞雑誌に発表することがあったぐらいであった。昇曙夢はまだ正確なほうだった。二葉亭は自分が文人のせいもあって、翻訳文はより芸術性が高く、つまりこれはより日本化してしまっていることでもあった。正確さは劣っており、我々のように材料を捜す人間の立場からすれば、参考資料として用いることができるに過ぎず、それに依拠して訳することはできない。[10]」と証言しているからである。

魯迅が意識的に日本訳を避けたのは原文に忠実に翻訳したいという気持ちからなのではないかと思われる。周作人のいう、二葉亭訳の「日本化」が何を意味しているのかについては述べられていないので、それが正確に意味するところを探るのはむずかしい。ただ、この点に関して魯迅の翻訳とドイツ語の底本と詳細に照らし合わせる作業をした研究が存在し、そのなかで、ガルシンの原文が「私の頭のなかには霧と鉛がある」という部分を、二葉亭四迷は「頭がただ茫と無感覚になってゐる」と訳しているが、魯迅は「惟吾惱若籠於霧、若圧以鉛（わたしの頭だけが霧に包まれたようであり、鉛に抑えられているようである）」と訳していると指摘している。[11]周兄弟は英訳、ドイツ語訳の方がより厳密な訳と感じていたのだろう。

三　翻訳方法

欧米小説の中国への紹介、受容が本格的に始まるのは戊戌政変前後である。とくに一九〇二年に発刊された小説専門雑誌『新小説』を境として西欧小説の翻訳は急増する。当時、翻訳は意訳が主流であり、改竄、省略は一般的であり、翻訳者は自分の名を署名しないこともしばしばあった。それは翻訳という作業そのものにも価値を置いていなかったためである。またもっぱら中国人の読者が読みやすいように章回小説風の形式にしたり、原書を改作削除したりすることも稀ではなかった。[12]

しかし、林紓のように翻訳によって名を挙げた者が出てくると、翻訳という作業を重要視し、それを仕事としようとする風潮が現れだす。一九〇六年～一九〇八年は翻訳小説が最も盛況であり、創作よりも多いと言われた時期で、人々の関心をひき人気を呼んだ時期でもある。[13]郭延礼は『中国近代翻訳文学概論』において、外国小説翻訳の発展について、一八七〇年～一八九四年を萌芽期、一八九五年～一九〇六年を発展期、一九〇七年～一九一九年を繁盛期としている。[14]また、陳平原も一九〇六年～一九〇九年の三年を清末における翻訳の高峰として位置づけている。[15]

翻訳の量質は共に一九〇五年あたりから向上してくる。翻訳を専門とする者のなかには、西欧の小説に芸術的な価値を認める者が現れ始め、以前のようにいい加減な姿勢から真面目に翻訳をする優秀な翻訳家も出てくる。たとえば、周桂笙、徐念慈、伍光建や呉梼などである。とくに呉梼や伍光建は直訳、もしくはほぼ直訳に近い訳し方をしている。[16]この時代におけるすべての翻訳は文言で訳されていたという錯覚があるが、先の周桂笙、徐念慈、伍光建、呉梼などは白話、もしくは口語に近い簡明な文言を翻訳文に用いて訳していた。

また当時は欧米小説をすべて白話の章回小説形式で翻訳し、意訳のみが流行して直訳が存在しない印象を受けるがそうではない。清末においては、翻訳方法も文体もまだ統一した型が確立されておらず、翻訳はそれぞれの翻訳家の嗜好や考えによってかなり多様なかたちで訳されている。そのため翻訳の質も個々の翻訳者の力量によって異なり、近代的な翻訳への過渡期的な様相を示していた。西洋文学の翻訳が始まったばかりの頃は大胆な改竄による意訳が主流であったが、時代がさらに下った一九〇六年頃には翻訳は質量共にしだいに成熟に向かっていく。そして専門的に翻訳を目指す者が出てくると、ほぼ直訳に近い翻訳も刊行される。

このような清末における翻訳状況のなかに『域外小説集』を置いてみると、どのような特徴をもっているといえるだろうか。一九〇九年初版序は次のようにある。

『域外小説集』という本は、文辞においては朴訥であり、現代の名人による訳本には及ばない。ただ、作品の選択には慎重を期し、翻訳も原文の趣を失わぬように心がけた。(17)

『月界旅行』、『地底旅行』の意訳と比較すると、魯迅は『域外小説集』を訳する際にはとくに「原文の趣」をそのまま伝えるように注意を払っていたことがうかがえる。魯迅は後に「硬訳」と呼ばれる方法でもって原文を忠実に翻訳することを提唱したが、その考えは『域外小説集』にすでに見られる。

また、魯迅は『域外小説集』で用いた古文について「朴訥」と述べている。この「朴訥」とは何を意味しているのであろうか。ここでいう「名人」とは林紓のことである。林紓は多くの西洋小説を他人の口述によって文言で翻訳したことで有名である。彼は古文の有名な流派である桐城派の巨頭であり、五四以降に白話を用いることを反対したことでも有名である。そのためか、彼は翻訳の文体にも典雅な文言を用いたように誤解されているが、実はそうではない。林紓は他人の口述に頼って翻訳をしていたにもかかわらず、その翻訳は英語の複雑な文法を翻訳する過程で無意識のうちに口語と欧化の影響を受けていたのである。たとえば林紓の代表的翻訳『椿姫』の文体は外国語や口語の影響を受けており、典雅な古文とは言い難い。そのため、林紓の翻訳文はかえって当時の読者にとっては比較的簡単で、読みやすい文章だったのである。

これに対し、魯迅が『域外小説集』で用いた古文は自ら「朴訥」と述べているように、欧化や口語化を極力排除した簡素な古文であった。このような古文は当時の流行に沿った結果ではなく、むしろ流行に逆らっているものであった。『域外小説集』が売れなかった原因も多くはここからきているのではないかと思われる[18]。作品に即した分析は後述するのでここでは詳細に論じないが、魯迅が用いている文体は当時の清末の翻訳文と比べても非常に古めかしく、洗練された古文であった。これには師である章炳麟の影響もあると思われる。古典文法研究者として著名な太田辰夫氏は林紓の文風を唐代小説風に喩え、『域外小説集』の文体を魏晋風に喩えている。桐城派の代表的な古文家とみなされた林紓でさえ、その翻訳過程で欧米の文法文体の影響によって欧化、俗語化してしまっていたのだから、魯迅が魏晋風古文で西洋文学を翻訳するのは非常に骨の折れる作業であったことが推測される[19]。

周作人は一九二一年の再版序で、「本書の訳文を見てみると、文章が『詰屈聱牙』として硬いばかりか、非常に不適当なところもあって、実際、再版にあたいしない。」と述べていたが、これは事後的な評価である。一九〇九年時点において当時の一般的な翻訳方法と比較すると、『域外小説集』の翻訳方法は極めて独特であり、斬新なものであった。当時の読者は『域外小説集』に収録された短篇を読んだときにその形式が見慣れぬ奇異なものと感じたにちがいない[20]。

当時の一般的な翻訳者は欧米小説を中国旧小説と異なった形式をもつとは認識していたが、これらの小説形式の「近代性」については意識していなかった。魯迅と周作人はこの早い時期にすでに西欧小説の近代的な特質に注意を向けていた。短篇小説が近代小説の代表的形式としてみなされ、本格的に導入されていくのは五四以後であるが、『域外小説集』は一九〇九年の時点で故意に短篇を選らんでいることからも明らかである。また、略例に見られるように、人名、地名を音訳することからはじまり、その感嘆符や疑問符などの符号なども西洋式にしている。さらに、巻末には作者の伝をつけ、作家の人生と作品との関連性についても論じている。

ここから、魯迅は西欧小説が内容面だけではなく、形式面においても中国の旧小説と根本的に異なることを意識し、近代小説の形式を中国へ導入しようと思っていたことがうかがわれる。故意にドイツ語訳の底本を選択し、典雅な古文で直訳していたのは、文学に対する自らの考えの実践の一環であった。つまり、小説形式の近代化は新しい翻訳の形式から始められたのであった。

四　『四日』、『謾』と『黙』

それでは『域外小説集』のなかに収録された魯迅の翻訳三篇、ガルシンの『四日』、アンドレーエフの『謾』と『黙』を分析してみよう(21)。

ガルシンの『四日』は、前線の戦闘において負傷したまま体が動けなくなった兵士が救出されるまで露天で過ごした四日間の体験を描いた作品である。これはガルシン自身の戦争体験に基づいて書かれたと言われており、傷を負った主人公の体験が生々しくリアルに描かれた作品である。主人公の「俺」は戦場で巨体のトルコ兵と取っ組み合いをし、意識を取り戻したときには負傷したまま一人戦場に横たわっていた。

【魯迅訳】異境如是、昔未嘗遇也。吾似伏地臥、当吾前者、有土一小片、草数茎、為去歳槁干、有蟻縁其一、蠕蠕而行、厥首向下——目前全世界、如是而已。且能視者又止一目、其一乃有堅物阻之。（『四日』一三三頁）

（異境是の如きは、昔いまだ嘗て遇わざるなり。吾地に伏せて臥す似く、吾の前に当たるものは、土一小片、草数茎、去歳の槁干を為す有りて、蟻の其の一つに縁りて蠕蠕として行き、首を厥て下を向く有る——目の前の全て世界は是の如きのみ。且つ能く視えるものは又た一つの目に止まり、其の一は乃ち堅い物の之を阻ぐ有り。）

倒れた主人公から見える世界は土と干し草、そして蟻。現代中国語訳では「こんな奇怪な境遇を私は経験したことがない。私は地に倒れているようであり、見えるのは目の前の小さな土地だけだった。幾つかの草、頭を下に向けて草に這う蟻、幾束の年を隔てた枯れ草——これは私の全ての世界だった」と訳されている(22)。寝ている体の向きがよくないと感じるが、まだ自分が怪我をしていることが認識できていない状態である。

現代中国語訳の「幾つかの草、頭を下に向けて草に這う蟻、幾束の年を隔てた枯れ草」は、魯迅訳では「吾の前に当たるものは、土一小片、草数茎、去歳の槁干を為す有りて、蟻の其の一つに縁りて蠕蠕として行き、首を厥て下を向く有る」と訳されている。現代語訳は土、蟻を状態の形容しているだけであるが、魯迅訳では蟻が首を曲げて這っている様子が現在進行形で描写されている。

このように小説全体が人物の視点に焦点が絞られており、つまり物語論の用語でいうと主人公の視点に「焦点化」された描写方法になっている。ガルシンの『四日』は極めて効果的にこの「焦点化」の用法を使いこなした作品である。戦場の様子や背景などに関する状況描写は一切語られず、すべては主人公の兵士「俺」の横たわってみた世界だけが描かれている。このような描き方は中国の伝統的な小説にはまったくみられないものであり、魯迅は翻訳する際にこの点をかなり意識していただろうと思われる。たとえば、体をちょっと動かそうとすると、激痛が走り倒れてしまう場面においては次のように訳されている。

【魯迅訳】有鋭而速者、――若電光然、――驟徹於全身、自膝至匈、匈而至首――吾復仆、遂復惘然、遂復無覚。（『四日』（『四日』一三二頁）

（鋭く速きもの有り――電光の然るが若く――驟に全身を徹りて、膝から匈に至り、匈から首に至る――吾復た仆れ、遂に復た惘然となり、遂に復た覚ず。）

現代中国語訳では「一陣の強烈な痛みは、まるで電光のように両膝から胸部と頭部に素早く伝わり、私の体全体に行き渡った。」と訳されている。(23) しかし、魯迅は「痛み」を「鋭く速きもの有り」と表現し、痛みが鋭く早く電気のように膝から胸、胸から首とビリビリと伝わっていく感じをリアルに表現している。翻訳全体にわたって、このように原作の「限制法」をうまく保つように努めている。(24)

アンドレーエフの『謾』も「一人称限制叙事」を用いた小説であり、主人公の若者が恋人が浮気しているという強迫観念にかられて恋人を殺してしまう小説である。「私」は美しく活発な女性に恋をしている。しかし、放埓な彼女は自分のことをほったらかして、美青年と遊びに行ってしまう。「私」は嫉妬に駆られ、彼女の言う事がすべて嘘のように思えてくる。そして「嘘」は「私」の体内に虫のように入り込み、「私」はその苦しみから逃れるために彼女に真実を語ることを迫るが、彼女から満足のいく答を得られず、ついに彼女を殺してしまう。

【魯迅訳】咄、此笑豈狂人耶！吾所為笑、以匈臆朗然、呼吸頓適、且中心闓徹、蟲之嚙吾心者亦墜耳。吾乃屈身臨彼人之上、観其目、此巨而憬於流光者、時已洞辟、既大且濁、状如蜡人、吾能以指開闔之、絶不生怖。蓋此黒瞳子中、已無復薬叉、司謾訑疑忌、且啜吾血者寓之矣。（『謾』二四二頁）

咄、此の笑いは豈に狂人ならんや！吾の笑いをなすゆえんは、以て匈臆の朗然とし、呼吸の頓適とし、且つ中心の闓徹とし、蟲の吾心を噛むなるものは亦た墜つのみ。吾乃ち身屈め彼人之上に臨み、其の目を観る。此の巨にして流光を憬る者は、時已に洞辟にして、既に大きく且つ濁り、状は蜡人の如く、吾能く指を以て之を開闔し、絶えて怖れを生じず。蓋し此の黒い瞳子の中に、已に復た薬叉無く、謾訑と疑忌を司り、且つ吾が血を啜りし者は之に寓するか。

嘘に打ち勝ったと高らかに笑う「私」は恋人の死体の上に屈んで、その目を覗き込み、指で目を開け閉めをする。愛する恋人の内に潜んでいる「嘘」を見出すために。「私」の常軌を逸した行動とその心理を「蓋し此の黒い瞳子の中に、已に復た薬叉無く、謾訑と疑忌を司り、且つ吾が血を啜りし者は之に寓す。」と翻訳し、「私」が感じている「嘘」の生々しさが主人公の感覚にそって克明に描かれている。

恋人の殺害後に「私」は投獄され、そのなかで幼い頃に動物園でみた檻に入れられた豹を思い出す。

【魯迅訳】而今者已亦往来石柙中、弗殊此豹矣。吾行且思、……行両隅間、由此渉彼、思路至促、所思亦苦不能申、似大千世界、已仔吾肩、而世界又止成於一字、是字偉大慘苦、謾其音也。時則匍匐出四隅、蜿蜒繞我魂魄、顧鱗甲燦爛、已為巴蛇。巴蛇嚙我、又糾結如鉄環、吾大痛而呼、則出吾口者、乃復與蛇鳴酷肖、似吾営衛中已満蛇血矣。曰、「謾耳。」（『謾』二四三頁）

而して今は已に亦た石の柙の中を往来し、此の豹と殊なるなし。吾は行き且つ思う、……両隅の間を行き、此こ由り彼に渉り、思路は至て促しく、思う所も亦た申すあたわざること苦し。大千世界、已に吾が肩に仔するが似く、而して世界は又た止だ一字を成し、是の字は偉大なる惨苦にして、謾は其の音なり。時に則ち匍匐して四隅より出でて、蜿蜒として我魂魄を繞り、顧ると鱗甲の燦爛にして、已に巴蛇と為る。巴蛇は我を噛み、又た糾結なること鉄の環の如く、吾は大に痛みて呼ぶと、則ち吾の口より出づるものは、乃ち復た蛇の鳴くに酷肖し、吾の営衛の中は已に蛇の血に満つるが似し。曰く、「謾のみ。」

檻のなかでひとり苦しむ狂気の「私」には、「噓」が蛇へと姿を変えて片隅より這い出てきて、体内を這えずるように感じるのである。「噓」は抽象的で実体のないものではなく、「私」の感覚を通してよりリアルで具体的に形容されている。「一人称限制叙事」を使用することで、「私」が内面の葛藤を感覚的に語り、「私」が狂った精神でみた歪んだ現実を読者にそのまま提示している。

アンドレーエフの小説世界は幻想的でありながらも、このようなリアルさがある。魯迅はアンドレーエフの作品について、「象徴的印象主義」と「写実主義」を調和させていると述べている。アンドレーエフの作品は非常に幻想的な雰囲気をもちながら、同時にある種のリアリティがあるのは主人公の身体感覚を伴った表現が多いためである。(25) アンドレーエフの作品『黙』も同じくそのような小説である。

主人公の厳格な牧師であるイグナチウスは一人娘のウェイラが深く悩んでいると知りながらも頑なに彼女の生き方に反対してきた。ついに娘は鉄道に飛び込んで自殺を遂げるが、そのショックで母親は床に寝ついてしまう。自尊心の高いイグナチウスは娘の死によって自らの厳格である姿が崩れるのを嫌い、またキリスト教で禁じられている自殺した娘を恥じてさえいる。しかし、娘の死は日が経つにつれて益々重みを増していき、ついに耐え難くなり、娘の墓を訪ねる。彼は思わず娘の墓にむかって問いかけるが、墓は耐え難い沈黙に包まれたままであった。そして、家では娘を失った悲しみのために発狂した妻は夫の呼びかけに答えず、ただひたすら沈黙を守っていた。

娘の墓に訪れたときの場面は次のように描写されている。イグナチウスは思わず墓に向かって娘のウェイラの名前を呼んでしまう。

【魯迅訳】時声朗而定矣。比黙、怳忽有応者出於淵深、若復可辨。伊革那支復四顧屈其身、傾耳至於草際、曰「威羅答我！」則有泉下之寒、貫耳而入、惱幾為之堅凝。顧威羅則黙、其黙無窮、益怖益閟。伊革那支挙其首、面失色如死人、覚幽黙顫動、顥気随之、如恐怖之海、忽生波涛、幽黙偕其寒波、滔滔来襲、越頂而過、髪皆蕩漾、更撃匈次、則砕作呻吟之声。伊革那支眙目愕顧、五体慄然、漸迸力伸背而起、自粛其状、俾忽震越。又払冠及膝際、以去砂塵、交臂三作十字、徐行而去。顧幽宅乃突呈異状、道亦絶矣。（『黙』二六六～二六七頁）

時に声朗にして定なり。黙におよびて、怳忽として応ずるものが淵深から出でる有りて、復た辨ずるべきがごとし。伊革那支は復た四顧して其の身を屈して、草の際に耳を傾けるに至りて、曰く「威羅、我に答えよ！」則ち泉下の寒有りて、耳を貫きて入り、惱幾ぼ之の為に堅凝す。威羅を顧ると則ち黙し、其の黙は窮まりなく、益す怖しく益す閟し。伊革那支は其の首を挙げ、面の色を失うこと死人の如く、幽黙の顫動し、顥気も之に随うを覚え、恐怖の海の如く、忽ち波涛に生じて、幽黙は其の寒波を偕にし、滔滔として来たりて襲い、頂を越えて過ぎ、髪は皆蕩漾とし、更に匈次を撃ち、則ち砕かれて呻吟の声を作す。伊革那支目を眙り愕きて顧み、五体は慄然とし、漸く力を迸しり背を伸ばして起き、自ら其の状を粛し、震越を忽す。又冠及び膝際を払い、以て砂塵を去り、臂を交えて三たび十字を作し、徐むろに行きて去る。幽宅を顧ると乃ち突として異状を呈し、道亦た絶える。

ここでは、主人公「伊革那支（イグナチウス）」の動作と内面の感覚が交互に訳されている。イグナチウスが周りを見回して娘に呼びかけると、何か冷たいものが耳を貫くように入ってきて、脳が固まったような感覚を覚える。この部分の魯迅訳「則ち泉下の寒有りて、耳を貫きて入り、惱幾ぼ之の為に堅凝す。」は、内面的な感覚がむき出しになるような訳である。現代中国語訳では「イグナチウス神父は鳥肌がたち、墓のように冷たいものが彼の耳に入り、彼の脳をたたくのを感じた。」と訳されている。(26)

次の部分は、現代中国語訳では「ウィラが話しているのだった。しかし彼女は依然としてあの永い沈黙をもって話しているのだ。この沈黙はますます人を不安にさせ、ますます人を恐怖に陥れる。彼が力を振り絞って彼の死人のような血の気のない頭を持ち上げた時、彼はすべての空間がどうどうというこだまを起こした沈黙によって震えて戦慄し、揺らぐのを感じた。これはおぞましい海で狂風暴雨が起きたようであった。沈黙は彼を押さえつけ、氷水のような波濤が彼の頭に押し寄せて、彼の髪を巻きあげ、彼のあの重い衝撃で呻きをあげた彼の胸を撃った。」となっている[27]。

魯迅訳では、「幽黙の顫動（せんどう）し、顥気（こうき）も之に随うを覚え、恐怖の海の如く、忽（たちま）ち波涛に生じて、幽黙は其の寒波を偕（とも）にし、滔滔として来たりて襲い」とあり、「沈黙」が振動し、こだまもそれに従い、恐怖は海のように突然波を生じ、「沈黙」は寒波とともに滔滔と襲ってきたと描写されている。「幽黙（沈黙）」が彼にもたらす恐怖を形容するのに、「沈黙」がまるで生き物のように襲い繰る様子として感覚的に訳されている。

原文では「覚幽黙顫動、顥気随之」、「如恐怖之海、忽生波涛」と続いたあと、「幽黙偕其寒波、滔滔来襲」、「越頂而過、髪皆蕩漾」、「更撃匈次、則砕作呻吟之声」となり、四字と六字の句を基本にしながらほぼ対句で構成されており、リズム感をもった表現となっている。このような非常に洗練された古文は、白話や欧化の影響を排した魏晋風と呼ぶのにふさわしい。意味は正確でありながら、典雅な古文でこのような内面的感覚を動的に伝えるのは非常にむずかしいことであろう。

イグナチウスは内心の動揺を抑えて、全身が震えを起こしながらも力を振り絞り、背筋をぴんと伸ばす。服にかかった砂塵を振り払い、十字を三回きってゆっくりと立ち去ろうとして墓地の方を振り返る。その様子が「幽宅を顧ると乃ち突として異状を呈し、道亦た絶す。」と訳されている。墓を振り返ると突如としてあたりが一変し、道がなくなったという意味である。「道亦絶矣（道亦た絶す）」は、まさに人物の感覚に沿った描写となっており、助詞「矣」は人物の驚きや恐怖感をうまく表現している[28]。ここの現代中国語訳では「彼はこのよく知った墓地がわからなくなり、彼は路に迷った。」となっている。

魯迅の翻訳は意訳ではなく、原文に忠実である。ただ現代中国語の訳文をみればわかるように、欧化、口語化した文法構造をもっている現代中国語の方がドイツ語の文法構造を反映しやすいのに対し、古文でドイツ語を訳すのは文法構造があまりにも異なるために、文の構造自体に沿って忠実に翻訳することは不可能である。[29] それにもかかわらず、『域外小説集』でなされている魯迅の訳は、焦点化された人物の内面的感覚に照準を当てることを非常に意識した訳になっているのがわかる。

五　魯迅の翻訳の変遷

第四章では『月界旅行』と『地底旅行』、第五章では『スパルタの魂』について論じてきたが、最後に魯迅の一連の翻訳全体を通して、それらの翻訳がどのような意味をもっているのかについて考察してみよう。

魯迅は一九〇三年に長篇ではヴェルヌの『月界旅行』と『地底旅行』、短篇では『哀塵』と『スパルタの魂』、一九〇五年には『造人術』を翻訳している。中国の小説は『三国演義』『水滸伝』などの白話章回長篇小説と『剪灯新話』などの文言で書かれた筆記小説という二つの流れがある。『月界旅行』と『地底旅行』は長篇章回小説の形式を倣ねて意訳で翻訳されている。『哀塵』と『スパルタの魂』は文言直訳の短篇で、文言の筆記小説に似ている。『造人術』はヴェルヌの科学小説と共通性を持ちながらも、その体裁が短篇であり、筆記小説に似ていたので文言直訳で訳したのであろう。

たとえば、魯迅は『造人術』を以下のように訳している。

> 心身を斯学の犠牲に供し、浮世的趣味を一切閑却せる学者にありては、塵俗的喜怒に心を擾されざるは勿論なり、

既に喜怒に心を攖されず、悲喜の色の面に上るなきは勿論なり、（中略）然るに今は如何、今日只今此時は如何、彼の今の態をしも、これ冷静と云ふを得べき歟。（原文十七頁）

【魯迅訳】夫献身学術。悉謝歓娯之学者。塵俗喜怒不攖心。何待言説。不攖心則喜怒不形面。更何待言説。（中略）雖然。今竟何如。今日今時竟何如。彼之容止。将曰冷澹耶。（七十八頁）

（その学術に献身し、悉く歓娯を謝するの学者にありては、塵俗の喜怒に心を攖されざるは、何ぞ言説を待たんや。心を攖されずして則ち喜怒の面を形づくらずは、更に何ぞ言説を待たんや。（中略）雖然れども、今は竟に何如。今日今時は竟に何如。彼の容止は、将に冷澹と曰うべきか。）

「然るに今は如何、今日只今此時は如何、彼の今の態をしも、これ冷静と云ふを得べき歟。」を「今竟何如。今日今時竟何如。彼之容止。将日冷澹耶。」と、訳文も非常に日本語原文に忠実であり、まるで日本語の調子までもがそのまま伝わってくるようである。

つまりこの時点において、魯迅は文言と白話、意訳と直訳、長篇と短篇などの区分を伝統的な文学観に準えて意識的に使い分けていたと思われる。また翻訳をする際のスタイルは想定する読者層への配慮から決められていたことがうかがわれる。大衆を啓蒙する意図をもつ『月界旅行』『地底旅行』は白話で大胆な意訳をし、そして『哀塵』と『スパルタの魂』、『造人術』は文言で直訳していた。文言を用いるのはやはり読者をある程度の知識をもつ層に想定して翻訳をしていたと推測することが可能である。ただ、ここで用いられた文言は『域外小説集』の古風な魏晋風文言ではなく、清末によく見られるわかりやすい文体であった。そして、この時期の翻訳は基本的に日本文献からの重訳である。日本語からの重訳は当時の梁啓超や当時日本の留学生界の影響をより深く受けていた現れとみなすことができる。ただ、これらの作品を訳す際に原作やその形式を真剣に熟考して選んだ形跡はみられない。

このように、魯迅の初期翻訳の軌跡を辿るとき、一九〇五年に翻訳された『造人術』には近代小説を意識していた形跡はまったくみられないが、一九〇九年『域外小説集』の時には明らかに自覚的であることがわかる。周作人の翻訳の軌跡を辿ってみるとやはり同じような変化が起きている。その意識の変化は一九〇七年から一九〇八年頃である。

そして『域外小説集』の三編は小説の形式においても以前の作品と大きく異なっていた。『月界旅行』、『地底旅行』では旧来の白話小説のように「語り手」が表に出てくる。また、『造人術』、『スパルタの魂』などの小説も、「作者」と思われる「語り手」が小説自体の意味やテーマに批評を加える形式をとっている。これらの小説の形式は中国の伝統的な旧小説の影響を受けたものである。作者の思想は「語り手」によって代弁され、小説中の物語は寓話、もしくは喩え話として機能している。

これに対し、一九〇九年の『域外小説集』収録の三編はどの作品も人物に焦点を当てた方法が一貫して用いられている。『域外小説集』の『四日』『謾』では「一人称限制叙事」が用いられており、基本的に主人公「私」の視点からみた世界のみが描かれている。『黙』は「三人称限制叙述」が使われ、主人公の神父に焦点を合わせた描写が行われている。当時、「限制叙述（焦点法）」が小説に用いられることは珍しいことであった。陳平原氏は中国の小説が近代化する重要な指標として叙述角度を挙げて統計をとっているが、一人称限制は一九〇二年から一九〇九年までの創作で十四％、翻訳で三十八％、三人称限制法は創作で二％、翻訳で一％となっている。一人称限制法は一九〇六年以降の翻訳においては急激に増えているが、それは古くから「筆記」などのかたちで用いることが多かったのでなじみやすかったためであろう。またホームズなどの推理小説に用いられたこととも関係があると思われる。それに対し、三人称限制法はほとんど皆無の状態である。[30]つまり『域外小説集』の三篇のいずれもが「限制法」を用いているのは非常に特殊なことなのである。[31]とくに、『黙』の「三人称限制叙述」は近代小説に常用される手法であるが、この清末時期にはまだ皆無に近い珍しい形式であった。魯迅はこの三篇を選ぶ際に中国旧小説にはみられない独特な描き方をしていると感じたにちがいない。

魯迅の形式に対する認識は当時の一般的な認識を遥かに上回っており、非常に特別なものであった。[32]当時、「私」の目からみた叙述つまり「限制叙事」という方法自体には注意を向けることがあったとしても、それが小説のリアリティをもたらすという意識はなかった。[33]陳平原が挙げている例に、兪明震のコナン・ドイルの推理小説に関する評がある。[34]この論評は推理小説の巧みさは「華生（筆者注：ワトソン）による筆記」であると述べている。つまり観察者であるワトソンはシャーロック・ホームズのことを漏れなく書いていくが、しかしワトソン自身は犯人を知らない。そこでシャーロック・ホームズの行動が奇妙なものに映る。しかし最後になってホームズが種明かしをし、そこで謎の意味がわかるというかたちで推理小説は書かれている。このような推理小説の面白さはワトソンが筆記するという形式にあるのだと述べている。これは初めて語りについて注目した評であり、しかも語りの機能に言及している。ただ「筆記」という言葉からも連想されるように、このような一人称の焦点化された小説が「筆記小説」のジャンルになぞらえられている。晩清民初においては、一般的に作家翻訳者たちは視点の「限制（制限）」を小説の一貫性を保つために利用していた。それが新文化運動以後に至ってやっと小説の真実性を高めるために自覚的に使用するようになっていった。

しかし、魯迅はこの『域外小説集』を訳した時点で近代小説の形式が「真実性」と深く関連していることにすでに注目したのではないかと思う。先述のように、魯迅は後にアンドレーエフの作品について、「象徴的印象主義」と「写実主義」を調和させていると述べている。アンドレーエフの作品が幻想的（「象徴的印象主義」）であるにもかかわらずリアリティ（「写実主義」）があるのは、小説世界が登場人物の感覚、内面に焦点が当てられている描かれているからである。魯迅はすでに当時からアンドレーエフを「写実主義」的と感じ、この手法が小説にもたらすリアリティに自覚的だったのではないかと推測ができる。(35)

　魯迅はこの時期に近代小説の語りが中国旧小説とは異なる性質を持つ形式があることと見出したと思われる。『域外小説集』の翻訳以前は魯迅は語りの角度にはまったく注意を払っていないのに対し、『域外小説集』は厳格な「焦点化」をうまく生かされて、リアリティを感じさせるような三篇を選んでいるからである。魯迅がこの手法が効果的に用いられた作品を故意に選んだのは、小説の語りとリアリティに対して意識的であり、それこそが近代小説のある特質だと考えたからであろう。そして、魯迅はこの手法と自らの思想を組み合わせて、次章で詳述する『懐旧』という作品を完成するに至る。

注

（1）『域外小説集』は一九〇九年三月に周兄弟によって神田印刷所から出版された。第一冊には周作人訳でシェンケウィッチの『楽人揚珂』、チェーコフの『戚施』『塞外』、ガルシン『邂逅』、ワイルド『安樂王子』が掲載されていた。そのほかには魯迅訳のアンドレーエフ『黙』『謾』が掲載されている。第二冊はアホ『先驅』、モーパッサン『月夜』、ムラゾヴィチ『不辰』『摩訶末翁』、シェンケウィッチの『天使』『灯台守』、ステプニャーク・クラフチーンスキー『一文銭』。そのほかには魯迅訳のガルシン『四日』が収録されている。これが一九二一年に群益書社から出版されたときには、周作人が訳した二十一の作品が付け加えられた。一九〇九年に出版されたものは第二冊までで頓挫してしまったせいもあり、基本的には小説を中心になっているのに対し、一九二一年に出版されたものには寓言などの小説以外のものが収録されている。

（2）知堂（周作人）「関於魯迅之二」『宇宙風』三十期、一九三六年十一月。ここでは、鐘叔河編『周作人文類編：八十心情』（湖南文芸出版社、一九九八年九月）に所収されたものを使用した。

（3）「『域外小説集』的歴史価値」（会稽周氏兄弟旧訳、巴金・汝龍等新訳、伍国慶編『域外小説集』岳麓書社、一九八六年十一月）。

（4）郭延礼『中国近代翻訳文学概論』（湖北教育出版社、一九九八年三月）四六頁参照。

（5）『域外小説集』は群益書社から一九二一年に再版された。その後一九二四年に再版、一九二九年に三版が出版された。ここでは一九二九年の三版を使用した。

（6）『域外小説集』の一九〇九年三月に神田印刷所から印刷された時に附された序（前掲、伍国慶編『域外小説集』岳麓書社）。訳は『魯迅全集』（学習研究社、一九八四年十一月～一九八六年八月）参照とした。

（7）周作人「関於魯迅」（『瓜豆集』実用書局、一九六九年四月）。

（8）柳田泉『明治初期翻訳文学の研究』（春秋社、一九六六年九月）一一二頁。

（9）前掲、『明治初期翻訳文学の研究』二五四頁。

（10）「七九学俄文」（『知堂回想録』河北教育出版社、二〇〇二年一月）。

（11）谷行博「『謾・黙・四日』（上）」（『大阪経大論集：人文・社会編』三十二巻十一号、一九七九年）参照。

（12）陳平原『小説史：理論與実践』（北京大学出版社、一九九三年三月）三十三頁。

（13）前掲、陳平原『小説史：理論與実践』二十八頁。樽本照雄『清末小説論集』（法律文化社、一九九二年二月）参照。

（14）郭延礼『中国近代翻訳文学概論』第二節「中国近代翻訳文学理論」（湖北教育出版社、一九九八年三月）参照。

（15）前掲、陳平原『小説史：理論與実践』二十八頁。

（16）前掲、陳平原『小説史：理論與実践』二十九頁。

(17) 『域外小説集』一九〇九年初版序。

(18) 売れなかった理由は短篇であったことを理由として挙げており、その可能性もあるが、むしろ晦渋な古文の方に原因があったのではないかと思われる。同時期に周作人が翻訳したシェンケヴィッチの『炭画』が出版を断られている。その理由について周作人は「炭画與黄薔薇」(『知堂回想録』)において、民国二年に商務印書館の小説月報社に原稿をおくった。原文を忠実に訳しているが、通俗的ではないという理由で送り返されてきた。それは古文を用いて直訳する方法が受け入れられなかったためだろうと言っている。その後、中華書局にも送ったがやはり送り返されてきた。そこで後に口語で訳しなおして人民出版社の『シェンケヴィッチ小説集』に入れたと述べている。

(19) 太田辰夫「清末文語文の特色——林紓訳『巴黎茶花女遺事』を例として」(『神戸外大論叢』十五(三)、一九六五年)参照。銭鍾書は林紓の古文がもうすでに桐城派のいう厳密な意味での「古文」ではないとし、その理由として使用している語句がすでに「古文」の範囲を超えて現代外来語などが入っていること、文法がかなりの部分で欧化していることなどを指摘している。銭鍾書等『林紓的翻訳』(商務印書館、一九八一年十一月)参照。

(20) 夏丏尊「論記叙文中作者的地位並評現今小説界的文字」は、中国で始めて「語り」の問題に非常に早い時期に着目した文章である(厳家炎編『二十世紀中国小説理論資料(第二巻)』北京大学出版社、一九九七年)。

(21) 林敏潔「『誠』と『愛』——魯迅訳『謾』と『黙』について」(『東方学』一〇一巻、二〇〇一年)に魯迅が用いたドイツ語の底本に関する詳細な考察がある。

(22) 『域外小説集』の引用に当たっては、会稽周氏兄弟旧訳、巴金・汝龍等新訳、伍国慶編『域外小説集』(岳麓書社、一九八六年十一月)に所収されたものを使用した。

(23) 『四日』(前掲、伍国慶編『域外小説集』)一四四頁。

(24) 陳平原『中国小説叙事模式的転変』(上海人民出版社、一九八八年三月)参照。

(25) 魯迅「『暗澹的煙靄里』訳者付記」。(前掲『魯迅全集』十巻、人民文学社、一九八一年)。

(26) 『黙』(前掲、伍国慶編『域外小説集』)二八三頁。

(27) 『黙』(前掲、伍国慶編『域外小説集』)二八三頁。

(28)『黙』（前掲、伍国慶編『域外小説集』）二八三頁。

(29)筆者はドイツ語が読めないので比較対照するのはむずかしいが、『域外小説集』の周作人の訳を見るかぎり、やはり英語から古文に翻訳するときにその文法構造まで反映するのは困難であることがわかる。

(30)前掲、陳平原『中国小説叙事模式的転変』十三頁、六十九頁。

(31)前掲、陳平原『中国小説叙事模式的転変』九〜十二頁の表を参照。

(32)周作人の『玉虫縁』序のなかで、翻訳の方法を推理小説に倣っていると述べている。周作人は小説中の一人称「私（予）」を「作者（ポー）」としており、この時点では、「作者」と一人称の「私」を同一視していたことがわかる。当時、一人称限制法は「筆記」と同一の形式をとるために、小説と散文という区別が厳格になされておらず、曖昧なままであった。

(33)陳平原『中国小説叙事模式的転変』七十二頁を参照。

(34)「觚庵漫筆」（陳平原、夏暁虹編『二十世紀中国小説理論資料：第一巻』北京大学出版社、一九九七年）。

(35)前掲、陳平原『中国小説叙事模式的転変』六十六頁、七十三頁、一〇〇頁などを参照。

第七章　再現される「現実」——文言小説『懐旧』

一　近代小説形式の萌芽

一九一八年、『新青年』に掲載された魯迅の『狂人日記』は中国近代小説の幕開けにふさわしい傑作である。『狂人日記』以前にはこれほどの完成度が高い近代小説はかってなく、しかも内容的にも形式的にも完全な近代小説のかたちで突然登場したのは当時としてはまさに衝撃的な出来事であった。その衝撃はこの作品が「喫人（人を食べる）」という主題で旧思想への強い否定を伴った内容だけでなく、その形式の斬新さにもあった。茅盾の「これらの新しい形式はまた青年作家に多大な影響を及ぼさないものはなく、大多数の人を実験に駆り立てたはずだ。[1]」という言葉の通り、中国の文学青年たちはこれら魯迅の一連の作品を通して近代小説の形式を自覚したのである。

しかし、魯迅は突然どのようにしてこのような完成した作品を発表できたのだろうか。それはもちろん、魯迅が日本留学時代から長らく蓄積してきた読書や知識に拠っているのであるが、魯迅がいったい何を読んでこの作品を創作したのかを確実に知るのはむずかしい。魯迅とともに日本留学をしていた周作人は、魯迅が日本留学当時から夏目漱石の作品や「文学論」を好んで読んでいたことを証言しているが、それらは魯迅の文章の表面には現れてこない。そのため魯迅が日本滞在期に読んだ書物のうちで潜在的に影響を受けたものは多いことは予想されるものの、その全般的な影響関係を探り出すのは非常に困難な作業となっている。

ただ手がかりとなるのは、魯迅には『狂人日記』以前にほぼ近代小説とみなせる作品が存在していることである。『懐旧』という短篇小説である。この作品は文言で書かれているために、近年になるまでその存在は確認されても、評価はほとんどされてこなかった。しかし陳平原氏は、『懐旧』を魯迅作品全体の先声的な作品とみなし、次のように評価している。

『懐旧』は依然として魯迅の小説創作全体の先声とみなすことができる。そのなかでは小事件を通して大きな時代を透視し、平淡な筆致で民衆の革命に対する隔絶を表現し、児童の目で世間人情を観察する等は、『吶喊』『彷徨』のなかでさらに一歩進んで表現されている。『懐旧』の革新的意義は、魯迅の後に強調した「一斑を借りてだいたいの全貌を知り、一つの斑点を以って精神を伝え尽くす」という点に現れている。(2)

『懐旧』は魯迅の原点といえる作品であり、魯迅が日本留学を終えて帰国後の一九一二年に創作された作品である。留学時代と一九一八年の『狂人日記』のあいだに創作されている。また、陳平原氏が「児童の目で世間人情を観察する」と述べている通り、『懐旧』は内容的にも後の『朝花夕拾』などとの共通点も見出すことができ、むしろ文言が用いられているという一点以外には後の作品と断絶をまったく感じさせない。(3)そして形式においても『懐旧』の完成度はすでに近代小説といえるほどに整っている。

陳平原氏は『中国小説叙事模式的転変』において、「中国小説の近代化」という問題に正確な定義を下した者はいないし下すつもりはないと述べながらも、語りの角度を人物に焦点化する「限制法」は近代小説の語りを論じるうえで欠かせない重要な指標であると指摘している。(4)とくに「一人称限制法」は五四以後の小説において多用される用法である。『懐旧』は「一人称限制法」が用いられ、視点も焦点化されている。(5)

中国の近代小説は魯迅の『狂人日記』を経て誕生し、彼の敷いた道筋に沿って発展を歩んでいくのであるが、『懐旧』は留学時代の蓄積をもとに結実し、また『狂人日記』以後へと繋がる過渡期的作品であり、その萌芽がこの作品から見出せる。そこで、この作品を分析することにより、魯迅の初期翻訳が創作へとどのように繋がっていったか、そして魯迅によって近代的世界観を表現する形式がここからどのように作られたのかについて論じてみたい。

二　現実と小説の関係

『懐旧』は魯迅によって辛亥革命直後に書かれ、周作人が題名をつけて『小説月報』へ投稿して、(6)『小説月報』四巻一号に掲載された(7)。

まず小説の粗筋を簡単に紹介してみよう。小説は辛亥革命が及ぼした中国農村への余波を題材としており、主人公の九歳の少年の眼を通して中国農村の日常生活を描くかたちで展開していく。九歳の「僕」は門外の青桐下で遊ぶのがなによりも楽しみである。しかし家に住み込みの家庭教師、はげ先生について科挙受験のために古典の勉強をしなければならない。「僕」が家塾で古典の勉強を仕方がなくしていると、そこへ隣人で地主の金輝宗が駆け込んできた。村中で「長毛」(盗賊)が村へやってくるという噂が飛びかっており、大人たちは慌て惑い、早速逃げる手はずを整えているというのであった。それを聞いたはげ先生はそそくさと家に帰る支度を始める。反対に「僕」はこの騒動で家塾がなくなって大喜びである。しかし、この話は実はデマであったと夕方に判明する。皆ほっと胸をなでおろし、「僕」も青桐の下で夕涼みをしながら、使用人の王爺さんから彼が若い頃に遭遇した盗賊事件について話してもらう。

以前に盗賊が村にやってきたのは、王爺さんが二十歳の時だった。そのとき、家中の者はすでに避難してしまっており、門番と呉ばあさんだけが留守を守るために留まっていた。二人は家に隠れていたが、盗賊にみつけられてしまう。呉ばあさんがお腹がすいて盗賊に食物を要求すると、なんと投げてよこしたのは門番の首であった。隣の牛四とまたいとこも逃げ遅れて、ちび盗賊に殺されてしまうが、王爺さんは運よく山へ逃げて助かった。盗賊がひきあげていくときに、村の者が鍬や鋤を持って追いかけると、盗賊は財宝を投げて寄越した。これは「打宝」といい、盗賊が逃亡する時に財宝を投げてそれ以上の追求の手を逃れるためにする行為であった。王爺さんも村の者と一緒にこれに参加した。王爺さんはここまで話すと、雨が降りだして話が中断される。「僕」は不承不承に寝にいくが、夜中に「僕」は夢をみて目を覚ます。

この小説は辛亥革命当時に起こったデマ騒動を材料に創作されている。周作人によると「デマがながれると、お決まりですばやい『逃難』があり、魯迅は一篇の文言短篇小説『懐旧』のなかでこの情景を書いた。[8]」とある。ただ、逃げる様子などは魯迅の故郷で義和団事件の時に起こった実際の出来事を借りているという。[9]たとえば義和団事件のとき、本家の妾たちは扇子などを箱にいれて行楽に行くぐらいの気持ちで用意をしていたことなど。

またはげ先生を除き、登場人物にはすべてモデルがある。[10]金輝宗は左隣の金持ちをモデルとしている。この金持ち親子は辛亥の冬に情勢の雲行きが怪しくなりデマが流れたときに、盗賊を塔子橋の唐将軍廟で酒食によって慰労をしようという計画を立てた。小説はこの事件をもとにしている。[11]ほかにも、王爺さんの話す盗賊の物語も太平天国の乱の出来事をもとにしている。[12]当時、魯迅の母方の一家はすべて海や山へ避難したが、使用人の呉媽だけが留守を守っていた。盗賊が来たときに呉媽がお腹がすいたと訴えると、盗賊は門番の首を投げてよこした。魯迅の母はこの話を実家で聞いたのだが、その当時呉媽はまだ健在であったという。[13]王爺さんが盗賊を追いかけて「打宝」したのも実話に基づいており、その時に潘阿和という小作人が参加したのをもとにしているという。

盗賊の話は『朝花夕拾』にも出ており、魯迅の母が実家で聞いた話を持ち帰り、召使いなどの家の者に話し、阿長などの乳母がその話を聞き覚えて子供の魯迅に面白おかしく話し、魯迅はそれを題材に用いたのだろう。周作人は、母方の親類で母の姪かつ義理の娘でもある女性が当時の事を話してくれたと語っている(14)。

この小説を読むと、魯迅が少年時代に辛亥革命を体験しており、それを思い出して小説化したかのような錯覚を覚える。しかし辛亥革命当時魯迅はすでに三十歳である。しかも小説は魯迅が辛亥革命を体験した直後に書かれている。そして、小説は去年に起った辛亥革命の事だけを題材にしているのではなく、義和団事件も材料として用いており、王爺さんが話す物語、太平天国の乱を材料とするなどと、小説とそのもととなった事実の関係は単純ではない。つまり、この小説は魯迅が体験したばかりの辛亥革命という事件を、義和団事件、太平天国の乱の時に起こった事実も材料として混ぜており、かつ子供の視線を借りて描いているのである。

『懐旧』において繰り広げられる人間模様は、確かに『吶喊』などの作品の原型を感じさせる。読者は『故郷』などの作品を先に読んだ後に『懐旧』を読むので、『懐旧』に描かれた小説世界と『故郷』などの作品に描かれた世界を重ねてしまい、魯迅の少年時代の物語として『懐旧』を読んでしまうのである。ただ、ここで、魯迅がこの小説を書いたのは三十歳であるのに、なぜ主人公を成人とせず、少年「僕」を主人公としたのだろうかという疑問が湧き起る。

三　語り

『懐旧』には少年の日常生活が淡々と描かれている。腕白坊主の少年は無味乾燥な論語を読まされてもまったく集中できない。退屈している少年の目から「論語」を得意げに朗読して陶酔するはげ先生をみると、

次の日、はげ先生は案の定また私の『論語』を押えつつ、頭をふりふり字義を説明した。先生は近視でもあったので、唇が書物に触れんばかりで噛みつきそうである。人はいつも私が腕白だとがめ、半分も読んでないのに頁をばらばらにしてしまうと言うが、ふうふうと鼻息が毎日吹付けられれば、紙は破れ、字はぼやけてしまわないことがあろうか。私がいくら腕白だからといって、ここまでひどいことがあろうか。はげ先生はいう「孔子曰く、我六十になって耳に順うようになったと。この耳のことじゃ。七十になると、心の欲するところに従っても、その矩を踰えない。……」私にはさっぱりわからない。字は鼻の影に遮られて、よくみえず、ただ『論語』の上に先生の禿頭が載って燦然と輝き、私の顔を照らしているばかりである。ただ、ぼやけてふくれていて、裏庭の古池ほどはっきりしない。

この部分は「僕」の体を中心に据えてそこから遠近法のように描かれている。はげ先生があまりにも本に顔を近づけるために、上から見るとはげ先生の頭が邪魔になり、本に息を吹きかけているように見える。「字は鼻の影に遮られて、よくみえず、ただ『論語』の上に先生の禿頭が載って燦然と輝き、私の頭を照らしているばかりである。ただ、ぶくぶくとふくれていて、裏庭の古池のように澄みきっていない」というユーモアな描写は、禿頭の描写のおかしさばかりでなく、この描写から少年の退屈しきった心理が浮かび上がってくるようである。

そこに隣の輝宗が盗賊の噂を聞きつけてはげ先生に相談しにやってくる。輝宗が「盗賊が来たら戸に『順民』の紙を貼り付けようか」と相談すると、はげ先生はまだ早いと忠告をしていたが、自分は早々と講義を切り上げて家へ帰る準備を始める。

輝宗が行ってしまうと、はげ先生も講義をやめた。はなはだ困った様子であり、家にかえってくるからと言って、私に勉強を辞めさせた。私は大いに喜んで、桐の樹の下へと飛び出した。夏の日が私の頭を焼いたが、そんなことはなんてことはない。桐の樹の下が私の領地だと思ったのはこの時一時のみだった。しばらくして、はげ先生が急いで出てくるのがみえ、大きな衣類包みを脇にかかえている。先生はいつもなら節季か年末かに一度帰るだけで、帰るときは必ず『八銘塾鈔』数巻を持っており、今すべての帙はちゃんと机の上にあり、ただ古い行李に入れた衣服や履物を持っているだけである。

ここではげ先生が小心者で、滑稽な形象として描かれている。はげ先生は地主の息子に安心するようにと忠告しながらも、内心では慌てており、年末に帰宅する時には必ず持って帰るはずの『八銘塾鈔』数巻を忘れてしまっている。しばらく時間が過ぎて、実は難民が避難してきただけにすぎなかったとわかると、みな安心して家へともどってきた。

みなは三大人の確かな知らせを得たので、わいわい言いながら散らばっていった。輝宗もまた帰っていったので、桐の下では突然静寂がもどり、ただ王爺さんたちが四、五人残っただけで、はげ先生はしばらくうろうろしていたが、家人を安心させねばならん、明日の朝もどってくるからと、ついに『八銘塾鈔』をもって帰り、出かけに私を振り向いて言った「一日勉強せなんだが、明日朝すらすら暗唱できるかな。勉強にいきなさい。悪戯はしちゃいかん。」私はひどく心配になり、王爺さんの煙草を見つめて返事ができず、王爺さんは煙草を吸いつづけている。

今度ははげ先生はきちんと『八銘塾鈔』を持っている。しかも安心すると、自分の責務を思い出したようであり、「一日勉強せなんだが、明日朝すらすら暗唱できるかな。勉強にいきなさい。悪戯はしちゃいかん。」という言葉を残して去っていくのである。はげ先生は保身に長けた古い士大夫の形象であるが、その様子が九歳の少年による目撃というかたちで滑稽にさりげなく描かれている。[15]このように『懐旧』は一貫して少年の視線が貫かれている。

この時代の小説の特徴として少年を主人公としていたとしても、少年の眼からみた世界が描かれていたわけではない。一九〇五年に周作人が『孤児記』という作品を書いているが、孤児の阿番から見た世界はまったく描かれていない。[16]全知全能の語り手が世間の無常などを得々と雄弁に語る従来の手法がとられている。それに対し『懐旧』に描写される出来事は非常に具体的であり、語りは主人公に焦点が合わされており、「僕」がその場で見たこと、聞いたこと以上のことが語られることはない。「僕」の認識範囲を超えることはなく、小説で起る出来事は「僕」の感覚に即して提示されている。先述の場面においてはげ先生が論語を朗読する様子が「字は鼻の影に遮られて、よくみえず、ただ『論語』の上に先生の禿頭が載って燦然と輝き、私の頭を照らしているばかりである。ただ、ぶくぶくとふくれていて、裏庭の古池のように澄みきっていない。」と描かれていたが、少年の眼に即したリアルな表現になっている。口が机につくほどくっつけて本を読むはげ先生と光る頭の様子はなんとも言えない可笑しさを生み出している。小説ではこのようなリアリティが細部にわたって貫かれている。

そのため、読者は児童の位置に身を置くことになり、小説世界を「現実」のような立体感をもって感じることができる。このように語り手の照準を作中人物に合わせると、現実世界の視点に近くなり、これが小説世界を現実世界のように感じさせるリアリティを作り上げる仕組みとなっている。魯迅は『懐旧』に九歳の児童という特殊な語り手を選んだが、それは大人の価値観に染まっていない子供を主人公に据えることで、大人の世界を外から観察できるためである。このような書き方をしたために、語り手は作者の考えを直接に代弁するのではなく、眼で見た世界を語ることが可能となった。

魯迅の近代小説の形式への理解は、「語り手」を意識的に設定し、この語り手の眼からみた小説世界を感覚的に描き出すというところから始まったと思われる。初めて近代小説の形式を意識した『域外小説集』においてもこの「限制法」が効果的に用いられており、リアリティを生み出す作品が選ばれていた。

四　世界を対象化する視線

作家が批判意識をもって社会問題などを取り上げた小説は、清末においても皆無だったわけではない。たとえば、五四以後に活躍する葉聖陶、また『小説月報』の主編の惲鉄樵などが『窮愁』や『工人小史』などの社会問題をテーマとした短篇小説を書いている[17]。惲鉄樵は魯迅の『懐旧』を『小説月報』に掲載することを同意した編集者でもある[18]。しかし、これらの作品は先の『孤児記』と同様に依然として近代小説の域に達する作品ではなかった。惲鉄樵の『工人小史』は上海の労働者を描いた短篇小説であり、社会批判を込めた作品である。しかしこの小説の描き方は茅盾が「記帳でもするような報告」と批判した方法であり、一人一人の人物が登場してくるたびにその人物の経歴を述べた後に人物の行動を並列に並べていくという古いかたちを脱していない[19]。茅盾はこのような描き方は決して「描写」とは呼ばないと強く批判している。

それに対し、『懐旧』では社会批判が次のようになされている。

わがはげ先生が随一の知恵者だと言うが、その言葉にはまことに嘘がない。先生はいかなる時代にあっても、ほんのわずかの傷も受けずにおれるのである。したがって、盤古が天地を開闢してより、代々ずっと戦争、殺戮、治乱、興亡があったが、仰聖先生の一家だけが殉難することもなく、また賊に従って死ぬこともなく、綿々として今日にいたって、なおえらそうに講義の席に座り、私みたいな腕白弟子に、七十にして心の欲するところに従えども矩をこえず、と講義しているのである。かりに今日の進化論者をして言わしむるなら、先祖の遺伝によると言うかも知れない。だが、私に言わせるなら、これは読書から得たものでなければ、こうはいかなかったであろう。

はげ先生は村の知識人として尊敬される人物であるが、実は彼の知識は身を守るための道具でしかなく、徳のない小心者である様子が「僕」の口から語られている。このように語りは主人公「僕」の視点に沿って、「僕」の感覚の範囲内で語られている。

ただ、この部分を注意深く読むと、内容は主人公「僕」の年齢の認識範囲を越えてしまっていることに気がつく。少年の語りに魯迅が自分自身の価値観をそっと滑り込ませているからである。ここではただ単に士大夫をコミカルに描いたというだけではなく、近代的意識をもった知識人が伝統社会を対象化し、社会構造を分析しているのである。

科挙という制度はただ単に官僚採用試験ではなく、中国唯一の公的にそして公平に権威を配分する制度でもあった。世襲はされず、身分に関わりなく、厳しい管理の下に試験が行われて、優秀な者だけが合格した。試験は県試から始まり、各段階に分けて行われ、そのなかで抜きん出て優秀な人のみが皇帝の面前で行われる殿試まで至って合格する。しかし、上の試験には不合格であっても各段階で合格した者は故郷においては地方の郷紳として活躍することができた。はげ先生も上の段階に合格して官僚になることはできなかった人物と推測されるが、そういう人物は地方の知識人として裕福な家の子供「僕」を住み込みで教える家庭教師や塾を開くなどの職に就いて、地主からも助言を求められる存在として描かれている。ある程度裕福な家庭に生まれた子供は幼い頃から意味不明の四書五経を強制的に暗証させられ、科挙に合格するまで中年、果ては老年に至るまでも試験を受験し続けた。

このように科挙は中国の社会で公的な権威をもつ人材を作り出す一方で、科挙制度の犠牲者とも言える万年浪人を生み出した。『懐旧』で描かれる「僕」の視線は、魯迅の後の作品『孔已己』において酒場で働く十二歳の丁稚の視線に受け継がれている。同様に、『懐旧』の語りにも魯迅自身の伝統社会を分析する視線が隠されている。しかし同時に少年の口調にその痕跡を残さない工夫が非常に巧妙になされているので、読者に違和感を与えることがない。

五　近代精神と写実

文言を使っているにもかかわらず、『懐旧』は『狂人日記』とのあいだに共通性を感じさせるものがある。魯迅の後の作品へと繋がると感じさせるのは題材による共通点ばかりでなく、主人公の少年の視線のなかに近代知識人の視線が含まれているからである。それ以前の小説においてこのような伝統社会の価値観を対象化する視線、また自己反省する視線は皆無であった。

留学時期の魯迅について「近代科学を知識としてではなく、新しい思想あるいは倫理として受け取っているように見える（中略）確かに近代科学は、単に自然と社会に関する個別の知識であるに止まらない。その背後には、それを産み出した人間の自然と社会に対する新しい主体的な精神態度があった。[20]」と伊藤氏は述べている。

ここで言いたいのは次のようなことであろう。人間は生れ落ちた環境を選択することが許されず所与として与えられている。そして子供時代から育ったその環境を当たり前のことと考え、その環境のうちに思考するものである。一般的に人は自分の生きる世界に疑問を投げかけることはなく、与えられた世界を当たり前のものとし、無意識のうちにこの環境から与えられる思考パターンに依拠して物事を考える。『懐旧』のなかに生きる人物たちは、はげ先生だけでなく、王爺さんも含めてこのような世界のなかに安住して、その社会に沿って物事を考える人々である。本来ならば主人公の「僕」もその一人であるはずである。

しかし、作家はこの少年の視線のなかに近代精神を仮託しているのである。伊藤氏が述べるように、近代科学精神とは自己を環境に没入せずに独立したものとして仮設し、その環境自体を対象化して見る精神のことである。この近代科学の「対象化」の視線こそ「科学精神」「近代精神」と呼ぶものの本質である。魯迅はこのような科学的な精神を少年の視線に組み込んでいるのである。

『懐旧』のこのような近代科学精神によって伝統社会を対象化し分析する少年の眼は、後に「狂人の眼」と継承されていく。伊藤虎丸氏は『狂人日記』について「『醒めた狂人』の眼を借りることによって描き出された世界像は、留学期に作者がとらえた西欧近代の人間像・倫理観に立って対象化された中国社会の現実の再構成であった[21]」と述べている。狂人は家族を含めた周りの人間が人を食っており、自分もいずれ食われるのではないかと被害妄想に陥っている。しかし、ある日、突如としてある考えが頭のなかをよぎる。自分も知らないうちに死んだ妹の肉を食ったのではないかと。食われることばかりを恐れていた狂人が逆に食う立場にたって自分自身を見た瞬間である。これはある環境に埋没して考えるのではなく、自分がその環境からはなれて別の立場から自分自身を見るという発想の転換が起こった瞬間でもある。狂人の発狂とは近代的精神を身につけた象徴であり、そのために自らの属する社会を対象化する視線を手に入れたことを意味している。

『懐旧』においては魯迅が中国社会を対象化する視線を人物に照準を合わせた語りに組み込んでいる。中国の伝統的な社会を冷静に対象化して分析する語りは「僕」の語りの背後にこっそりと潜んでおり、物語世界そのもののなかに内在している。そして読者は無意識のうちに「僕」の視線に合わせて中国伝統社会を見て、それを批判する視線を獲得する。このように、魯迅は「焦点化」を利用して、読者に近代的知識人の視線を無意識に獲得させる仕組みをもった小説の形式を生み出した。そして、この操作によって小説の啓蒙的役割を物語の「寓意性」から「写実性」へと転換したのである。

このように『懐旧』は作家の有する近代的意識と小説の「写実」を結びつける方法を提示した初めての小説であるとみなすことが可能である。それは後に『狂人日記』という作品に結実し、魯迅に続く若い作家たちに形式に対する自覚を促すこととなった。多くの作家はこの魯迅の方法に基づいて中国近代小説を形成し発展させていったのである。

清末において梁啓超などの近代的知識人は近代的意識を小説に盛り込む方法を模索したが、新たな方法は発見できずに古い形式や日本の政治小説を借用しただけであった。そのため、実作においては近代小説を形成しえなかった。それが魯迅によって「啓蒙」の精神と「写実」の手法が結びつけられ、実践的方法として中国の小説に用いられ、ここに中国近代小説が誕生したのである。

注

（1）　茅盾「読『吶喊』」（『文学周報』九十一期、一九二三年）。

（2）　陳平原『小説史：理論與実践』（北京大学出版社、一九九三年三月）一五五頁。

（3）　この作品を『吶喊』の原型をなす作品として位置づけている論考もある。その理由として革命に関する噂が中国農村において騒動を巻き起こすという事件が『風波』、『阿Q正伝』にも受け継がれていること、農村における美しい光景や素朴な農民像が少年時代の回想というかたちをとっており、『故郷』、『社戯』へと受け継がれていることなどが挙げられている。池沢実芳「魯迅の『懐旧』について」（『野草』第二十七号、一九八一年）。

（4）　陳平原「第一章：導言」（陳平原『中国小説叙事模式的転変』上海人民出版社、一九八八年三月）、一～三十二頁。

（5）　陳平原氏は叙述角度と「限制法」について中国伝統小説から近代化する重要な指標であると述べている。長篇白話小説は全知全能の「説書人」の口ぶりで書かれていたが、伝統的な小説、唐の伝奇や明清の筆記小説にこの「限制法」がまったく使われていなかった訳ではなく、三つの型があると述べている。一つめは第一人称限制叙事であり、唐の伝奇や明清の筆記小説において「私」が書くという形式である。二つめは史伝の方法であり、伝える者の見聞きした事を述べるという形式である。三つは人物を直接描写せずに、ある一人の人物を観察者に仕立て上げて、その角度から観察したもののみを述べるという形式である。しかし、清末の「新小説」作家にはこれらの短篇文言小説は参考にできなかったので、翻訳小説から限制叙事を学ぶしかなかった（『中国小説叙事模式的転変』六十七頁～六十九頁）。また五四時期には「第一人称限制叙事」が非常に流行したが、その原因として伝統的小説の全知の叙事よりも西洋においてより流行している手法であると感じていたこと、小説の「真実性」を高めるために用いたこと、一人称の「私」が作者と共通点を持たせて内面的な感傷などを述べやすかったことなどが挙げられている（『中国小説叙事模式的転変』九十頁～九十二頁）。

（6）　周作人は『懐旧』について次のように述べている。「最後に魯迅の創作の状況について簡単に話そう。彼が小説を書いたのは実は『狂人日記』から始まるのではない。辛亥冬に家に居たときに一編を書いたことがある。東隣の金持ちを『モデル』にして革命前夜のことを書いたもので、正体不明の革命軍が町に入ろうとしており、金持ちと暇な人が降伏して迎え入れることを協議するというもので、風刺的な色彩に頗る富んだものであった。この文章には題名がなかったので、二、三年を経て私が題名と署名をつけて、『小説月報』に寄稿した。その時はまだ小冊子で、惲鉄樵が編集をしており、賞賛を加えた返信をくれ、巻頭に載せた。しかしこの年月と題名は完全に忘れてしまっており、民国初年の数冊の古い日記を調べないと分からない。」(周作人「関与魯迅」『瓜豆集』実用書局、一九六九年四月)。

(7) 周遐（魯迅）『懐旧』(『小説月報』第四巻第一号、一九一三年)。

(8) 周作人「九二　辛亥革命（一）」(『知堂回想録（中）』龍文出版社、一九八八年六月)。

(9) 「この小説は当時（著者注：辛亥革命）書いたもので、書かれていることは辛亥の年の事であるが、避難の様子は庚子の夏の事を借りている。本家の妾が避難の用意に扇子等の物を箱に入れたのは事実である。しかし辛亥の年のデマはたった一日で過ぎてしまった。ただ不安に怯えて大災難が目前に迫っているかの様子であった。」(周作人「九二　辛亥革命（一）」『知堂回想録（中）』)。

(10) 周作人ははげ先生について魯迅が通っていた私塾の「三味書屋」の先生と勘違いしている読者に対して断固と否定している。その理由として昔は私塾と家塾という二種類の塾があり、比較的に裕福な家庭が家塾という形式をとり、一人の先生を雇ってきて住み込みで子供教えてさせていた。魯迅たちが通っていた「三味書屋」は私塾であり、はげ先生は家塾にあたっている。魯迅の家はそこまで裕福ではなかったため、魯迅は私塾に通っていたのだという（周遐壽「九二種書房」『魯迅的故家』人民文学出版社、一九五七年九月)。左隣の金氏は魯迅の左隣に住んでいた朱父子をモデルにしているという（周作人「吶喊索隠」鍾叔河編『周作人文類編：八十心情』湖南文芸出版社、一九九八年九月)。

(11) 左隣に住んでいた朱父子が盗賊が来たときに張睢陽廟の庭を借りて宴をはったという話、辛亥冬に革命で騒がしくなったときに町に噂が広がり、革命軍が町に進入した際には搭子橋にある唐将軍廟のなかでご馳走するつもりでいたことなどは当時誰でも知っている有名な話であったという。(周作人「吶喊索隠」)。またこの廟とは搭子橋にある唐将軍廟のことであり、この唐将軍廟は長慶寺のなかにあり、狭いためにそこで宴会を開くことは不可能であった。穆神廟なら宴会を開くことが可能な広さをもっているので、魯迅が多少潤色を加えたのだろうとしている（「八　長慶寺」『魯迅的故家』)。周作人が門のところには桐はなく、魯迅の家の裏門に当たると考えると符号に合うと述べている。「門の外ではあんなに大きな庭があった。走っていって遊ぶのは勿論面白く、門の敷居のうえに座ってあの緑の草木、黄色の菜の花を眺めているのも、部屋の中や明堂にいるよりずっと面白かった（「十　園門口」『魯迅的故家』十四頁）。」とある。裏門のところの二間は慶叔父さんが住んでおり、また子供たちが行きたがるところでもあった。青桐の実を取ろうとして石を投げるというのも、親類である周玉田の裏門に近い部屋と考えると符合すると指摘している。また主人公の少年が九歳なので、魯迅が幼い頃に周玉田に就いて勉強していた頃のことをモデルにしているのではないかと周作人は推測をしている。このように、この小説は周作人が『懐旧』という題名をつけているというところからもわかるように、当時の状況がありありと目の前に浮かんでくるというような小説であった。

(12)　盗賊を追いかけて宝探しをしたのは小作人の潘阿和が体験したことだという（周作人「吶喊索隠」）。「魯迅の最も早い小説『懐旧』を読むと、その中の記された幾つかの物語の断片はすべて出所がある。呉媽の事は自らの体験であり、ちび盗賊が人を殺したことは運士の父が語ったことであり、打宝は潘阿和という老人が話したことであり、彼（潘阿和）は小作人であった。」（周作人「太平天国的故事」『周作人文類編：八十心情』）

(13)　門番の首を投げてよこしたという話は、魯氏老太太、つまり魯迅の母親が祖父母のところから聞いてきた話らしい。当時魯迅の母がこの盗賊話を聞いた頃は呉媽は健在で、当時のことを思い出すとまだ恐ろしく胸に手をあてたという（周作人「吶喊索隠」）。

(14)　「私の親戚のなかに方女士という人がおり、彼女は魯氏老太太の内姪であり、また養女でもあった。いつも老太太の所に住んでおり、文字を読め本を読むことができ、老太太と話が合ったので、知っていることも少なくなかった。ある日、私たちは偶然『吶喊』について話題が及ぶと、彼女はそのなかで事実を背景にしている幾つかの事を私に聞かせてくれた。後にまた『彷徨』のなかの物語について話したとき、私は日記に要約して記録しておいた。これらは大体十年以前の事である。（中略）ここに私が書いていることの大半はここに依拠しており、ただ、他の人の文章や談話からきたものもあり、また私自身の意見もある。」（「吶喊索隠」）

(15)　魯迅にヒントを与えるような作品が存在した可能性は十分に考えられる。少年を主人公に据えた作品は西洋の小説では珍しいものではなく、当時はかなり流行していたらしい。たとえば、トルストイに『幼年時代、少年時代、青年時代』という作品があり、この『幼年時代』はまさに十歳の児童の眼から当時自分の高年の家庭教師について書いている。魯迅の蔵書にはこの本は所蔵されていないが、トルストイのドイツ語訳の作品が蔵書に残されており、当時魯迅はドイツ語訳の「万有文庫」を通して西洋文学を受容しているので、万有文庫から出版されたトルストイの『幼年時代、少年時代、青年時代』にも眼を通した可能性は高い。

(16) 周作人『孤児記』上海小説林総発行、一九〇六年六月。

(17) 葉聖陶「窮愁」(『礼拝六』第七期、一九一四年)。惲鉄樵「工人小史」(『小説林』第一期、一九〇七年)。

(18) 『小説月報』に掲載された『懐旧』の後につけられている。

(19) 沈雁氷(茅盾)「自然主義與中国現代小説」(『小説月報』第十三巻第七期、一九二二年)。第二部、第一章参照。

(20) 伊藤虎丸『魯迅と日本人：アジアの近代と「個」の思想』(朝日新聞社、一九八三年四月)九十五〜九十六頁。

(21) 前掲、伊藤虎丸『魯迅と日本人：アジアの近代と「個」の思想』九十五〜九十六頁。

附　小説の正統性への自覚——周作人の初期翻訳の軌跡

一　周作人の初期の翻訳

周作人は『域外小説集』を翻訳する以前にもかなりの量の翻訳をこなしているが、その翻訳に対してはほとんど知られていない。たとえば、周作人がどのような状況のもとでこれらを翻訳したのか、翻訳は如何なる意図をもってされたのか、周作人の翻訳は当時の状況におくとどのような特徴があるのかなど、これらについての詳細な検討はほとんどされてこなかった[1]。そこで、魯迅と比較するために、周作人の初期における翻訳について年代を追いながらその軌跡を辿りたい。

周作人が一九〇六年に日本へと留学する以前と以後に分けて考察する。周作人が日本留学する以前に創作と翻訳した文章は表6の通りである。

表6　同作人の留学以前

翻訳時期	ジャンル	題名	掲載紙
一九〇四年五月	評論	説生死	『女子世界』五期
	評論	論不宜以花字為女子之代名詞	『女子世界』五期

八月	小説翻訳	侠女奴	『女子世界』八、九、十一、十二期
一九〇五年四月	小説創作	好花枝	『女子世界』二年一期
四月	小説創作	女猟人	『女子世界』二年一期
五月	小説翻訳	玉虫縁	上海小説林社
	小説翻訳	荒磯	『女子世界』二年二、三期
	評論	『造人術』跋語	『女子世界』二年四、五期合刊
	評論	女媧伝	『女子世界』二年四、五期合刊
一九〇六年六月	翻訳創作	孤児記	上海小説林総

以上の翻訳は周作人がまだ南京水師学堂に在学していた頃に英語から翻訳したものである。『侠女奴』は『天方夜譚』を訳したもので、『天方夜譚』は『アラビアン・ナイト』から選んだ「アリ・ババと四十人の盗賊」の物語である。[2] 周作人が使用した本は子どもへのプレゼント用に作られた本であり、挿絵や装訂も豪華なものだったらしい。周作人はこの本を日本から入手したと言っているので、魯迅が周作人に英語学習用として送ったものであると思われる。[3] 周作人は『アラビアン・ナイト』のストーリーの奇抜さに心を惹かれて翻訳した。その原稿は『女子世界』に女性のペンネームで掲載された後に単行本として出版された。[4]

この翻訳の後、周作人はポーの『玉虫縁』、ドイルの『荒磯』の二作を翻訳している。[5] この二作も日本人向けに作られた英語学習用読本から翻訳されたものである。[6] やはり先と同様に魯迅が周作人に英語学習用として送った本からの翻訳である。

次に一九〇六年に『孤児記』を翻訳している。この作品はヴィクトル・ユーゴーの作品の一部を借用して構成されており、純粋な翻訳ではなく、翻訳と創作が半々に混じった作品である。むしろ翻訳よりも創作に近い作品である。(7) 以上、ここまでが周作人の留学前に中国において翻訳したものである。

その後、周作人は日本へと留学し、留学後にもかなり多くの作品を翻訳している。

表7　一九〇七年

夏～冬	小説翻訳	勁草	遺失
七月～九月	論文	婦女選挙権問題	『天義報』四、七期
七月～九月	論文	読書雑拾	『天義報』七、八、九、十期
九月～十月	論文	中国人之愛国	『天義報』十一、十二期
九月～十月	論文	見店頭監獄書所感	『天義報』十一、十二期
九月～十月	論文	坊淫奇策	『天義報』十一。十二期
九月～十月	論文	論俄国革命與虚無主義之別	『天義報』十一期、十二期
十一月～二月	小説翻訳	紅星逸史	商務印書館

「遺失の原稿（遺失的原稿）」によると、周作人は一九〇六年（丙午）に東京到着後、一九〇七年（丁未）冬に本郷湯島の伏見館内においてハッガードの『世界の欲望』を『紅星逸史』と題して翻訳し、商務印書館から出版した。(8) その年夏に湯島の東竹町へ引越し、トルストイの『白銀公爵』の英訳本を手に入れて、冬には訳を完成した。それを『勁草』と題して商務印書館から出版しようと試みて出版社に送るが、送り返されてそのまま遺失してしまったと述べている。(9)

表8　一九〇八年

六月十日	小説翻訳	一文銭	『民報』二十一号	「域外」収録
九月	小説翻訳	匈奴奇士録	商務印書館	
十月十日	散文翻訳	西伯利亜紀行	『民報』二十四号	発行禁止
五月六日	論文	論文章之意義暨其使命因及中国近時論文之失	『河南』第四、五期	
十二月	小説翻訳	庄中	『河南』八期	「域外」収録
十二月	小説翻訳	寂寞	『河南』八期	「域外」収録
三月	小説翻訳	炭画	（一九一四年四月）文明書局	

表9　一九一〇年

十二月	小説翻訳	黄華→黄薔薇	（一九二七年八月）商務印書館	

一九〇八年は多くの作品を翻訳している。五月にハンガリーのヨーカイ・モール（モオラス）の『匈奴奇士録』を翻訳し[10]、ほかにもステプニャーク『一文銭』[11]、チェーコフ『庄中』[12]、ポー『寂寞』[13]、クロポトキンの散文『西伯利亜紀行』[14]、シェンケヴィッチ『炭画』[15]、ヨーカイ『黄薔薇』[16]などを翻訳している。

このなかで、ステプニャーク『一文銭』、チェーコフ『庄中』、ポー『寂寞』は後に『域外小説集』に収録されている。またクロポトキンの散文『西伯利亜紀行』、シェンケヴィッチ『炭画』は『民報』や『河南』

に掲載されたもので、『域外小説集』には収録されていない。当時、周作人はシェンケヴィッチの『炭画』を出版しようと試みたが断られたと述べている。[17] しかし、これらの作品は『域外小説集』と同じ体裁で翻訳され、題材もロシア、東欧の牧歌的な情景を描いた作品であり、『域外小説集』に載せられたシェンケヴィッチの小説を補うようなかたちで翻訳されている。そのまま出版を見送られたヨーカイの『黄薔薇』は『匈奴奇士録』とはかなり趣の違う作品であり、郷土小説的な作品である。[18]

このように、一九〇八年前後あたりから周作人の翻訳に変化の兆しが現れている。周作人の初期翻訳の軌跡を辿ると次のようなことがわかる。日本に留学する以前、周作人がまだ学生であった頃には、魯迅が英語学習用として送った比較的簡単な英語の本を読み、その面白さにのめり込み翻訳をしてみた。それを『女子世界』の編集者に見せたところ、思いがけず出版することができ、翻訳で小遣い稼ぎをすることができた。そこで続けて似たような面白い推理小説の短篇を訳した。

日本へ留学後も彼は小遣い稼ぎのために翻訳したものを商務印書館などの大手出版社から出版しようと考え、今度は短篇ではなく長篇小説を力を入れて訳すようになる。これが『勁草』、『紅星逸史』、『匈奴奇士録』である。これらの小説に共通しているのは歴史、王朝、革命などをテーマにして壮大に繰り広げられる長篇ロマンという点であり、周作人はそのストーリーの奇抜さを意識して翻訳していたと思われる。

それは周作人が『紅星逸史』について、「本当のことを言うと、このなかの物語は少し『怪談』がかっていたが、ただそれほど面白くなかった」と述べているところからもうかがえる。後に出版社はこの小説を「神怪小説」と名うって出版した。しかし娯楽目的で出版された本からはギリシアローマの神などについて苦心して付けた索引がすべて削除されてしまったと述べている。[19]

一九〇七年に翻訳したトルストイの『勁草』は商務印書館から送り返されてそのまま遺失してしまうが、

出版拒否理由は他の人がこの作品を訳してすでに印刷にかけているというものであった。そこで周作人は方針を変え、人が注目していない作品を訳そうと考えて、ハンガリーの独立戦争を扱った『匈奴奇士録』を選んだと推測される。周作人自身、『匈奴奇士録』の翻訳に使用した英訳本は抄訳であったため、かえって訳すのに好都合だったと述べている[20]。この小説は「愛情小説」と名うって出版された[21]。序においてヨーカイの長篇小説は言葉の美しさがアラビアン・ナイトに喩えられるほどであるという「ハンガリー文学史」の言葉を紹介し[22]、続けて「ヨーカイの著作は、古い風格の流れから出たもので、そのためその本を伝奇として扱うことが多い。その意は自ら楽しむことにあり、近代の文豪のように、人生の疑問や意義を探って、その秘訣を明らかにするのとは異なっている」と述べている[23]。

このように、周作人は一九〇八年夏頃までは当時の中国翻訳界の主な流れに沿って翻訳をしていた。その理由について、先述のように周作人は「我々が日本に留学して、新文学を紹介しようとした。それにはまず資料が必要であり、しかし資料を収集するのには本を買うお金が必要であり、そこで本を翻訳してお金を稼ぐことを思いついた」と述べている[24]。ここで同時に注目すべきは、周作人がは日本留学後も日本語からではなく英語から翻訳していたことである。周作人はこの事について「私がこの時に日本語を習ったのは、もっぱら使うためで、環境になじむこと、本や新聞を読むことも含まれていたが、翻訳のためではなかった。私が初めて日本語から小説を翻訳したのは民国七年戊午（一九一八年）であり、翻訳したのは江馬修の『小さい一人』であり、これ以前の翻訳はすべて英語からの翻訳だった」と述べている[25]。周作人は日本に留学をしてながらも、翻訳は中国で読まれることを期待して、中国の翻訳状況に即して翻訳をしていたのである。

また興味深いのは、周作人自身が「私が白話で文章を書くのは丁巳（一九一七）に北京にきて、『新青年』に文章を発表した時からはじまり、これ以前の一切の翻訳はすべて文言を用いていた。」と述べている通り、これらの作品がすべて文言で翻訳されていることである。[26]それは当時流行していた簡明な文言であった。

このように、周作人は翻訳をするに当たって一律に翻訳をしていたのではない。一九〇八年までは彼の翻訳は当時の翻訳状況に沿って行われ、それ以後は自らの審美眼に基づいて翻訳をしている。そして翻訳する本の選定だけでなく翻訳に用いる文体まで、かなり意識的に選択して翻訳していた様子がうかがえる。[27]

それでは次に『域外小説集』以前の周作人による翻訳をより詳細に考察してみよう。

二　『玉虫縁』

一九〇四年末～一九〇五年初、周作人はまだ南京水師学堂に在学していた頃から翻訳を開始している。この頃に翻訳した数編のなかでエドガー・ポーの『黄金虫』は比較的長い作品であり、この時期の周作人の翻訳の特徴がよく現れている。[28]そこでこの翻訳を具体的に分析し、その特徴に迫ってみたい。

『玉虫縁』は山県五十雄訳注『宝ほり』（『英文学研究』第四冊）から翻訳され、上海小説林社から出版された。底本の原書は日本留学中の魯迅から送られてきたものである。日本人が英語学習用に編集したシリーズの一冊であり、英文の原文以外に日本語訳、ポーの小伝、注釈がついている。周作人はこの時期にはまだ日本語ができないので英語の原文から翻訳しているが、一部英語の意味が不明の部分について日本語注釈を参照とした形跡が見られる。

まず小説の粗筋から紹介してみよう。主人公の「私」はある小島に閑居しているレングランドという男と知り合いになる。この男は由緒正しい家柄の生まれであるが、現在は落ちぶれて、ジュピタルという黒人の下僕とともにこの小島で昆虫採集などをして暮らしている。ある日、「私」がレングランドの家を訪れると、彼は珍しい玉虫を手に入れたと言う。彼はその玉虫が黄金色で重く、まだ見たことがなく、きっと新種にちがいないと興奮気味に「私」に語りかける。そしてレングランドはその貴重な玉虫の様子を説明しようと紙に玉虫の絵を描き始めた。しかし、「私」は彼の書いた絵を見てもそれが玉虫にはまったくみえず、むしろ髑髏に似ていると感じる。そこでそれをレングランドに告げると、彼は苛立って紙を火にくべようとしたが、突然その紙を熱心に調べ始める。それからしばらくの間、レングランドは傍らに「私」がいることをまるで忘れたように夢中でその紙を調べていた。「私」はしかたがなく一人で帰宅した。

その一ヶ月後、レングランドの下僕のジュピタルが主人が発狂してしまったと「私」に助けを求めに来る。「私」が急いで駆けつけてみると、レングランドは憑かれたように何かに夢中になっていた。すると、突然レングランドは手伝って欲しいことがあるから「私」についてきて欲しいと言いだした。しかたがなく「私」とジュピタルはレングランドに言われるままについて行くと、ある大きな木の下にたどり着いた。

レングランドが下僕のジュピタルにその大木に登らせると、木上には髑髏があった。彼はジュピタルにその髑髏の左目から玉虫を落とすように言いつけた。そしてレングランドは玉虫が落ちた所を掘るように指示した。三人はそこを掘り始めるのだが、何も出てこない。レングランドは気落ちして、家へ帰ることをしぶしぶ承諾した。帰り道、レングラントはジュピタルが玉虫を左と右を間違えて右目から落としていたのではないかと気づく。そこでもう一度引き返して、木の下を掘り起こすと、そこから二体の骸骨と金貨財宝の詰まった箱が出てきたのであった。財宝を運び終えた後、「私」はレングランドに種明かしを迫る。するとレングランドは玉虫の絵を描いた紙は実は彼が浜辺で拾った羊皮紙であり、そこには昔海賊が隠した財宝の在り処を示す暗号文が書かれていたと語ったのであった。

周作人はこの小説を英語の原文から翻訳している。ただこの原本として用いた本には日本語訳も附いており、訳語の単語などに日本語をそのまま用いている箇所もあるので、英語の意味がとれなかった所などは日本語の翻訳部分や注釈を参照したと思われる。翻訳全体は簡明な文言を用いており、ほぼ原文に忠実な直訳であるが、所々に削除したり、補ったりしているところがある。

たとえば、この作品ではレングランドの下僕として働く黒人の言葉遣いに英語の俗語が用いられている。日本語の訳者山県五十雄は英語の俗語が読みづらかったので、俗語が多い本を翻訳している若松賤子女史に相談したところ、高尚な書物しか読まないのが原因であると指摘され、それからは努めて俗語を読むようにしたと述べている。この本も俗語が用いられているので英語学習用には向いていると感じたと述べている[29]。ただ、周作人は山県の注を参照としても俗語は訳しがたかったと思われる。たとえば、下僕のジュピタルが使う科白の俗語に「Master」（主人）を「Mr」と訳している箇所がある。またこの黒人下僕の行動で中国の常識に合わない箇所を省略したりしている[30]。

ほかにも多少の改変や削除が見られる。たとえば、「私」はレングランドに財宝探しの手伝いを頼まれて断る場面に、レングランドは「じゃジュピタルと二人でやって見なければならぬ」と答える。周作人はこのレングランドの科白の前に「莱聞言仰天曰（レングランドは話を聞いて天を仰ぎて言いて曰わく）（『玉虫縁』十七頁：原本二十四頁）」と書き加えている[31]。ここでは誰の科白かわかりづらいためにこのように書き加えたと思われる。

ほかにも以下のような箇所がある。「私」は親友の頼みを断りきれずに結局宝掘りを手伝うことになるが、その後には必ず医者である自分の言う事を聞くべきだとレングランドに約束をさせる場面がある。この箇所は原文では、

【英語原文】"You will then return home and follow my advice implicitly, as that of your physician?（『玉虫縁』九十六頁：原本一一二頁）"

【日本訳】家へ帰って医者の言う事として僕の助言に従ふか、如何だ（『玉虫縁』五十九頁：原本五五一頁）

【周作人訳】帰家之後。能受僕之一言。以当苦口之良薬否。君能允之乎。（『玉虫縁』十七頁：原本二十五頁）
（家へ帰る後に、能く僕の一言を受け、以てまさに苦口の良薬すべきか否か。君は能くこれを允（ゆる）すか。）

日本語は忠実に訳しているが、周作人は「苦口之良薬」と意訳している。

そして三人で宝探しに出かけ、ジュピタルが樹に登る場面でも次のような意訳をしている。レングランドに命令されて樹上に渋々登ったジュピタルは枝の末端へこれ以上進むと枝が折れてしまうと言いだす。レングランドはそれを聞いて慌てるが、実はジュピタルが本当に枝の末端に行けないわけではなく、ただ単に嫌がっているにすぎないと知ってほっとする。そこの原文は"apparently much relieved（『玉虫縁』九十八頁：原本一一七頁）"とあり、日本語ではこの部分に「大いに安心したる様子にて（『玉虫縁』六十三頁：原本二六一頁）」と注釈がついている。ここを周作人は「莱大怒罵曰（莱大は怒り罵って曰く）（『玉虫縁』二十一頁：原本三十三頁）」と訳している。つまり周作人はジュピタルが本当に枝の末端に行けないことはないと知ったレングランドの安堵の気持ち（"apparently much relieved"）を「莱大怒罵曰（莱大は怒り罵って曰く）」と訳しているのである。なぜ周作人がこのように訳したかは不明であるが、所々にこのような箇所がある。それは周作人が読者が理解しやすいようにと考慮したのと語学力不足で原文の微妙なニュアンスがとれなかったということが原因であると思われる。

次に大きな改変の箇所として話の筋を変えたものが見られる。樹上の髑髏から玉虫を落とした箇所を三人で掘り始める場面において、連れてきた犬が盛んに吠える場面がある。そこをみてみよう。

【英語訳】We dug very steadily for two hours. Little was said; and our chief embarrassment lay in the yelping of the dog, who took exceeding interest in our proceedings. He at length became so obstreperous that we grew fearful of his giving the alarm to some stragglers in the vicinity; or, rather, this was the apprehension of Legrand; for myself, I should have rejoiced at any interruption which might have enabled me to get the wanderer home.(『玉虫縁』一〇〇頁：原本一二〇～一二一頁)

【日本訳】余等は二時間切々と発掘したり。其間互に言を交ふることなく、余等の主に困りし事は伴ひ来りし犬の余等の為す所にいたく興味を感じて鳴き吠えたる事なりしが、遂に近所に彷徨ふ人を驚かすべしと患ふる程に騒々しく吠えて止まざりし、否こはレングランドの憂ふる所、余にとりては狂気の彼を家に伴ひ帰るを得しむべき妨害を受けなば喜ばしからん。(『玉虫縁』六十五頁：原本七六一頁)

【周作人訳】予等従事於発掘二小時。寂不一語。惟聞鋤相声。応其時犬為予等所為之興味所感、鳴吠不已。令予驚疑。幾疑有人来襲。且以此予兆。愈令人鬱鬱。恐有禍害降於莱之身。(『玉虫縁』二十四頁：原本三十九頁)

(予等は発掘に従事すること二小時なり。寂にして一語もせず。惟だ鋤の相い声するのが聞ゆ。まさに其の時犬の予等の為すところの興味を感ずるところとなり、鳴吠してやまず。予を驚疑させ、幾(ほとん)ど人の来たりて襲わん有るを疑わんとす。まさに此を以て予兆すべく、愈すます人をして鬱鬱とし、禍害有りて莱(レングランド)の身に降つるを恐る。)

「私」は通りがかりの人が穴掘りする様子を見て何と感じるだろうと考えると恥ずかしくて堪らない。加えて、犬が吠えることでよけいに通りがかりの人の注意を惹いてしまうではないかとも心配している。しかし同時にそれがレングランドに帰宅を促す口実になるかもしれないと心ひそかに喜ぶという気持ちもある。周作人はこの主人公の微妙な心理を訳さずに、犬が吠えるのを不吉な予感として訳し、原作の意図をそのまま訳さずに中国風にアレンジをしている。

また、原作では三人が海賊の財宝を掘り出した後に穴は埋めずに帰ったとある。そして宝箱上に二体の骸骨があったと書き記している。これは物語の語り手「私」が財宝を掘り出した後にレングランドとジュピタルを殺したかもしれないという多様な読みをポーが提供しているのであるが、周作人はこの部分を「其一次復将坑填満（其一次は復た将に坑を填満すべし）（『玉虫縁』二十七頁：原本四十五頁）」として埋めた事にしている。[32]周作人はここでもストーリーがもつ微妙な含みを無視して、ストーリーの流れがよくなるように手を加えているのである。宝を掘り出したことを他人にばれるのはまずいからそのままにして帰るのは不自然だろうと思ったからであろう。

しかし、これら上記の例は全体の分量から言えばごく一部分にすぎない。その他は周作人が学生時代に自学自習で英語を勉強しながら訳したとは思えないほど正確な訳である。ただ、これらの改変、削除などは明らかに周作人の当時の翻訳姿勢と関係がある。周作人は語学力不足のために原文の意が正確にとらえることができない部分以外にも、原作の微妙なストーリーや多少不自然な流れに関する部分において、自分なりの解釈を加えて翻訳しているのである。

この『玉虫縁』には序がついているが、その序には「是の書は事理を推測すること頗だ極めて神妙なり。ただ一平常の記事の文といえども、その中偵探小説の意味を含み、書は作者の口気が入る。今その体例に仍る。」とあり、推理小説として読んでいることがわかる。[33]また後に周作人は「これはまだ探偵小説がなかった時代の探偵小説であるが、翻訳する当時、シャーロック・ホームズの探偵小説がすでに出版されていたので、私のこのたぐいの訳書は確かにその影響を受けていた。」と言っており、翻訳する際に思い浮かべていたのは、当時中国において大流行していたコナン・ドイルのシャーロック・ホームズであった[34]。たとえば、レングランドが謎を解き明かす場面に、周作人は「莱於時燃一枝之雪茄啣之。徐言曰（莱は時に一枝の雪茄(シュガレット)を燃やして之を啣え、徐ろに言いて曰く）（『玉虫縁』二十八頁：原本四十七頁）」を加えている。これはシャーロック・ホームズがヘビースモーカーであることからの連想でレングランドをホームズに喩えているのである。このように、周作人はこの話を推理小説であると解釈し、推理小説の体裁を意識し、それに沿った訳し方をしている。つまり周作人の意訳は推理小説の体裁に合ったものにするために行われたものであり、またこの本を翻訳した動機もシャーロック・ホームズの一連の作品と似ているからであったと思われる。そのため全体としては比較的正確な翻訳でありながらも、意訳であるという印象を人に与えてしまうのである。

つまり、翻訳者は自らの解釈をあくまで保留にして原作の意図を伝えようと努力しているのではなく、読者にわかりやすいように解釈を施したものを提供しているという印象を与える。翻訳が直訳であるか意訳であるかというのは正確に翻訳されているかどうかという問題以外に、翻訳者の原作と向き合う姿勢と関係がある。周作人は翻訳に当たって原作の意図よりも自らの「読み」を小説のテーマとして織り込むような訳し方をしてしまっている。その意味において、この翻訳は当時の翻訳の水準を超えたものではなく、むしろ当時の翻訳方法に則った方法で訳されたものであった。

三　周作人の『灯台守』と呉梼の『灯台卒』

『域外小説集』は魯迅と周作人の共訳であるが、魯迅の翻訳は三篇と意外に少なく、大半が周作人によって訳されている。この翻訳集は翻訳方法以外に作品の選定においても当時の流行とはかなり異なるものであった。当時中国においては翻訳のほとんどが英米文学であるが、この翻訳集ではロシアや東欧の作品が中心に訳されている。そのためこの作品集に収められた作品はほとんどが他では翻訳されていない作品であるが、例外的にシェンケヴィッチの『灯台守』は他の翻訳者によっても訳されている。それは呉梼の『灯台卒』である。そこで周作人の『灯台守』をもう一つの翻訳『灯台卒』と比較することによって、この『域外小説集』における周作人の翻訳の特徴について考察してみよう。

まず周作人の『灯台守』の底本について考察してみよう。飯塚朗、中野美代子訳の阿英『晩清小説史』において、「日本には田山花袋訳、浅野和三訳、馬場胡蝶訳の三種あり、周作人は馬場胡蝶訳によった可能性がある。」と述べている[35]。周作人自身もさまざまな言語に訳された訳を参照にすると誤訳が生まれにくいとは述べているので、これらの訳を参照にした可能性は高い。しかしここは周作人が日本語に堪能であり、後年日本文学の翻訳者として有名であることからきた誤解と思われる。周作人は英訳を底本として使用している。

『域外小説集』の第一冊にはシェンケヴィッチの『楽人揚珂』が収録されており、第二冊には『天使』と『灯台守』が収録されている。一九二一年の上海群益社版ではこれに『酋長』が加わっている。「炭画について（関與炭画）」[36]によると、「一九〇八年に東京で寇丁の訳した二冊のシェンケヴィッチ短篇集を見つけて、何編か選んで訳し、『炭画』もこのなかに含まれていた。」とある。ここから、一九〇八年に見つけた「寇丁」の英訳本の短篇集二冊を周作人が底本として、『炭画』と『楽人揚珂』『天使』『灯台守』を訳していたことがわかる。そこで『楽人揚珂』『天使』『灯台守』の三作が一冊に所収されていた可能性が高く、このことから Jeremiah Curtin 氏訳のシェンケヴィッチ短篇集 ***Sielanka*** が底本として使用された可能性が高い。また「墨痕小識」によると、一九〇九年三月にシェンケヴィッチの『炭画』を翻訳し、一九一二年六月に『酋長』を訳したとある。そこで『炭画』と『酋長』の二作は同時期に訳されたものではない[37]。周作人の記憶どおり、『酋長』はこの短篇集には収録されておらず、同じ翻訳者で同じ出版社から一八九七年に出版されている ***Hania*** に所収されている。周作人のいう二冊のシェンケヴィッチの短篇集とはこの二冊であり、これらを底本とした可能性が高い。そこで、小論では Jeremiah Curtin の英訳本を底本としたと考え、それを使用した[38]。

『域外小説集』が翻訳された当時の翻訳状況を簡単に述べると、厳密な意味での直訳はまだ主流ではなかったが、それに近いものは皆無でなかった。一九〇六年に呉梼によって翻訳された『灯台守』は、一九〇二年『太陽』に掲載された田山花袋の『灯台守』からの重訳である[39]。呉梼は創作をせずに翻訳だけをした専門的翻訳家であり、陳平原は彼を「呉梼の訳文はその時代において第一流と言うことができるだろう。」と評している[40]。日本語に堪能であり、コナン・ドイル、マーク・トウェインなどの作品を日本語から重訳したほかにも、尾崎紅葉などの日本文学の翻訳もしている。この『灯台卒』は一九〇六年に翻訳されたもので、周作人の翻訳よりも三年も早い翻訳である[41]。

それではまず『灯台守』の粗筋を説明しよう。この小説はパナマ海峡を望むアスピンウォルの灯台に突然欠員が出るところから始まる。灯台は船が安全に航海するために不可欠なものである。しかし灯台守は長い間人里から離れた灯台で孤独に仕事をしなければならないので、現地人は灯台に住む生活を好まないこともあって希望者が見つからない。しかし航海のためには灯台守を一日以内に補充しなければならない。アメリカ領事がその事に頭を悩ませているところに一人の応募者がやって来た。この応募者はポーランド人の老人であり、流浪生活に疲れて灯台で一人静かに仕事をしたいと願い出てきた。灯台での仕事は簡単だが、孤独で刺激がない仕事でもある。しかし、動乱を経て生きてきたポーランドの老人はこのような静かな仕事を好み、真面目に仕事に取り組んだ。ただ灯台での生活はあまりにも刺激がないために日々の感覚が麻痺してしまうこともあった。ある日、不思議なことに母国語であるポーランド語の詩集が彼のところに送られてきた。この変化のない日々のなかで母国語の詩集は彼に幼き日々を思い出させ、恍惚として読み耽る。そうするうちに彼は灯台の明かりをつけるのを忘れてしまって朝を迎えてしまう。結局、彼は灯台守から解雇されて、また流浪の日々を過ごすことになる。

それでは、灯台守の募集にポーランド人の老人がやってきた場面をみてみよう。

【英語訳】In general it is the life of a monk, and indeed more than that, ——the life of a hermit. It was not wonderful, therefore, that Mr. Isaac Falconbridge was in no small anxiety as to where he should find a permanent successor to the recent keeper ; and it is easy to understand his joy when a successor announced himself most unexpectedly on that very day.

【田山訳】要するに、その灯台の番人の生活は僧侶——否寧ろ仙人の生活と言って好い。であるから、アイザック、ファルコンブリッチ氏がその適当ある後任者を求むるに就いて一方ならざる心痛を為たのも決して驚くに足らぬ許でなく、其の当日思ひも懸けず進んで募に応じて来た一人の候補者を見た時のその喜悦も亦察するに難からぬのであった。

【呉訳】総而言之。在灯台里看守的人。見（筆者注：簡の誤字と思われる）直可叫做神仙。或是羽化出塵的僧侶。因此上。美領事法爾坤布里梯。為找尋後任守台人。費了極大的心神。受了非常的困苦。也不足為怪了。過了好幾時。有一天意外猜想不到。忽然来了一個応募候補的人。当時美領事欣喜非常、連忙伝令喚入。

（つまり、灯台で見張りをする人はまるで仙人か、俗世から出家した僧侶のようであった。そこでアメリカ領事のアイザック・ファルコンブリッチ氏が後任の灯台守を探すために大いに心を悩まし、非常に苦労したのもおかしなことではない。しばらくの時が経過し、ある日意外にも、突然候補として一人の応募者が来た。その時にはアメリカ領事の喜びは一方ならざるもので、急いで呼び入れた。）

【周訳】総言之、此盖為比丘生活、抑更有進、則非隠逸之士不能任也。故領事伊薩・法庚勃列奇深以得人為憂。已忽聞有人自荐、云愿承其事、乃大喜。

（総べて之を言えば、此に盖し比丘の生活を為すは、抑もそも更に進むところ有りて、則ち隠逸之士に非らざれば任ずる能わざるなり。故に領事の伊薩・法庚勃列奇は人を得るを以て深く憂と為す。已に忽ち自荐して、その事を承けるを愿うという人有るを聞きて、乃ち大いに喜ぶ。）

英語原文の一番忠実な直訳は田山花袋の日本語訳である。初めの文章をみてみよう。**"In geneal it is the life of a monk, and indeed more than that, ——the life of a hermit."**は、日本語訳では「要するに、その灯台の番人の生活は僧侶——否寧ろ仙人の生活と言って好い。」と訳されている。周訳では「総べて之を言えば、此に盖し比丘の生活を為すは、抑もそも更に進むところ有りて、則ち隠逸之士に非らざれば任ずる能わざるなり。」であり、意味は同じであるが、多少意訳している。呉訳では「つまり、灯台で見張りをする人はまるで仙人か、俗世から出家した僧侶のようであった。」とあり、注釈を加えるかたちにしている。日本語訳に沿って訳しているせいかこちらの方が周訳よりも正確である。

次に、**"It was not wonderful, therefore, that Mr. Isaac Falconbridge was in no small anxiety as to where he should find a permanent successor to the recent keeper."**は、日本語訳には「であるから、アイザック、ファルコンブリッチ氏がその適当ある後任者を求むるに就いて一方ならざる心痛を為たのも決して驚くに足

らぬ許でなく」と訳されており、原意のままである。周訳は「故に領事伊薩・法庚勃列奇は人を得るを以て深く憂と為す。」と簡潔にその意味だけが伝わるように訳している。呉訳は「そこでアメリカ領事のアイザック・ファルコンブリッチ氏が後任の灯台守を探すために大いに心を悩まし、非常に苦労したのもおかしなことではない。」と訳しており、むしろこちらの方が原文にそって忠実に翻訳されていると言っていい。

最後に "and it is easy to understand his joy when a successor announced himself most unexpectedly on that very day." は、日本訳では「其の当日思ひも懸けず進んで募に応じて来た一人の候補者を見た時のその喜悦も亦察するに難からぬのであった。」となっている。この訳も大変正確である。周訳は「已(すで)に忽(たちま)ち自荐する人有りて、その事を承けるを愿(ねが)うというを聞き、乃ち大いに喜ぶ。」となっており、さきほどと同じように意味は間違っていないが、原文のままではない。呉訳は「しばらくの時が経過し、ある日意外にも、突然候補として応募する人が来た。その時にはアメリカ領事の喜びは一方ならざるもので、急いで呼び入れた。」と訳している。ここの「しばらくの時が経過し、ある日」は誤訳であるが、他は正確であり、原文の場面をよく理解した訳である。ただ日本語と文のきり方が違っており、次の文も続けて訳している。

ここの周訳と呉訳を比べると以下の事がいえるだろう。周作人の文言訳は非常に簡潔で、その文章も洗練されている。ただ、原作の短文はそのまま訳されているが、長文になると英文の複雑な文法を構造をそのまま忠実に文言に移し変えることができているとは言いがたい。英文は一文が長く、文言に比べて文法も複雑であり、意訳をせずに文言で翻訳するのは非常にむずかしい作業となる。そのため、大意を掴んだ訳にはなっているが、現在の翻訳のように原文に忠実に沿った直訳とはいいがたい。

呉梼の訳を見てみると、白話で訳されていることもあり、より正確に英文の文法構造を反映しているといえる。先述のように、呉訳は英語からの訳ではなく日本語から翻訳しているせいか、日本語の原文にかなり忠実に翻訳している。決していい加減な意訳ではなく、うまくこなれて訳しているといえる。[42] それは複雑な文法構造を自由に反映できる柔軟な白話の方が訳しやすいためかもしれない。意外にも呉訳の方が白話を用いていることもあって、より正確に翻訳をこなしているのである。

以上のように周作人のように、古い古文を用いて、しかも簡潔でわかりやすい表現で英語の文章を訳そうとすれば、かなりの修練と教養がいると推測される。それができるのは周作人の文章力の高さからくるものであるが、それでも現在の口語のように古文を用いて英語を訳しきるのは不可能なことであった。ここからも周作人のとった翻訳方法、つまり古い古文による直訳という方法は当時においてもかなり特殊であり、それはなんらかの目的をもって行われたものであることが推測できるのである。

四　正統な文学としての小説

周作人は日本文学の優秀な紹介者として有名なために意外に知られていないが、周作人の初期における翻訳はすべて英語からの翻訳であった。日本留学以前に周作人は魯迅から送られてきた英語学習用の本から翻訳をしていた。そして翻訳のスタイルは当時中国の翻訳状況に沿って訳されていた。そのため『玉虫縁』で用いられた文言は白話的要素が混り、欧化しているものであった。その文体は非常に林紓と似ている。[43] たとえば、

全島除西端及沿海一帯砂石結成之堤岸外。其余地面。皆為一種英国園芸家所最珍重之麦妥児樹濃陰所蔽。(『玉虫縁』六頁：原本二一頁)。

（全島は西端および沿海一帯の砂石で結成の堤岸のほかを除くと、其の余りの地面は、皆一種の英国園芸家の最も珍重する麦妥児樹のために濃陰に蔽わるるところとなる。）

このように『玉虫縁』の文章は一文が長く、英文の複雑な文法構造に対応するために無意識に欧化している。周作人もこの事には意識的であった。「魯迅についての二」において「丙丁（一九〇六年～一九〇七年）の時に、我々が翻訳したときに林氏の筆調をやはり多く用いたが、この時にすでに少し不満であり、厳氏の文章に対してさえも八股文くささを嫌った。以後、文章を書くには本字古義を多く用いるのを好み、『域外小説集』は大体このようであった。ステプニャークの『一文銭』（この小説は今でも私が好きなのだが）は『民報』に嘗て載せたことがあるが、太炎先生に見て貰い、多くの箇所を変えてもらった。民国九年に再版するに至って、印刷が難しいのを心配してこれらの古字をやっと通用の文字に変えた。(44)」と述べている。

その後、日本に来てからの翻訳も当時の中国での翻訳の延長線上である。一九〇七年のハッガード『世界の欲望』をはじめとする壮大な長篇ロマンの翻訳は一九〇八年まで続いているが、これは周作人の翻訳が学生時代に訳した『玉虫縁』、『荒磯』などの延長線上としてこれらの翻訳が進められたことを意味している。しかし、同年一九〇八年のヨーカイ『匈奴奇士録』を終わりとして、一九〇八年後半において周作人は『一文銭』『庄中』などの後に『域外小説集』に収録されている作品を発表し始める。これらの翻訳は『河南』『民報』などの雑誌に掲載され、その体裁は『域外小説集』とほぼ同じである。ここから周作人の翻訳は一九〇八年の前半と後半あたりから変化が起こっていることがわかる。

それでは、『域外小説集』の翻訳が当時の翻訳および周作人の以前の翻訳と比較して、どのような点において決定的に異なっているのであろうか。訳自体の正確さから言うと、先述のように呉梼の訳も周作人と引け目がない。この時期に直訳は主流ではないにしても皆無であったわけではないし、また西欧小説の芸術的な価値もある程度は認める者もいなかったわけではない(45)。先の呉梼も専門的に翻訳を職業としていたため、語学力の高さによってかなり正確な翻訳をしている。つまり周作人の翻訳が他と異なっているのは直訳であること自体が問題であるわけではなく、注意すべき点は周作人が西欧小説をとらえる意識の変化にあるのである。

周作人の『灯台守』の文章は一句一句が短く、簡潔で洗練されている。そして口語化と欧化を意識的に避けている。そのため、文の分け方、つまり句読点の打ち方などはそれほど原文に忠実ではない。むしろ周作人は原意が伝わることを重視し、文章自体の美しさの方に重点を置いており、なるべく典雅な古文で訳すように努めている(46)。周作人がこのような文体を用いた理由は西欧文学に「正統性」を付加する意識からだと考えられるのである。

周作人の「正統性」に対する意識とは西欧小説が芸術的価値をもっていると見なすだけではなく、正統な文学として代表とされる中国の漢詩と西欧の小説を対等に位置づけようとする意識である。つまり、古風な古文によってなるべく原作が忠実に伝わるように訳すという意識は、西欧の近代文学が中国の雅の文学、つまり詩の伝統に続くような知識人の価値感を表現する「正統」性をもつと認めているところからきている。その意味において、『城外小説集』は近代小説を正統の文学として位置づける意識とそれにふさわしい形式を与えた初めての翻訳であり、この早い時期に自覚的にそれを行ったのは魯迅と周作人だけであった。そして魯迅、周作人が「正統性」の意識を西欧小説に加えようという試みこそが、彼らが近代文学に深く関わっていく原因であった。

そして、周作人の翻訳の軌跡を辿ることで、魯迅の翻訳に対する姿勢と対比できる。魯迅は初期において梁啓超の影響を大いに受けて翻訳を開始した。すでに先述した通り、魯迅は「啓蒙」を常に念頭に置いており、民衆を啓蒙するためには小説のもつ具象性が必要であることを認識しており、啓蒙と写実性を結びつける努力をしていた。それに対して、周作人は当時の中国の翻訳界の流れに沿って翻訳を開始し、日本に留学後も同様に翻訳をしていた。変化が見られるのは一九〇八年頃であり、周作人は魯迅の影響を受けて近代文学に関心を寄せるようになったと思われる。しかし、周作人は魯迅ほど啓蒙に対する強い関心はなく、また小説のもつ写実性の力に対しても関心を寄せていなかったと思われる。『域外小説集』に収められた作品からもわかるように、周作人は散文的な作品を選んでおり、魯迅が選んだ三作のように焦点法を大いに活用した奇抜な形式の小説は選ばれていない。この意味において、魯迅が近代小説の形式を創作していくために歩んだ軌跡は当時において未踏の領域であり、魯迅が一人自覚的に切り開いたといえるだろう。

注

（1）これらの翻訳は周作人が本格的な翻訳へととりかかる前段階に属しており、文学的な価値がないとみなされる傾向が強かった。また、周作人の初期翻訳に言及した論考はそれほど多くなく、それらの論考は初期の翻訳から五四文学革命後の彼らの文学活動の萌芽を見出そうとする観点から行われてきた。そのため初期翻訳が清末の翻訳全体性において考察されることはなかった。

（2）萍雲「侠女奴」（『女子世界』八、九、十一、十二期、一九〇四年）。

（3）周作人「四一　老師（一）」（『知堂回想録』河北教育出版社、二〇〇二年一月）。

（4）周作人「五一　我的新書（一）」（『知堂回想録』）。樽本照雄「周作人漢訳アリ・ババ『侠女奴』物語一」（『清末小説』

二十六号、二〇〇三年）、「周作人漢訳アリ・ババ『侠女奴』物語二」（『清末小説』二十七号、二〇〇四年）参照。

（5）会稽碧羅女士（周作人）『玉虫縁』（上海小説林社発行、一九〇五年五月）、萍雲（周作人）『荒磯』（『女子世界』二年二―三期、一九〇五年）。

（6）山県五十雄訳注『荒磯（「英文学研究：第二冊」）』（内外出版協会：言文社、一九〇一年十一月）、同じく『宝ほり（「英文学研究：第四冊」）』（一九〇二年七月）から翻訳したものである。

（7）会稽平雲（周作人）『孤児記』上海小説林総発行、一九〇六年六月。工藤貴正「周作人『孤児記』の周縁：ビィクトル・ユゴーの受容とめぐる魯迅との関係より」（『学大国文』四十巻、一九九七年）、「原典『孤児記』九章・十章・十一章・十四章――ユゴー著、英訳版『Claude Gueux』」（『大阪教育大学紀要：一人文科学』四十六（二）、一九九八年）、「周作人『孤児記』第十二章・第十三章の位置づけ――創作・模作の接合の為の改編部」（『学大国文』四十一巻、一九九八年）など参照。

（8）周逴（周作人）「紅星逸史」（商務印書館、一九〇七年十一月）。Henry Rider Haggard and Andrew Lang, *The World's Desire* の翻訳。この本は一九〇七年二月に訳し終わったとある（「七七　翻訳小説（上）」『知堂回想録』）。

（9）この本は、周作人が訳し、魯迅がこれに手を加えて出版社に送ったが、すでに翻訳しているという理由で断れて原稿が送り返されてきたという。その後、魯迅はこれを北京に持ち帰り、雑誌社や新聞社に送り出版しようと試みたが失敗し、遺失してしまったとある（「七八　翻訳小説（下）」『知堂回想録』）。また、「遺失的原稿」（『知堂乙酉文編』河北教育出版社、二〇〇二年一月）によると、周作人が原稿の草稿を作り、魯迅が写し、商務印書館へ送ったとある。孫竹丹の紹介で『河南』のために作成し、「独応」の署名で『天義報』へ投稿したともある（「墨痕小識」鐘叔河編『周作人文類編：八十心情』湖南文芸出版社、一九九八年九月）。

（10）周逴（周作人）「匈奴奇士録」（商務印書館、一九〇八年九月）。Jokai Mor, *Egy Az Isten!*（「ハンガリー英雄録」）の翻訳。

（11）三葉『一文銭』（『民報』二十一期、一九〇八年六月十日）。「一文銭訳記」（前掲、『周作人文類編：希臘之余光』）によると、『民報』二十三期が政府に禁止されて配布できなかったので、その後『域外小説集』二巻に載せたとある。

(12) 独応『庄中』(『河南』八期、一九〇八年十二月)に掲載され、その後『域外小説集』に収録された。
(13) 独応『寂寞』(『河南』八期、一九〇八年十二月)に掲載され、その後『域外小説集』に収録された。
(14) 『西伯利亜紀行』(『民報』二十四号、一九〇八年十月十日)。「我的筆名」(『知堂回想録』)によると二十四号に掲載されたが日本政府に禁止されたとある。
(15) 『炭画』(文明書局、一九一四年四月)。この作品は一九〇九年三月にすでに訳されていたが、出版されたのは一九一四年になってからである(「墨痕小識」『周作人文類編：希臘之余光』)。
(16) 『黄薔薇』(商務印書館、一九二七年八月)。*Jokai Mor, A Sarga Rozsa* の翻訳。
(17) 第六章注18参照。
(18) 「黄華」という書名で一九一〇年十二月に翻訳している。翻訳の十年後、一九二〇年八月十七日に商務印書館へ送り、一九二〇年十月十日に六十元を得た。(「炭画與黄薔薇」『知堂回想録』)。
(19) 「『紅星逸史』序」(『知堂乙酉文編』)。
(20) 「七七　翻訳小説(上)」(『知堂回想録』)。
(21) 「七八　翻訳小説(下)」(『知堂回想録』)。
(22) 「『匈奴奇士録』序」(『知堂乙酉文編』)。
(23) 「育珂摩耳伝」(『周作人文類編：希臘之余光』)。
(24) 「七七　翻訳小説(上)」(『知堂回想録』)。また「紅星逸史」の原稿代として、周作人は二百元をもらったとのべており、その代金は当時としては少なくない額であったと言っている。
(25) 「八八　炭画與黄薔薇」(『知堂回想録』)。
(26) 「一〇〇　自己的工作」(『知堂回想録』)。
(27) 「七七　翻訳小説(上)」(『知堂回想録』)。
(28) 安介坡著、会稽碧羅訳『玉虫縁』。初版は光緒三十年(一九〇五年)、上海小説林社発行である。再版は光緒三十一年四月(一九〇六年)に小説林総編訳所編輯、小説林総発行所発行であり、上海図書館所蔵。『周作人日記』によれば

『玉虫縁』は、光緒二十九年末から三十年一月十四日に翻訳が完成し、二十一日に原稿を写し終え、二十四日に丁初我に送ったとある。日本では、この再版およびその底本となった『宝ほり』（山県五十雄訳注『英文学研究』第四冊）とともに松岡俊裕編『玉虫縁』（中国近代文学研究会、一九九七年十一月）が資料として出版しており、これを使用した。

(29) 日本語の訳者である山県五十雄は「はしがき」では次のように述べている。「憶へばはや十年の昔なりき、いまだに悼惜せらるる若松賤子女史が世に在せし頃女史を訪ひたる事あり。（中略）『御身は高尚なる英文学のみを読み給ふて、俗語の多き小説の類に慣れ給はざるが故に、読みづらしと思はるるならん』とありしが、余は如何にもと深く感じ、以後注意して俗語の多き小説を選びて読みたり」。（「はしがき」『宝ほり』、前掲、松岡俊裕編『玉虫縁』一頁：原本四十九頁）。この頁数は松岡俊裕編『玉虫縁』に掲載されたもの。以下同様に記載する。

(30) 樽本照雄「ポーの最初の漢訳小説――周作人訳『玉虫縁』について」（『大阪経大論集』五十二巻五号、二〇〇二年）にも原作との違いが細かく指摘されている。

(31) 前掲『玉虫縁』十七頁：原本二十四頁。

(32) 前掲、樽本照雄「ポーの最初の漢訳小説――周作人訳『玉虫縁』について」を参照。

(33) 「我的新書（二）」（『知堂回想録』）によると、「これはまだ探偵小説がなかった時代の探偵小説であるが、翻訳する当時、シャーロック・ホームズの探偵小説がすでに出版されていたので、私のこの種の訳書は確かにこの影響を受けていた。しかし、探偵小説としては、これは通俗的とはいえない。それは中心となるのが暗号の解釈で、その面白味はすべて英語の構造によっているからだ。そこでこの小説はうまく書けているけれども、多くの外国の読者を得ることができなかった。内容の制約のため、それもしかたがない。」とある。

(34) 「玉虫縁：諸言」において、楽をしていては富を得ることは無理であり、小説の主人公も苦労して謎を解いたために巨額の富を得ることができたのであるという教訓めいたことわりがつけられている。小説になんらかの社会的意義付けをするために付け加えたものと思われるが、小説の内容とは無関係である。

(35) 飯塚朗、中野美代子訳阿英『晩清小説史』（平凡社、一九二七年、三七七頁の注九十四）。

(36) 「関與炭画」（『知堂乙酉文編』）。

(37) 「墨痕小識」(『周作人文類編：八十心情』)。

(38) Henryk Sienkiewicz (translated by Jeremiah Curtin), *Hania*. Boston: Little, Brown, and Company, 1897. Henryk Sienkiewicz (translated by Jeremiah Curtin), *Sielanka: a Forest Picture, and Other Stories*. Boston: Little, Brown, and Company, 1898

(39) 田山花袋『灯台守』(『太陽』第八巻第二号、一九〇二年)。

(40) 陳平原『小説史：理論與実践』(北京大学出版社、一九九三年三月)四十八頁を参照。

(41) 呉梼『灯台卒』(『繍像小説』六十八・六十九期掲載、一九〇六年)。

(42) 呉梼の翻訳は白話でなされており、基本的には直訳である。この翻訳で省略された箇所は八カ所ある。省略箇所は以下の通り。「九十七頁：それが今静かな穏やかな未来に入ろうとして～殆ど感に堪えぬのも決して無理ではないのである。」「九十七頁～九十八頁：かういふ風に天地の総てが～実際かれの事業の失敗は人間業とは思えぬ程不思議で、」「九十八頁：思ふに、是は世界各地を漂泊し来たったかれの胸に～好地位を得たではないか。」「九十九頁：嵐は愈愈強く烈しく～厚い壁の裡には絶えて聞こえて来ぬのであった。」「九十九頁～一〇〇頁：であるから、灯台守の一人がふと世の中に出て～変化と言っては只その日その日の天気の陰晴位なものである。」「一〇一頁：島には低い小さい樹があるばかりで～この島の灯台は実にあらゆる危害からかれの身を護って呉れるのである。」省略されているところを除き、ほぼ直訳といっていい。これらの省略の箇所はとくに決まった基準によって行われるというわけでもないらしく、説明があまりにも冗漫すぎると感じた所、自然描写などストーリーの展開に関係ないとみなされた所が削除されている。

(43) 太田辰夫「清末文語文の特色——林紓訳『巴黎茶花女遺事』を例として」(『神戸外大論叢』十五(三)、一九六五年)参照。銭鍾書等『林紓的翻訳』(商務印書館、一九八一年十一月)。

(44) 周作人「関與魯迅之二」(『周作人文類編：八十心情』)。

(45) 意訳が主流である時代のなかで、呉梼や徐念慈などの一部の翻訳家のなかには、原作の価値を認めて適当に改作をせずになるべく直訳に努めようとした翻訳家も存在した。(前掲、陳平原「第二章：域外小説的刺激與啓迪」「第三節：翻訳小説的実績」『小説史：理論與実践』)。

（46）「周氏兄弟の訳文は基本的に古雅朴訥であり、原作の風格を伝えているのに長けている」（前掲、陳平原『小説史：理論與実践』四十九頁）とある。ただそうは言っても、「領事」「武士」などの単語が混じるのは翻訳では仕方がないことであり、総てが口語化、欧化を避けることはできなかった。また所々で長い複雑な文を用いているところもある。また魯迅の訳文は口語と欧化を完全に排除しようという傾向が一層際立ち、訳文もより古風である。

おわりに

近代国家が形成されるとともに、社会制度も近代化し、大学などの高等教育が整うことで学術も近代化する過程が見られる。同時に文学も前近代的文学から近代文学へ移行する。その過程で、前近代的な文学の修辞における定型的表現が、あたかも現実世界をそのまま再現しているようなリアルな描写へと置き換わるという変化がある。それは絵画が伝統的な宗教画や山水画などの固定された型から抜け出して遠近法を用いた写実的な近代絵画へと移行するのと似ている。

日本の前近代的な文学から近代文学への移行過程は、明治十五年出版された坪内逍遥の『当世書生気質』『細君』、二葉亭四迷の『浮雲』から始まった。吉本隆明は『言語にとって美とはなにか』のなかで坪内逍遥の『当世書生気質』を「けっして自在な描写ではないが、羽織の裾の方が痛んでいるというような着目の仕方は、月は東に日は西にといったような『佳人之奇遇』の描写に比べれば、はっきりと作者が表出位置に目覚め、初原的ではあるが、作者の視覚的判断にわたる対象への意識とむすびついていることが理解される。」と評している。ここの「月は東に日は西にといったような『佳人之奇遇』の描写」とは、本書の中で引用した『佳人之奇遇』の一節「時ニ金烏（きんう）既ニ西岳ニ沈ミ、新月樹（じゅ）ニ在リ、夜色朦朧（もうろう）タリ。少焉（しばらく）アリテ皓彩庭ヲ照シ、清光戸ニ入ル。」を指しており、また「羽織の裾の方が痛んでいるというような着目の仕方」とは、坪内逍遥『当世書生気質』の一節「羽織ハ糸織のむかしもの。母親の上被を仕立て直したものか。其証拠にハ裾の方バかり。大層痛みたるけしきなり。」を指している。吉本はこの主人公の服のほつれに目を向けるという表現を「作者の視覚的判断にわたる対象への意識とむすびついている」と評し、これは日本文学が『佳人之奇遇』の漢文の美辞麗句的な表現から作者自身の視覚に基づく写実的な表現への移行してきているのであると指摘している。『当世書生気質』の出版翌年に、坪内逍遥は『小説神髄』を発表し、日本の小説が江戸時代の戯作を脱して美術（芸術）となることを主張すると同時に、功利主義的な文学観を排して文学の自立を説き、近代的な文学観を表明した。ここから、日本近代文学は政治から離れて芸術的な価値を至上の価値として追求し、書生などの知識人や高等遊民の生活を写実的に描写して、同時に彼らの「内面」をこと細かに描き出していった。これらの文学は旧社会の因習と葛藤する「内面」をもった近代的人間像を生産して、それにアイデンティファイする青年などの読者を生み出し、近代日本において市民社会の形成に貢献した。

これに対し、中国の近代文学は魯迅の『狂人日記』から始まる。魯迅の作品は清末の過渡期的作品を圧倒して斬新であり、完璧であり、そして突如として出現した。清末に西欧小説の技法を模倣した過渡期的な作品が多数現れたが、それらは日本のようにしだいに洗練されていき、近代文学へとは繋がっていかなかった。中国小説における近代的表現への転換は基本的に魯迅一人によって行われたと言っても過言ではない。

これは魯迅がその天才的な才能によって中国の近代小説を完成し、以後の道筋を提示したとみなすこともできる。しかし言い換えれば清末の梁啓超などの知識人が提唱しながらも果せなかった文学形式を魯迅が編み出したとも言えよう。魯迅は医学から文学に転向した理由について「我々の最になすべき任務は、彼ら（著者注：中国人）の精神を改造するにある。そして、精神の改造に役立つものといえば、当時の私の考えでは、むろん文芸が第一だった（吶喊自序）。」と述べている通り、梁啓超の「小説界革命」の影響を強く受けている。「意識の改造」が「文学の改造」によって果たされるという考え方である。しかし実際には梁啓超の「新小説界革命」は直接的に近代小説を生み出さず、新文化運動まで約二十年間の空白が存在している。魯迅も一九〇五年に文学を志してから一九一八年に『狂人日記』を発表するまでに十三年間の時間が過ぎている。この時期は近代小説の形式が不在のまま思想だけが先行した時期であった。本書はこの空白期間の意味に注目し、魯迅、周作人の初期翻訳を丹念に辿り、「写実」という角度から中国近代小説形式の生成過程について考察した。同時に、近代小説の誕生自体が「叙述形式への自覚」に拠っていることを示した考察でもある。

魯迅は日本留学後にまもなくヴェルヌの科学小説『月界旅行』と『地底旅行』を日本語の底本から重訳している。これらを伝統的白話小説の形式で訳したのは梁啓超の影響であるが、梁啓超の翻訳とは異なり、魯迅の翻訳には初歩的な小説の写実性への自覚と小説形式への配慮が見られる。人物が動くことによって物語は進んでいき、生き生きと目前に情景が浮かぶ場面作りがなされ、全体を貫くテーマによって構成が整合性をもっている。魯迅は民衆の啓蒙には小説の「具象性」が有効であると自覚的であった。これらの科学小説の翻訳と同時期に、魯迅は『スパルタの魂』という作品を書いている。この作品は日本明治期の多くの文献をもとにしており、なかでも当時日本の少年雑誌、婦人雑誌の記事を用いており、その主題や書き方などがほぼ一致している。『スパルタの魂』における語り手の激昂を帯びた語り口もここからきている。ただ、この時点において、魯迅は自らの思想をひたすら激しく述べるだけであり、まだ自らの思想を「写実的」に表現する手法を見出してはいない。魯迅にとって、小説のもつ具体性はあくまでも民衆の啓蒙のためのものであり、知識人として自らの思想をそこに託す小説形式を見つけたわけではなかった。

次に、一九〇九年に魯迅と弟の周作人は『域外小説集』を翻訳している。『域外小説集』は清末の一般的な翻訳方法と比べて極めて特殊であった。まず、当時は西洋的句法と口語が混じった簡明な文言で意訳するのが一般的だったのに対し、『域外小説集』は西洋的句法と口語を排除したむずかしく古めかしい文言で直訳されている。また、魯迅の翻訳は周作人の翻訳と比べても形式上である特徴が際立っている。それは「限制叙事（焦点法）」が小説世界を構成するのに非常に効果的に用いられていることである。「限制法」とは全知全能の視点から叙述を行うのではなく、登場人物の視点に合わせて叙述を行う方法であり、近代小説の重要な指標となる。小説世界がある一人の視点に絞って描かれているため、小説に「真実感（リアリティ）」がもたらされるからである。清末作家は西洋文学の影響で「限制法」を部分的に作品に用いたが、この方法が小説に与える「真実感」に注意を向けることはなかった。これに対して五四時期の作家は自覚的にこの「限制法」を用いて小説世界の「真実感」を生み出している。しかし、この時期にこの方法に自覚的であったのは唯一魯迅だけであった。

最後に魯迅の創作『懐旧』を分析した。『懐旧』は『狂人日記』を発表する以前の一九一二年に書かれ、初期翻訳と『狂人日記』とのあいだの過渡期的な作品である。『懐旧』は魯迅の故郷紹興をモデルとした町で繰り広げられる辛亥革命とめぐるデマ騒ぎをテーマとしている。小説は主人公の少年「僕」の目から、大人たちが辛亥革命を山賊の襲来事件と同様にとらえて対応に追われる様子などが面白おかしく語られている。しかし、この九歳の「僕」の視線には伝統社会を批判的にみる近代知識人の視線が隠されている。たとえば、小説には威張り散らしていた家庭教師のはげ先生が大切な書物を置いて逃げるさまなどが描写されており、読者は小説を読んでいるうちに、「僕」の視線に沿って中国伝統社会を批判する視線を獲得する。このように、魯迅は「焦点化」を利用して、読者に近代的知識人の視線を無意識に獲得させる仕組みをもった小説の形式を生み出した。

これによって啓蒙のための小説は、思想がいささか強引に託されている「寓話」から、小説自体に思想がはじめから組み込まれている「写実」小説へと転換する。そして中国の近代小説はその後も魯迅の敷いた道筋に沿って発展をしていった。

中国の近代小説はその表現形式が誕生するためには知識人の「啓蒙」の精神とそれを表現する「写実」の手法を一致させる必要があった。そのため、日本では写実的な近代小説が「私小説」を主流とするのに対し、中国の近代小説は社会を描写するリアリズムが主流となった。それは知識人が近代化の過程においてそれぞれの国で果たす役割の違いからきたものであった。

参考文献

【日本語文献】

天野為之『万国歴史』富山房、一八八七年九月
ウィレム・クーク・テイラー原著、木村一歩・永田健助・海老名晋訳『万国史』文部省、一八七八年五月〜一八八五年七月
ウィルレム・チャンブル、ロベルト・チャンブル編『百科全書』「希臘史、羅馬史（中篇第三冊）」丸善商社出版、一八八三年十月〜一八八五年一月
ウィルレム・チャンブル、ロベルト・チャンブル編『百科全書』「希臘史、羅馬史（第十二冊）」文部省・有隣堂、一八八三年十月〜一八八六年六月
ウィルレム・チャンブル、ロベルト・チャンブル編、文部省摘訳『百科全書』「希臘史、羅馬史（第二冊）」丸善、一八八四年〜一八八五年
浮田和民述『西洋上古史（東京専門学校文学科第三回第一部講義録）』東京専門学校出版部、刊年不記
浮田和民『稿本希臘史（歴史叢書）』早稲田大学出版部、一九〇二年十月
浮田和民述『西洋上古史（早稲田大学卅八年度政治経済科第一学年講義録）』早稲田大学出版部、一九〇五年
浮田和民述『西洋上古史（早稲田大学卅九年度歴史地理科第一学年講義録）』早稲田大学出版部、一九〇七年
梅溪樵夫「テルモピュレーの落城」『少年文武』一巻（十）、一八九〇年

岡本監輔『万国史記』内外兵事新聞局、一八七九年五月

桑原啓一編訳『新編希臘歴史』経済雑誌社、一八九三年十月

鯉淵樊「熱門の決戦（上）（下）」『尚武雑誌』（一）（二）、一八九一年

菜花園主人「聖れもぴれい大戦争」『日本之少年』三巻（一）（二）（三）（四）、一八九一年

坂本健一編『世界史（上）』博文館、一九〇一年七月

坂本健一訳『ヘロドトス』早稲田大学出版部、一九〇三年

坂本健一訳『ヘロドトス（早稲田大学卅七年度歴史地理第二学年講義録）』早稲田大学出版部、一九〇五年

坂本健一訳『ヘロドトス（早稲田大学卅七年度史学科第二学年講義録）』早稲田大学出版部、一九〇六年

坂本健一訳『ヘロドトス』隆文館、一九一四年二月

渋江保『希臘波斯戦史（「万国戦史」第二十四編）』博文館、一八九六年九月

ジュルス・ベルン著、井上勤訳『九十七時二十分間月世界旅行』二書楼、一八八〇年～一八八一年

ジュールス・ベルネー著、井上勤訳『六万英里　海底紀行』博聞社、一八八四年二月

ジュールス・ベルン著、大平三次訳『五大洲中　海底旅行（上・下編）』四通社・起業館、一八八四年～一八八五年

ジュールス・ベルン著、大平三次訳『五大洲中　海底旅行（上・下編）』覚張栄三郎、一八八四年六月～一八八五年三月

ジュールス・ヴェルネー、三木貞一、高須治助訳『拍案驚奇　地底旅行』九春堂、一八八五年一月

ジュール・ヴェルヌ著、森田思軒訳「十五少年」『少年世界』第二巻第五号～十九号、一八九六年

ジュール・ヴェルヌ著、森田思軒訳『冒険奇談　十五少年』博文館、一八九六年十二月

息究爾（セウエール）著、楯岡良知訳『希臘史略』文部省、一八七二年～一八八〇年
スウエル著、松尾久太郎訳『希臘史直訳』岩藤錠太郎・加藤慎吉、一八八八年十二月
東海散士『佳人之奇遇』博文堂、一八八五年六月～一八九七年十月
新見吉治訳『プルタルコス偉人伝（東京専門学校講義録）』東京専門学校出版部、刊年不記
新見吉治訳『プルタルコス偉人伝　第一輯（早稲田大学卅六年度史学科第二学年講義録）』早稲田大学出版部、一九〇五年
米渓「大題小題ニ、サーモピレーの戦」『婦人と子ども』三巻（六）（七）（十）（十一）、一九〇三年
ペエトル・パアリー著、西村恒方訳『万国歴史直訳』紀伊國屋、一八七二年～一八七三年
宮川鉄次郎『希臘羅馬史（『万国歴史会書』第六編）』博文館、一八九〇年二月
森晋太郎訳『プリュータルク英雄伝』尚友館、一九〇四年～一九〇五年
文部省編、永井久一郎訳『希臘史（百科全書）』文部省、一八七八年
矢野龍渓『経国美談・前編』報知新聞社、一八八三年三月
山県五十雄訳注『荒磯（英文学研究　第二冊）』内外出版協会　言文社、一九〇一年十二月
山県五十雄訳注『宝ほり（英文学研究　第四冊）』内外出版協会　言文社、一九〇二年七月
不記「セルモピレーの大戦」『少年園』八巻（九二）、一八九二年

大沼敏男、中丸宣明校注『政治小説集（二）』岩波書店、二〇〇六年十月
川戸道昭、中林良雄、榊原貴教編『続明治翻訳文学全集　翻訳家編　井上勤集三』大空社、二〇〇二年六月
福田清人編『明治少年文学集』筑摩書房、一九七〇年二月

柳田泉編『明治政治小説集』筑摩書房、一九六七年八月
山田有策、前田愛注釈『明治政治小説集　日本近代文学大系二』角川書店、一九七四年三月

【中国語文献】

阿英編『晩清文学叢鈔』新華書店、一九六〇年
陳暁明『無辺的挑戦――中国先鋒文学的後現代性』時代文芸出版社、一九九三年五月
陳暁明『解構的踪迹――話語、歴史與主体』中国社会科学出版社、一九九四年九月
陳暁明「最後的儀式」『文学評論』五期、一九九一年
管達如「説小説」『小説月報』第三巻、第五、第七～第十一号、一九一二年
康有為「『日本書目志』識語」『日本書目志』上海大同訳書局、一八九七年
華林一訳『小説法程』上海商務印書館、一九二四年十一月
胡適「論短篇小説」『新青年』第四巻五号、一九一八年
梁啓超訳「十五小豪傑」『新民叢報』二号～二十四号、一九〇二年
梁啓超「佳人奇遇」『清議報』第一冊～第三十五冊（第九冊、第二十三冊欠）、一八九八年～一九〇〇年
梁啓超「訳印政治小説序」『清議報』第一冊、一八九八年
梁啓超「論小説與群治之関係」『新小説』第一号、一九〇二年
魯迅『月界旅行』東京・進化社、一九〇三年十月
魯迅「地底旅行」一回、二回、『浙江潮』第十期、一九〇三年
魯迅『地底旅行』南京・啓新書局、一九〇六年三月

魯迅「斯巴達之魂」『浙江潮』第五期・第九期、一九〇三年
魯迅・周作人『域外小説集』神田印刷所、一九〇九年三月
魯迅「懐旧」『小説月報』第四巻第一号、一九一三年
魯迅『魯迅訳文集』人民文学出版社、一九五八年十二月
羅普「経国美談」前編『清議報』第三十六冊〜第五十一冊、一九〇〇年
茅盾「自然主義與中国現代小説」『小説月報』第十三巻第七期、一九二二年
茅盾『小説研究ABC』ABC叢書社、一九二八年八月
茅盾『茅盾全集』人民出版社、一九八四年〜二〇〇六年
平子「小説叢話」『新小説』第八号、一九〇三年
施蟄存編『中国近代文学大系（翻訳文学集）』上海書店、一九九〇年十月〜一九九一年四月
湯澄波訳『小説的研究』上海商務印書館、一九二五年一月
厳復・夏曾佑「本館附印説部縁起」『国聞報』一八九七年十月十六日〜十一月十六日
葉聖陶「窮愁」『礼拝六』第七期、一九一四年
南海盧東訳意、東越紅渓生潤文「海底旅行」『新小説』一〜六号、十号、十三号、十七号、十八号、一九〇二年〜一九〇五年
郁達夫『小説論』光華書局、一九二六年一月
惲鉄樵「工人小史」『小説林』第一期、一九〇七年
鐘叔河編『周作人文類編』湖南文芸出版社、一九九八年九月
周作人「侠女奴」『女子世界』一年八、九、十一、十二期、一九〇四年

周作人『侠女奴』女子世界社、一九〇五年
周作人「好花枝」『女子世界』二年一期、一九〇五年
周作人「女猟人」『女子世界』二年一期、一九〇五年
周作人『玉虫縁』上海小説林社発行、一九〇五年五月
周作人「荒磯」『女子世界』二年二期・三期、一九〇五年
周作人『孤児記』上海小説林総発行、一九〇六年六月
周作人『紅星逸史』商務印書館、一九〇七年十一月
周作人「一文銭」『民報』二十一号→『民報』二十三号、一九〇八年→『域外小説集』収録
周作人『匈奴奇士録』商務印書館、一九〇八年九月
周作人「庄中」『河南』八期、一九〇八年→『域外小説集』収録
周作人「寂寞」『河南』八期、一九〇八年→『域外小説集』収録
周作人『炭画』文明書局、一九一四年四月
周作人『黄薔薇』商務印書館、一九二七年八月
周作人『魯迅的故家』人民文学出版社、一九五七年九月
周作人『瓜豆集』実用書局、一九六九年四月
周作人『周作人早期散文选』上海文艺出版社、一九八四年四月

【英語主要基礎文献】

Bliss Perry, *A Study of Prose Fiction*. Cambridge : Riverside Press, 1902

Clayton Meeker Hamilton, *A Manual of the Art of Fiction : Prepared for the Use of Schools and Colleges*. Doubleday, Page & Company, 1918

Henryk Sienkiewicz (translated by Jeremiah Curtin), *Hania*. Boston Little, Brown, and Company, 1897

Henryk Sienkiewicz (translated by Jeremiah Curtin), *Sielanka : a Forest Picture, and Other Stories*. Boston Little, Brown, and Company, 1898

初出一覧

「清末的小説観和対日本明治期科学小説的転訳：従魯迅的『月界旅行』和『地底旅行』来考察」、日本京都大学人文科学研究所、『日本東方学』第一輯、中華書局、二〇〇七年

「日本政治小説の翻訳と清末小説形式に関する考察：啓蒙の二つのかたち」、『立命館経済学』、立命館大学経済学会、第56巻3号、二〇〇七年

「ポストモダニズム評論と『先鋒派』の文学史的位置づけ：陳暁明を中心にして」、『南腔北調論集：山田敬三先生古稀記念論集』、東方書店、二〇〇七年

「明治期雑誌と魯迅の『スパルタの魂』」、『中国20世紀社会システム』、京都大学人文科学研究所、二〇〇九年

「『社会』を描く方法をもとめて——『写実』から社会主義リアリズムへ」、『中国社会主義文化の研究』、京都大学人文科学研究所、二〇一〇年

後　記

この本を書くにあたり、京都大学人文科学研究所の「中国20世紀社会システム」研究班にて論文の発表と掲載にさせていただき、森時彦先生、森紀子先生、岩井茂樹先生、高嶋航先生をはじめとする色々な方々にご意見をいただきましたことを深く感謝申し上げます。また、袁広泉先生には本書に掲載された一部を翻訳して下さいましたことを感謝いたします。同じく「現代中国文化の深層構造」研究班の石川禎浩先生には色々とお世話になりましたことを深く感謝します。以下の方々には、それぞれの論文を発表した際に貴重なご意見をいただきましたことを感謝申し上げます。清華大学東亜文化講座の王中忱先生、董炳月先生、劉暁峰先生、秦嵐先生、林少陽先生。三十年代研究会の故丸山昇先生、佐治俊彦先生、芦田肇先生、近藤龍哉先生、尾崎文昭先生。また東京大学の代田智明先生には色々とお世話になりましたことを深く感謝します。また若松大祐先生にもお世話になりましたことを感謝いたします。そして、ご指導をいただきました山田敬三先生、京都大学人間環境学研究科の小倉紀蔵先生、江田憲治先生に感謝をいたします。

この本の編集に当たり、とても貴重なご意見を下さいました京都大学学術出版会の國方栄二氏に深く感謝致します。

二〇一二年八月

森岡　優紀

ハ行

マ行

ヤ行

ラ行

人名索引

著者紹介

森岡優紀（もりおか・ゆき）

神戸大学文化学研究科単位取得退学。博士（学術）。中国文学研究、東アジア比較研究、韓国文化研究。

博士論文「『先鋒派』代表作家　蘇童論——中国八十年代後半からの文学状況において」

主な業績に「『先鋒派』における『文革』：蘇童の小説から」（『現代中国』76号）、「明治期雑誌と魯迅の「スパルタの魂」（森時彦編『20世紀社会システム』）、「『社会』を描く方法をもとめて——『写実』から社会主義リアリズムへ」（石川禎浩編　『中国社会主義文化の研究』）等がある。

中国近代小説の成立と写実

平成24年（2012）年11月5日　初版第1刷発行

編　者　森岡優紀（もりおかゆき）

発行人　檜山爲次郎

発行所　京都大学学術出版会

京都市左京区吉田近衛町69

京都大学吉田南構内（〒606-8315）

電　話（075）761-6082

ＦＡＸ（075）761-6190

ＵＲＬ　http://www.kyoto-up.or.jp

振　替　01000-8-64677

印刷・製本　亜細亜印刷株式会社

ISBN978-4-87698-240-0

Printed in Japan

定価はカバーに表示してあります